AUF DER STRASSE DER SCHLAN

1

Diese Erzählung spielt in einem jener seltsamen Ströme der Zeit, welche – flußabwärts, sozusagen – von den wütend dahinrasenden Flüssen des Geistes gespeist werden. Sosehr eine solche Vorstellung Sie auch ängstigen oder entmutigen mag – gehen Sie nicht weg. Ich kann nicht fort von hier, mag diese Idee mich noch so sehr ängstigen, und wenn Sie gingen, überließen Sie mich mit Haut und Haaren dem wirbelnden Sog dieser seelischen Strudel. Ich habe eine Geschichte zu erzählen. Darum schenken Sie mir für eine Weile Ihre Aufmerksamkeit. Um Ihnen in Ihrem Zögern entgegenzukommen, werde ich Sie langsam ins Wasser geleiten – ich werde in der Vergangenheit beginnen, werde zu diesem rein hypothetischen Moment vordringen (diesem, genau diesem einen), indem ich hier über eine hellblaue Schreibmaschine gebeugt dasitze, und werde dann, ohne weiteres, zu einem 1992 weitergehen, das sich vielleicht niemals so erfüllen wird, wie diese Erzählung es verlangt.

Aber man hat das Recht, die Muse der Historie zu vergewaltigen, solange man sich nur an die aristotelischen Strukturprinzipien hält. Zumindest habe ich mir dies eingeredet.

Der Schauplatz ist Sevilla. Ich kenne Sevilla ein wenig, weil ich dort 1962, als halbwüchsiger Jüngling mit wirrem Schopf, mit meinem Vater und seiner zweiten Frau in einem Apartment mit hohen Zimmern lebte, das in der brütenden Hitze über den Pflastersteinen einer kleinen Plaza in den Nebenstraßen der Stadt lag. Unter uns befand sich eine Art Eingangshalle mit einem schmiedeeisernen Tor, und gleich daneben war eine enge Bodega, in der es nach Sägemehl und Oliven roch. Mein Vater, ein dreiundvierzig Jahre alter Berufssoldat in der U.S. Air Force, besuchte dieses Etablissement mit religiöser Hingabe, und oft nahm er mich mit und spendierte mir ein Glas Bier oder einen Vino rojo, der hier drei Peseten kostete. Statt uns in der beengten Bar an die feuchte Theke zu lehnen, saßen wir dann lieber an einem der grünen Klapptische draußen auf dem Gehweg vor der Tür.

Von diesem Gehweg aus konnte ich das Eisengitter sehen, das die Flügelfenster meines eigenen Schlafzimmers sicherte. Mit siebzehn hielt ich mich für ein kultiviertes Amalgam aus so gegensätzlichen Charakteren wie James Dean und Ernest Hemingway: Tagsüber trank ich mit meinem Vater, und spätabends brütete ich an dem geschützten Fleck zwischen den Fensterflügeln und sog den Lärm und den Gestank von Sevilla durch die Poren in mich auf.

Es war eine gute Zeit, eine Zeit, die tatsächlich stattgefunden hat.

Aber es gab auch seltsame Ereignisse, und einige von ihnen haben jene Art von unauslöschlichen Spuren in der Psyche hinterlassen, die einen Jahre später mit ihrem rohen Pochen aus tiefem Schlaf reißen.

Über uns lebte die Familie eines japanisch-amerikanischen Fliegers, der Pete Taniguchi hieß. Taniguchis Frau, ein großes blondes, deutsches Mädchen mit kräftigen Zügen, ließ mich immer an ein Milchmädchen aus einem Volksmärchen denken, das gegen seinen Willen in ein Land voller streitsüchtig umherwimmelnder Gnome versetzt worden war, so sehr erschien sie mir fehl am Platze. Die beiden – Taniguchi und das Milchmädchen – hatten eine Tochter, gewiß kaum mehr als drei Jahre alt, die Pidgin-Abarten von Spanisch, Deutsch und Englisch sprechen konnte. *Elfenhaft* ist wohl das Wort, das sie am genauesten beschreibt, denn sie hatte die feinen Glieder und die nußbraune Hautfarbe ihres Vaters geerbt. Manchmal spielte ich verzwickte kleine Spielchen mit ihr auf dem Adlerhorst unseres Daches; ich brachte sie dann dazu, aus eigentümlichen Kombinationen ihrer drei »Mutter«sprachen Sätze zu bilden.

Der erfolgreichste dieser Sätze war vielleicht *»The ato es schlepping«*, was sie immer dann zwitscherte, wenn sie Toro, den Kater meiner Stiefmutter, beim Sonnenbaden unter den Wäscheleinen entdeckte. Tauben kreisten über uns wie Geister zwischen den Dachkruzifixen. Der Name des kleinen Mädchens war Nisei; oft sprach ich diesen Namen laut und schmeckte ihn auf meinen Lippen.

Obwohl sie mir gegenüber gewöhnlich nicht sehr zurückhaltend war, gab es doch ein spektakuläres Ereignis, bei dem ich Nisei so sehr erschreckte, daß sie einen Anfall von Sprachlosigkeit erlitt:

Es war früh an einem Nachmittag. Mein Vater hatte mich hinunter in die Bar geschickt, und ich kam eben zurück, in der einen Hand eine Flasche Selterswasser, in der anderen eine Flasche

Wein. Ich hatte das Eisentor unten im Eingang offengelassen. Jetzt, auf dem Rückweg, schob ich mich durch die Öffnung, drückte das Tor mit der Hüfte ins Schloß und begann, die gekachelten Treppen zum ersten Stock hinaufzusteigen. Draußen brannte die Sonne. Das Treppenhaus aber hätte auch in einem völlig anderen Universum existieren können. Ich stieg durch die mosaikgesäumte Kühle, bekleidet mit Khaki-Shorts, einem baumwollenen Unterhemd und Badesandalen.

Plötzlich erschien Nisei im Halbdunkel über mir, ihr kleiner Körper splitternackt. Blitzschnell stand sie vor den intarsiengezierten Kacheln des Treppenhauses, blitzschnell berührte sie einen peripheren Bereich meines Bewußtseins. Die Erscheinung erschreckte mich, ich sah auf und fiel vornüber, als eine heimtückische Sandale mir vom Fuß glitt und sich an der Stufe verhakte.

Die unter Druck stehende Seltersflasche schlug gegen die Kante einer Treppenstufe und explodierte. Nur die Tatsache, daß der Barmann die Flasche in einem Drahtnetz untergebracht hatte, verhinderte, daß die Explosion mich mit kristallinen Schrapnellen spickte. Die Weinflasche ging ebenfalls in Stücke. Ich lag der Länge nach in glitzerndem Glas und einer klebrigen Weinlache.

Der Wein war rot, er roch sauer, und das hohe, emaillierte Treppenhaus, in dem ich schließlich wieder auf die Füße kam, erschien mir wie ein Schacht, der mich in eine andere Dimension stürzte. Triefendnaß sah ich wieder hoch, und das kleine Mädchen der Taniguchis starrte mit unverhohlenem Grauen zu mir hinunter. Ich rief ihren Namen, und sie fing an zu schreien – ein unheimlicher Klagelaut, der eisig im Treppenhaus auf und ab hallte. Denn immerhin stand ich da, inmitten von zerbrochenem Glas, mein Ellbogen und mein Kinn bluteten tatsächlich, und mein baumwollenes T-Shirt war durchtränkt vom gnadenlos blutroten, sauren Wein meines Vaters. KeinWunder, daß sie unartikuliert schluchzend die kalten Treppen hinaufflüchtete. Vielleicht blieb sie oben noch einmal stehen, um sich nach mir umzusehen – ich weiß es nicht, denn einen Augenblick später hörte ich, wie sich das Tor in der Eingangshalle öffnete, und dann spürte ich eine Hand an meinem Ellbogen, an meinem unversehrten Ellbogen.

Neben mir stand ein großer Mann in Uniform. Der Mann scherte sich nicht darum, daß meine besudelten Hände seine martialische Fleckenlosigkeit hätten ruinieren können. Er stützte mich. Dies, so erkannte ich verschwommen, war ein Angehöriger der Guardia Civil, der einzigartigen nationalen Polizeimacht des Generalissimo. Der Mann roch nach neuem Leder, Büchsenmetall und Gabardine, und als ich endlich wieder klar sehen konnte, begriff ich, daß er mir höchstens vier oder fünf Jahre voraus hatte – und in seinem glatten braunen Gesicht, auf der Wange, erblickte ich ein spinnenförmiges, bräunlichrotes Muttermal. Unter dem dreieckigen Lacklederhut der Guardia betrachteten seine Augen mich mit heller Fürsorge. Über der Schulter trug er eine schlanke, schimmernde Waffe, die ich nicht identifizieren konnte, so fremdartig erschien sie mir.

»Du bist verletzt«, sagte er.

Diese Bemerkung bedurfte keiner Erwiderung. Ich fragte mich, wie er durch das schmiedeeiserne Gitter gekommen sein mochte, denn ich hatte, die beiden Flaschen unbeholfen balancierend, das Tor mit dem Hinterteil von mir gestoßen, und ich wußte, daß es ins Schloß gefallen war. Hoch oben im Treppenhaus hörte ich noch immer Niseis zarte Stimme; sie verhallte und erstarb. Der junge Gardist legte den Kopf schräg, um den letzten verwehenden Ton einzufangen.

»Qué va«, sagte er zu sich selbst, und es war nicht einmal eine Frage. Dann: »Die Explosion der Flasche klang wie ein Schuß. Und das Schreien natürlich. Wer schreit da, Mann?« Für *Mann* sagte er Hombre, eine eigentümliche Anrede, die ich in Anbetracht meines Alters als Kompliment hätte auffassen können. Und nicht anders faßte ich sie auf. Trotz seines lodernden Muttermals erweckte der Gardist in mir dankbare Bereitwilligkeit. »Nisei«, sagte ich, seine Frage beantwortend. »Nisei schreit.« Aber ich sprach englisch. Dann lehnte ich mich mit meinem ganzen Gewicht gegen seine fleckenlose, oliv-triste Uniform. Er aber nahm dies hin und nickte, als habe er mich verstanden. Ohne erschrokken zurückzufahren, ohne zu protestieren, führte er mich durch das Glas und die schmatzenden, von einer klebrigen Weinschicht überzogenen Stufen hinauf zu unserer Wohnung.

Wir waren noch nicht weit gekommen, als ich dachte: *Die Männer von der Guardia Civil kommen immer zu zweit,* und ich blickte über meine Schulter zurück in das harte, rosafarbene Licht, das durch das Flechtwerk des Gitters hereindrang. Ich sah nichts als einen viereckigen Ausschnitt des Gehwegs und den Schatten des Fahrrads, mit dem der Gardist gekommen war. Anscheinend war mein Begleiter allein. »Gib acht, wohin du trittst«, sagte er, und er führte mich zur Wohnungstür, wo meine Stiefmutter, die wegen des großen elektrischen Ventilators im Eßzimmer nichts von Niseis Schreien gehört hatte, zwei Fingerknöchel in den Mund schob, als sie mich erblickte.

Der Gardist salutierte und verschwand.

Ich erinnere mich nicht an den genauen Augenblick seines Weggehens, noch gebe ich vor zu wissen, wie er zum zweiten Male ohne Hilfe durch das Tor nach draußen gelangen konnte. Unsere Hauswirtin, deren Name Consuela war, betrachtete alle Unbefugten mit Mißbilligung (ungeachtet ihrer möglichen Legitimierung als Staatsbeamte), und sie umgab ihr Gebäude mit einer undurchdringlichen Sicherheit, wie sie sonst allenfalls in den privaten Schlafgemächern des Generalissimo herrschen mochte. Aber der Soldat mit dem Muttermal war so problemlos gekommen und gegangen, als hätte er Consuelas eigenes Schlüsselbund aus der Tasche ihres Hauskittels bei sich gehabt.

Mein Vater hatte geschlafen. Wir weckten ihn, und er fuhr mich mit unserem rot-weißen 55er Buick nach San Pablo, einer Außenstelle der Air Force, ein paar Meilen außerhalb von Sevilla. Dort, im Militärlazarett, nähte ein anonymer Arzt die Ränder meiner Wunden zusammen und schickte mich wieder nach Hause, nicht ohne die Ermahnung, in Zukunft mit fliegenden Seltersflaschen vorsichtiger umzugehen.

Als wir durch die Dunkelheit zurückfuhren, konnte ich nicht glauben, daß wir in Spanien waren, in einem fremden Land, am Unterbauch des alten Europa. Als die Wirkung des Betäubungsmittels nachließ, überfiel mich die Banalität meiner Schmerzen. Ebensogut hätte ich in Kansas oder in Oklahoma sein können, und ich stellte mir vor, ich wäre dort. Nur das schwache Neonleuchten der *Cruz del Campo*-Reklame in weiter Ferne zu unserer Linken überzeugte mich davon, daß wir tatsächlich in Andalusien waren, daß die Leere, die ich empfand, unter dem Vorzeichen der Alten Welt stand. Die Fabrik unter der Neonschrift produzierte Bier. Wenn sie und die Landschaft und die fernen Lichter der Stadt sich plötzlich in Dunst aufgelöst hätten, hätte ich dieses Phänomen akzeptiert, wie man einen Bierkater aufnimmt, senfgelb und nebelhaft. Der Buick summte.

Später am selben Abend ging ich hinauf zum Apartment der Taniguchis, um Nisei zu demonstrieren, daß ich nicht mehr das bluttränkte Ungeheuer war, vor welchem sie so kopflos die Flucht ergriffen hatte. An jenem Abend akzeptierte sie diese Offenbarung bereitwillig genug, aber in den Wochen, die darauf folgten, mied sie mich, als wäre ich das gräßlichste aller Gespenster – der unversöhnliche Geist der *Enola Gay* höchstpersönlich. Jedenfalls entdeckte ich in ihrem Verhalten etwas Esoterisches, Kulthaftes. Mehr noch, mir schien, daß ihre Mutter ihre Komplizin in ihrem ausweichenden Benehmen war, und so verbrachte ich viel Zeit allein auf dem Dach und schaute hinüber zu der Kathedrale mit dem Glockenturm, die die Spanier La Giralda nannten. Einmal glaubte ich Nisei zu sehen, die mich aus dem Eingang zum Treppenhaus beobachtete. Falls sie es tatsächlich war, dann streckte sie mir die Zunge heraus, ein rotes Zucken, und zog sich hastig zurück.

In diesen einsamen Wochen lernte ich mich in den verschlungenen Nebenstraßen und Gassen der Stadt zurechtzufinden. Allmählich empfand ich meine Fähigkeit, von einem Ort zum anderen zu gelangen, selbst als verblüffend. Als die Zeit kam, da Nisei sich entschloß, mir ihre unstete Gunst wieder zu gewähren, hatte ich den Zwischenfall vergessen, der dazu geführt hatte, daß ich sie verlor. Aber ein Ereignis auf der Calle de Sierpes, der Straße der Schlangen, brachte mir den Ursprung unseres Zwistes gewaltsam ins Gedächtnis zurück.

Wieder war es ein heißer Nachmittag. Ich war aus einer schmutzigen Seitenstraße in den kaleidoskopischen, menschlichen Verkehr der Calle de Sierpes hinausgetreten. Für Fahrzeuge ist die Straße gesperrt, aber Füße und Schultern auf dieser Fußgängerstraße sind so hart und unerbittlich, daß jemand, der hier stolperte, keine größere Chance gehabt hätte als ein streunender Hund auf der Rennbahn von Indianapolis. Ich ging die Straße der Schlangen hinauf, auf das Hotel Cristina zu. Die Köpfe der mir entgegenkommenden Menschenmenge bildeten eine unregelmäßig genoppte Oberfläche, die sich beständig entrollte wie die Zunge der Geschichte. Die Zunge wölbte sich. Sie glitzerte. Und die Gesichter von tausend geschäftigen Ausländern schwammen auf dem breiten Teppich dahin, als seien auch sie verschlungen worden. Aber ein wenig Spanisch brannte in jenem Sommer in meinem Kopf, und ich versuchte, um meine eigene Unzulänglichkeit wissend, sowohl die fremden Stimmen – ein Babel von dampfenden Worten – als auch die fremden Gesichter zu verstehen.

»Lotería para hoy«, rief ein Blinder, der in einem Hauseingang stand. »Lotería para hoy.«

Ein Geschäftsmann mit einer Sonnenbrille, die sich um seine Schläfen herumzog, gekleidet in einen braunen, europäischen Anzug, entschuldigte sich, als er mir, der ich abrupt stehengeblieben war, gegen den Rücken stieß. Er eilte weiter, und der Verkehr strömte um mich herum, als wäre ich ein Stein, ein gefühlloser Wellenbrecher. Anscheinend reichte mein Spanisch nicht ganz aus, um zu begreifen, was ich sah: ein Schaufenster, das dunkel kräuselnd vor einer Billardbar gähnte. Hinter dem Fenster, an einem weißen Metalltisch, sah ich zwei Gestalten sitzen. Und obgleich die Sonnensegel, die diesen Teil der Straße überschatteten, es schwierig machten, die beiden Gestalten zu identifizieren, verspürte ich Eifersucht. In meinem Kopf pochte es, meine Ohren verschlossen sich vor dem allgegenwärtigen Tosen der Straße. Ich kämpfte mich durch die Menge und näherte mich dem Fenster. Ich starrte hinein und fühlte mich betrogen.

Nisei saß auf einem Stuhl. Sie trug ein hochgeschlossenes, marineblaues Kleid mit weißer Spitze an den Manschetten. Ihre Hände umfaßten ein übergroßes Glas, das irgendeine Orangenlimonade, vermutlich Fanta, enthielt. Sie konnte kaum über die Tischkante schauen. Mich sah sie nicht, weil sie zu sehr mit ihrer Limonade beschäftigt war und weil sie höflich dem Erwachsenen lauschte, der ihr gegenüber saß. Hinter ihr, einer Menagerie häßlicher Fabelwesen gleich, duckten sich die trüben Umrisse der Billardtische und die grünlichen Silhouetten der Spieler. Der Erwachsene bei Nisei war nicht ihr Vater, und es war auch nicht einer der Babysitter der Familie. Womöglich hätte ich ihn überhaupt nicht erkannt, wäre nicht der ausgefranste Farbfleck gewesen, der auf seiner rechten Wange prangte.

Es war der junge Gardist. Aber statt seiner furchteinflößenden Uniform trug er heute eine graue Hose und ein weißes, am Kragen offenes Hemd. Wie er so dasaß, Sandalen an den Füßen, die Beine übereinandergeschlagen, wirkte er weltmännisch und bieder zugleich. Die Art, wie Nisei ihre Limonade ignorierte, um ihm zu lauschen, war beunruhigend; sie deutete darauf hin, daß ich hier auf einen Rivalen von nicht geringer Bedeutung gestoßen war. Wie hatte er sich ihre Gunst verschafft? Welche Umstände hatten ihn in ihr Leben geführt, ihn mehr werden lassen als ein unpersönlicher Abgesandter des Staates?

Ich ging weiter, bevor sie mich sehen konnten, die Straße hinauf, inmitten der Menge. Aber in einem Hauseingang blieb ich stehen, drehte mich um und preßte meinen Rücken gegen die Wand. Mein Kopf schmerzte.

Vielleicht lebte der junge Gardist ja in der Nachbarschaft unseres Apartmenthauses, vielleicht sogar in derselben Straße in Leoncillos. Und wenn er dort aufgewachsen war, dann konnte er tätsächlich einen Schlüssel zu Consuelas Eingangstor besitzen, von Consuela selbst konnte er ihn bekommen haben, in Anerkennung seiner gesellschaftlichen Position. Sie mißtraute den Barmännern und Arbeitern im Barrio, und es hätte ihr schon ähnlich gesehen, wenn sie versucht hätte, sich ihre private Guardia Civil zu angeln, gleichsam als statusverleihenden Dienstmann. Andererseits empfand Consuela vielleicht echte Zuneigung zu dem Jungen und wollte diese durch den geschenkten Schlüssel demonstrieren. Und da die Hauswirtin bei den Taniguchis häufiger verkehrte als bei den Bishops, folgte daraus, daß sie den Gardisten Niseis Eltern vorgestellt hatte, und dies alles ohne mein Wissen.

Aber auf der brodelnden Straße der Schlangen hatte ich keine Ahnung, wie gerechtfertigt diese Spekulationen sein mochten; sie kamen und gingen wie Füße auf unnachgiebigen Pflastersteinen.

Mit pochenden Schläfen beobachtete ich den Eingang der Billardbar. Endlich erschienen Nisei und der junge Mann mit dem Muttermal und verschmolzen mit der dahinströmenden Menge. Auch ich trat in die Arkade hinaus und folgte dem steifen, formellen Wippen von Niseis Kleid mit meinen Blicken, und so verschwanden sie nicht sofort. Aber sie verschwanden, und zwar mit eisiger Plötzlichkeit. Passanten stießen mich an, schoben mich zur Seite, drängten vorüber wie hungrige Fische in einem Aquarium.

Ich stand da und starrte dem Gardisten und dem Mädchen wehmütig nach, und ich hatte eine Vision der Calle de Sierpes, angefüllt mit den mannigfaltigsten Völkern des Globus': Latinos, Schwarze, Skandinavier, andere Weiße verschiedenster Herkunft, Buschmänner, Eskimos, Australneger, Pygmäen, Araber, Polynesier, Mongolen – Primitive und Technanthropen nebeneinander. Und noch während diese Vision in mir wirkte, überrollte mich meine schreckliche Isolation unter all diesen Menschen wie eine salzgesättigte Woge von der letzten Flutzuckung des Planeten. Mein Mund erstickte fast an diesem Salzgeschmack, und ich erkannte, daß nicht einer, nicht ein einziger unter diesen zahllosen Menschen meine Sprache sprach. Dennoch, als ich mich umdrehte und den wirklichen Fußgängern, die mir echte, schmerzhafte Stöße versetzten, entgegentrat, versuchte ich Worte zusammenzufügen, mühte mich verzweifelt, mich verständlich zu machen. Aber meine Vision begann sich zu verflüchtigen, und als sie verschwunden war, gab ich auf und ließ mich los, und ich schwamm dahin auf dem Rücken der Schlangenzunge. Eine Alternative gab es nicht mehr.

Es war ein weiter Weg nach Hause.

Ich glaubte, niemand könne so einsam sein und der Sommer würde nie zu Ende gehen.

2

6. Dezember 1971

Aber natürlich ging der Sommer zu Ende, und als der weiße, andalusische Herbst anbrach und die Schule begann, verging auch meine Einsamkeit. Die Zeit verstrich. Jetzt bin ich sechsundzwanzig Jahre alt, und meine Einstellungen haben sich in einer so alarmierenden Weise verändert, daß das Bild jenes anderen Selbst – wie es über die Dächer hinweg auf die große Kathedrale aus dem fünfzehnten Jahrhundert starrt, wie es schlafwandlerisch über die Zunge der Schlange wandert, wie es dasteht, triefend vom blutroten Wein dessen, was eine Prophezeiung gewesen sein mag – daß dieses Bild, sage ich, für mich keine Bedeutung mehr besitzt. Ich habe mich verändert. Spanien ist zu einem Bündel gespeicherter Impulse geworden, die nur noch selten Erinnerungen in mir auslösen. Es ist zu einer Nachrichtenmeldung geworden.

Heute beispielsweise bin ich in der *Denver Post* auf einen Artikel mit folgender Überschrift gestoßen: FESTIGUNG IN RUSSISCH-SPANISCHEN HANDELSBEZIEHUNGEN. Gewohnheitsmäßig überflog ich die Spalten: »Gelegentlichen Ausbrüchen der spanischen Rechten zum Trotz«, so heißt ein Satz, »kann es kaum noch einen Zweifel daran geben, daß Spanien und die Sowjetunion auf dem besten Wege zur Aufnahme diplomatischer Beziehungen sind.«

In der vergangenen Woche habe ich in derselben Zeitung einen Artikel gelesen, der darüber berichtete, wie eine Anzahl spanischer Frauen begonnen hat, gegen das traditionelle, männer-orientierte Recht dieser Nation zu protestieren. Veränderung, sehen

Sie, ist die einzige Konstante. Selbst der gesetzte Generalissimo, mit den Jahren ergraut und gütiger geworden, hat es zugelassen, daß die Zunge der Schlange in ihm einen widerhallenden Akkord der Metamorphose angerissen hat. Veränderungen zeigen sich in Spanien. Dennoch, es fällt mir schwer zu glauben, daß der Generalissimo in den acht Jahren, die seit meiner Abreise vergangen sind, der äußersten persönlichen Veränderung hat widerstehen können: dem Akt des Sterbens. Immerhin hat der Mann Churchill überlebt, de Gaulle, Chruschtschow! Er regiert den knotigen Unterbauch Europas wie ein sanft sich verlagernder, behaglich alter Tumor. Man vergißt schließlich, daß er da ist. Ich habe ihn schon unzählige Male vergessen.

Aber in den letzten paar Wochen waren die Nachrichten aus der großen Welt beständig in unseren Köpfen. Der Präsident reist nach China. Die Ankündigung dieses Besuches, so selbstgefällig vollzogen und so unterschiedslos erschreckend, war womöglich die erste Halbdrehung des Schlüssels, der dann das grinsende Gefolge des Vorsitzenden Mao in den Rat der Vereinten Nationen einließ. Wir haben hart gekämpft, aber diese Organisation fand sich nicht bereit, zwei Chinas anzuerkennen. Ja, eine stattliche Zahl unserer Alliierten, ächzend unter dem Joch zehnprozentiger Einfuhrzölle, empfand sogar ein unverkennbares Vergnügen dabei, den mitgenommenen Papiertiger nach Taiwan zurückzuscheuchen, *miau, miau, miau.* Vielleicht waren wir ja noch unrealistisch. Der Tiger hätte nicht stillgehalten, um sich mit kommunistischen Medaillen dekorieren zu lassen (vermutlich sind es winzige rote Sterne), und Mao, pausbäckig wie ein wohlwollender Cherub, hätte in keinem Falle zugelassen, daß man ihm die Pappmaché-Bestie schmählich um den Hals hängte.

Vielleicht ist es am besten so.

Ich verstehe sehr wenig von internationalen Beziehungen; die gleichen Haßgefühle, die gleichen Loyalitätsempfindungen, die gleichen tief im Bauch schmorenden Ängste, die die Massen bewegen, bewegen auch mich. So tief gründen diese Dinge, daß sie einen archetypischen Einfluß ausüben. Manchmal stelle ich mir vor, wie ein fanatischer Konfuzius und ein mürrischer Christus in meinen Eingeweiden miteinander ringen, und immer erhebt sich dann der Verdacht, daß unser einstiger Erlöser entweder zu wenig Erfahrung besitzt oder aber einer tragischen Übermacht gegenübersteht. Und dann überwältigt mich diese Bauch-Angst, und von ihr gefangen zu sein, ist nicht angenehm: Sie riecht nach Drüsen, Gedärmen, nach dem lilienweißen Fleisch selbst. Nur indem ich mir vorstelle, wie der Präsident über die Krone der Großen Mauer spaziert, begleitet von einer Schar heiterer Chinesen, gelange ich in die Welt zurück. Was wird sich in den Eingeweiden durch seinen Besuch ändern? So unkundig ich auch der Diplomatie sein mag, so sicher weiß ich doch, daß unser Leben in der Tat eine subtile Veränderung erfahren wird. Denn ist nicht auch die Große Mauer ebenso gewunden wie der Lauf der Geschichte? Hat sie nicht eine mystische Affinität zu meiner immer noch wohlerinnerlichen Straße der Schlangen? Ich bete, daß es so sein möge.

Meine Gebete sind jedoch nicht so altruistisch universal angelegt, wie es vielleicht erscheinen mag. Ich feile, ich veredele sie. Infolgedessen reflektieren sie ein leuchtendes, häusliches Glück. Sehen Sie, morgen wird es vier Wochen her sein, daß ich Vater wurde, daß ich neben meiner Frau im Kreißsaal stand und mit ihr den langen Schmerz und die überströmende Erschöpfung der Geburt teilte, soweit es einem Mann gegeben ist, dies zu teilen.

Und dann: ein Sohn.

Er erschien mit einem mißgestalteten Kopf, gekleidet in das purpur-gelbe Fleckengewand neuer Nacktheit; er kam hervor wie ein kleiner Clown aus Cathay; er glitt in die behandschuhten Hände des wartenden Dr. Schindler. Gesund, vollkommen gesund, den vorübergehenden Auswirkungen des Geburtskampfes zum Trotz. Ein Wunder hat man es unzählige Male genannt, und ich (selbst ich, der ich einst zweifelte) habe einen Faden in den Teppich gewoben, der sich selbst erschafft, indem er sich unaufhörlich entrollt. Später dann war das Gesicht meiner Frau das einer Madonna, und auf einem fahrbaren Bett rollten sie sie in einen Raum, wo sie unter einer Decke, die man mit heißen, gelben Glühbirnen erwärmt hatte, ihre Erschöpfung verschlafen konnte.

Unser Sohn heißt Christopher James. Heute abend, während ich schreibe, liegt er mit uncharakteristischer Heiterkeit in seiner Wiege und schläft unter dem hellen Flimmern des Fernsehers. Jeri läßt das Gerät laufen, während sie nebenan in der Küche arbeitet; es funktioniert als eine Art seelenlose, aber geschwätzige Amme. In fünfzehn Minuten wird Jeri ihn aufnehmen, um ihn zu füttern. Wenn er dann wach ist, wird er blicklos die Augen rollen, und hungriges Quäken wird aus seiner Kehle dringen, während

Jeri den Reisbrei in ihn hineinlöffelt, Unsinn plappert und den überschüssigen Papp auffängt, den er mit der Zunge herausdrückt. In seinem schräggeneigten Kinderstuhl gleicht er nichts so sehr wie einem hellblauen, in Frottee gewickelten Buddha.

Für ihn schreibe ich diese Geschichte, wenngleich er das Lesen noch eine Weile hinausschieben wird. Wenn er sie schließlich liest, wird er das rein hypothetische Wesen (das Baby Christopher James), das ich eben beschrieben habe, nicht erkennen. Wie also kann er sich selbst erkennen?

Die Frage schäumt auf, erreicht den Rand, fließt über.

Mag sein, daß er sich durch eine Serie metaphysischer Vergleiche mit seinem Vater definieren wird, mit dem Vater, der diese Erzählung hier so traditionell ordnet. Denn trotz des geständnishaften Untertons in diesem Teil meiner Geschichte habe ich den Leser nicht vergessen. Haben Sie noch einen Augenblick Geduld mit mir. Die Vergangenheit haben wir gesehen. Mein Sohn ist die Gegenwart. Manche, vermute ich, könnten hier nun einwerfen, daß er auch die Zukunft verkörpert, denn Kinder bringen uns, wie Raketenstufen, einen Schritt näher zu unserem gemeinsamen Geschick. Doch ich habe nicht die Absicht, hier Jamies Zukunft an mich zu reißen. Weder hier noch anderswo. Dies zu tun bedeutete, das bewußtlose, urzeitliche Geschenk zu negieren, welchem dieses Geschenk hier niemals gleichkommen kann.

Jamie ißt, und ich werde heute abend nicht mehr weiterschreiben. Vielleicht schneit es morgen, und der Dezember ragt jetzt vor uns empor wie ein gigantisches weißes Paket, das wir nur öffnen werden, um neuere, kältere Monate zu entdecken. Aber man muß zu Ende führen, was man begonnen hat.

8. Dezember 1971

Wir haben unseren Schnee, und ich habe einen ganzen Tag lang nicht an dieser Geschichte gearbeitet. Der Leser muß die verstrichene Zeit natürlich großenteils als illusorisch betrachten (es sei denn, der Bruch zwischen diesen beiden Abschnitten hätte auch für ihn eine logische Unterbrechung bezeichnet), aber für Jamie, der kaum begreift, was er verliert, war diese Zeit Realität. Sicherlich hat er nicht das Ticken der Uhr gezählt, aber mit väterlicher Vollmacht habe ich es für ihn getan, in dem Bewußtsein, daß der Tag, den wir verloren haben, das Vier-Wochen-Jubiläum seiner Geburt, nicht zurückkehren wird. Es schmerzt mich zu denken, daß er diese Zeit viel umfassender er*lebt* hat als ich, wenngleich auch weniger bewußt. Ich habe mich nur um die Minuten gegrämt, die um mich herum wie Schneeflocken zu Boden sanken.

Der weiße Zwischenraum über *8. Dezember 1971* ist weißer, als es den Anschein hat.

Gestern abend habe ich Aufsätze korrigiert. Es ist eine prosaische Tätigkeit, und sie beschäftigte mich zwei Stunden. Draußen fiel weiter Schnee, nicht naß und schwer, nicht fedrig, sondern trocken und silbrig, wie Glimmerschuppen vom Rücken eines irisierenden Reptils. Jeri redete beruhigend auf das Baby ein, das der Länge nach auf ihrem Schoß lag, und ich blätterte ungeduldig durch Arbeiten mit Titeln wie »Bevölkerung und Ernährung«, »Die Frage des Universums« und »Der unsterbliche Mensch«, die letztere ein extrapolierender Bericht darüber, wie der Mensch innerhalb der nächsten 150 Jahre zu buchstäblicher Unsterblichkeit gelangen kann, vorausgesetzt, daß er bis dahin noch ein oder zwei Dinge lernt. Die Air Force Academy (ja, auch ihre Vorbereitungsschule) wirkt anziehend auf Studenten mit einer ausgeprägten Vorliebe für die Naturwissenschaften; die Themen der Arbeiten bezeugen diese Tatsache. Es sind vorwärtsblickende junge Männer, meine Studenten, und nur selten erbeben sie bei dem Gedanken, Lichtjahre zu überspringen oder dem nächsten Jahrhundert nach dessen eigenen, unausweichlichen Bedingungen entgegenzutreten. Ich kann sie nicht zügeln, nicht einmal mit einem roten Filzstift und einer Hand, die nicht ein falsches Komma duldet.

Trotz alldem korrigierte ich – ich strich und kommentierte, strich und kommentierte –, und ich hoffte, mit einem ausreichend lebhaften Aufwand an roter Tinte ihre unbefangenen Prophezeiungen auswischen zu können. Die Winternacht drängte mich, die Zukünfte, die sie voraussagten, auszulöschen, so wie der Schnee unseren Rasen unter einer schiefergrauen Decke hatte verschwinden lassen. Am Ende dieser zwei Stunden glaubte ich fast, all das Rot auf ihren Arbeiten sei aus meinen Adern gesaugt worden. Ich legte den Filzstift beiseite, leer. Absolut leer.

Es war zehn Uhr, wiederum Essenszeit für Jamie.

Da mir die Vorstellung mißfiel, mich zu falscher Harmonie mit meiner Schreibmaschine zu disziplinieren, mied ich mein Arbeitszimmer gänzlich. Ich legte eine Schallplatte auf. In einem abgenutzten roten Ledersessel saß ich in unserem Wohnzimmer und lauschte den *Brandenburger Concertos* von Bach. Barock des achtzehnten Jahrhunderts. Ich verstehe wenig von Musik, aber ich mag diese Stücke; und Jeris Mutter, die kurz nach Jamies Geburt hier war, hatte mir diese Platten nachträglich zum Geburtstag geschenkt. Jamie und ich teilen uns den November, ein Paar introvertierter Skorpione, nur durch drei Tage voneinander getrennt.

Pablo Casals ist der Dirigent. Er ist Spanier, wie Franco, aber ein Exilspanier und noch älter als dieser. Ich saß in meinem Sessel und lauschte den Melodiesträngen, die er seinem kleinen Orchester entlockte, aber ich lauschte mit träumerischer Aufmerksamkeit, denn Bach kann, je nachdem, für welche Art der Aufnahmefähigkeit der Zuhörer sich entscheidet, sowohl stimulieren als auch einlullen. Ich war erschöpft, und so ließ ich mich einlullen, ließ mich überschwemmen von der üppigen Fülle der Musik.

Nach einer Weile nahm ich Jamie vom Schoß meiner Frau und gab ihm, immer noch in dem alten roten Sessel sitzend, die letzte Flasche des Tages. Er ruhte in meinen Armen und tastete nach dem warmen Sauger, die Fäuste unter dem Kinn geballt, und seine Blicke fixierten unsicher die Lampe über meiner Schulter. Als er, scheinbar im Takt der Musik, zu saugen begann, vermittelte sein Gesicht den Eindruck blanken Erstaunens. Immer wieder überraschte ihn die Welt. Was tat er in meinen Armen? Welches waren die Mächte, die ihn in diesen Zustand bewußtloser Abhängigkeit getrieben hatten? Weil sein Erstaunen so echt wirkte, stellte ich diese Fragen an seiner Statt.

Natürlich wußte ich keine Antwort. Jedenfalls keine, die zufriedenstellend gewesen wäre. Denn die Welt fuhr fort, auch mich zu überraschen, mit der unaufhörlichen Dumpfheit ihrer Grausamkeiten, mit dem vertrauten Getöse ihrer schreckerregenden Krämpfe. Israel will unsere Jagdflugzeuge, wir spielen Zurückhaltung. Pakistan schlachtet seine Kinder, Indien rüstet sich zum Krieg. Belfast brennt. Unterdessen haben wir selbst uns auf den *Schandfeldern* in Südostasien jeglicher Rechtschaffenheit entledigt, und wir halten eine scheinheilige Fassade aufrecht und fahren fort, unsere moralischen Verpflichtungen auf der Basis der hochgeworfenen Münze – bestenfalls – zu treffen. In den Angelegenheiten dieses asiatischen Subkontinents sind wir sogar in widersinniger Weise verbündet mit den Rotchinesen.

Nein, ich wußte gestern abend keine Antwort, und ich weiß auch jetzt keine. Während ich Jamie auf meinem Schoß hielt und mich auf sein rhythmisches Aufsaugen der Babynahrung konzentrierte, hätte die Weltpolitik kaum weiter von mir entfernt sein können. Seine Flasche war eine Welt für sich, seine Flasche und meine Arme. Sollte der Schnee doch fallen. Sollte die Last der Welt auf den Schultern derer ruhen, die sich erboten hatten, sie auf sich zu nehmen, selbst wenn sie uns nun in das Hinterland der Moral führen.

Erhaben über solche Überlegungen, sah ich meinem Sohn beim Trinken zu.

Das letzte Concerto begann feierlich mit dem zweiten Satz. Der Tag war fast vorüber, und ich hatte nichts geschrieben.

Aber als Jamie trank, fuhr ich mit dem Finger über seine seidig runzlige Stirn. Ich bemerkte etwas Seltsames. Unter dem daunenfeinen Haar, das seinen Kopf weiter hinten bedeckte, schimmerte etwas wütend rot. Mit dem Finger schob ich die zarten Härchen beiseite, um das Phänomen deutlicher sehen zu können. Aber das Rote war nur ein Muttermal, nichts weiter. Zwar in unheimlicher Weise geformt wie unser gemeinsames Sternzeichen, drohte dieser Nävus doch nicht, Jamie zu einem Monstrum zu brandmarken. Wenn sein Haar erst ausgewachsen wäre, würde man es gar nicht mehr sehen können. Es gab keinen Grund zur Beunruhigung.

Aber ich war beunruhigt. Ich war wirklich beunruhigt.

Und in der vergangenen Nacht beherrschte ein einziges Bild meine Träume: das eines gepanzerten Arachniden mit aufgerichtetem Stachel, triefend von Gift. Früh brach der Morgen an; mein Unterricht begann um sieben Uhr dreißig, und ich machte mich auf, beladen mit einer Aktentasche voller Aufsätze über die Verheißungen der Zukunft. Mein Unbehagen hat den ganzen Tag über angehalten, bis zu diesem rein hypothetischen Augenblick.

3

1992 kehrte ich zum ersten Mal in dreißig Jahren nach Spanien zurück. Die Welt und ich hatten uns verändert, und im Frühling jenes Jahres folgte ich meiner müden Erinnerung nach Leoncillos und zu dem alten Apartmenthaus, in dem die Bishops und die Taniguchis ihren zurückgezogenen Wohnsitz genommen hatten, umringt von einer fremden Stadt.

Ich war sechsundvierzig Jahre alt, grauhaarig, desillusioniert, ein wenig füllig. Aber ich war mit einer Art Sendungsbewußtsein nach Sevilla zurückgekommen, und als ich die Stadt zum ersten Mal erblickte, kam es mir so vor, als sei überhaupt keine Zeit vergangen. Noch immer hinterließen Tauben ihre Federn auf den Waschküchen oben auf den Dächern. Noch immer hockten Gassenjungen im Rinnstein und fingen Libellen mit Schilfrohren. Und natürlich blieben die Bars bis weit in die Nacht hinein geöffnet, genau wie früher.

Im hellen Sonnenschein stand ich vor dem alten Apartmentgebäude. Eine Zeitlang wagte ich nicht, die kopfsteingeplasterte Straße zu überqueren und auf den Klingelknopf im schattigen Foyer zu drücken.

Ich hatte Angst, daß niemand auf mein Klingeln antworten würde.

Das Gebäude wirkte verfallen, als habe es während der ganzen dreißig Jahre seit dem Auszug der Bishops leergestanden. Zwei mächtige Balken stützten die Fassade. Mein alter Grübelplatz, der schmale Balkon über dem Gehweg, war mit Pappe und alten Latten verbarrikadiert. Rote Dachpfannen waren auf die Straße heruntergefallen. Ich denke, ich sollte, wie Poes detailbesessener Erzähler, hinzufügen, daß ein Riß über die Fassade des Hauses lief, vom Dachsims bis hinunter zum steinernen Sockel. Strenggenommen entspräche dies nicht der Wahrheit. Nichtsdestoweniger wäre Edgar Allan angesichts dieses leeren, allmählich verfallenden Gebäudes vermutlich entzückt gewesen, selbst wenn sich ihm dieser Anblick wie mir in der mediterranen Kühle eines Frühlingsmorgens geboten hätte. Es war Semana Santa, die Heilige Woche.

Zu meiner Überraschung schien sich sonst nichts in dieser Straße verändert zu haben. Die Tauben, die Kinder, die Bars – alles war so wie früher. Ein wenig zuversichtlicher geworden, überquerte ich das Kopfsteinpflaster, schob einen Stuhl an einen der alten Tische auf dem Bürgersteig, und dann saß ich inmitten des nachbarschaftlichen Lärms und nippte an einem Vino rojo. Den Barmann erkannte ich natürlich nicht wieder, aber dies war eine Veränderung, die im Laufe der Zeit zwangsläufig war; ich war froh, daß es somit nicht erforderlich war, irgendeinem tattrigen Kneipenwirt, der möglicherweise aus einer Eigenart in meinem Verhalten auf meine Identität geschlossen hätte, zu erklären, weshalb ich wieder hier war. Die Gründe für meine Rückkehr betrafen niemanden in der Alten Welt, schon gar keinen unwissenden Barmann.

Ja, warum war ich nach Spanien zurückgekommen?

Weil irgendwann nach meinem sechsundzwanzigsten Lebensjahr entweder die Geschichte oder ich selbst dermaßen unbegreiflich geworden war, daß etwas unternommen werden mußte. Das Zentrum der Dinge hatte sich verlagert; der Fokus der menschlichen Ereignisse war aus den alten Arenen verschwunden. Infolgedessen war ich nach Spanien zurückgekehrt, um sicherzustellen, daß mein Leben nicht in der verzerrten Peripherie dieser neuen Linse zu Ende ginge.

Ich war nach Spanien gekommen, um Mao Tse-tung zu ermorden, den Vorsitzenden der Neuen Chinesischen Kommunalität.

Er seinerseits war nach Spanien gekommen, um mit Generalissimo Franco den fünften Jahrestag der Unterzeichnung des Sino-Iberischen Freundschaftspaktes zu feiern. Dieses Ereignis hatte seinerzeit plangemäß während der Festlichkeiten der Semana Santa stattgefunden, und nun hatte der Vorsitzende dieses Jahr, diese Woche dazu erwählt, den Vertrag mit einem persönlichen Besuch zu bekräftigen. Es hieß, dies sei sein erster Aufenthalt außerhalb von Peking nach elf Jahren; damals war er heimlich nach Moskau gereist, um am Entwurf der Ökumenischen Charta des Neuen Sozialismus mitzuarbeiten. Die erstaunlichste Vorkehrung in diesem Dokument war die Aufhebung aller willkürlichen Grenzen zwischen der Sowjetunion und der Volksrepublik China gewesen. Dieser durch die Ökumenische Charta geschaffene Präzedenzfall hatte weitreichende Wirkungen auf Asien und Europa; die amerikanische Presse machte ihn direkt verantwortlich für den Zerfall der nationalen Unterscheidungen, der sich im darauffolgenden Jahrzehnt bemerkbar machte. Inzwischen jedoch vermeidet unsere Presse es, Nachrichten über diese fast täglich zustandekommenden Verträge zu veröffentlichen, und mit Bedacht unterdrückt sie jede Erwähnung des Vorsitzenden selbst. Tatsächlich erfuhr ich in jenem Jahr von seinem Besuch in Spanien aus einer in Chile ausgestrahlten Radiosendung, die zu stören unsere Regierung recht halbherzige nächtliche Bemühungen unternahm. Wenngleich mir klar war, daß solche Sendungen es verdienten, gestört zu werden, empfand ich es doch als einen Glücksfall, diesen Hinweis auf Maos Pläne erhalten zu haben. Die Sendung gab mir wertvolle Anleitung, und sie stählte meinen Entschluß, mich um die Wiederherstellung des alten Gleichgewichts zu bemühen.

Daneben enthielt sie die vage Andeutung, daß er sich nur einen Monat vor der geplanten Reise nach Madrid und in die spanischen Provinzen einer größeren Operation unterzogen habe, und zwar einer Operation von beträchtlicher wissenschaftlicher Bedeutung. Damals hatte ich diesen Happen eines Hinweises nicht verdaut; er hatte mir nichts gesagt. Franco und Mao waren beide fast hundert Jahre alt, und so bedeutete eine Operation wahrscheinlich, daß die Chinesen einen Weg gefunden hatten, senile Verdauungsorgane neu zu bilden, möglicherweise mit Hilfe einer Variante der Akupunktur oder eines ähnlich esoterischen orientalischen Verfahrens. Ich hatte keine Ahnung. Am nächsten Tag aber wurde mir die ganze, bizarre Geschichte von Maos Operation in einem Gespräch enthüllt, welches ebenso unglaublich war wie die Operation selbst. Aber da zum kunstreichen Geschichtenerzählen auch die Achtung vor der Chronologie gehört (diese und das symmetrische Setzen der Höhepunkte), werde ich die Schilderung dieses Gespräches aufschieben, bis sie sich reibungslos in das Gewebe meiner Erzählung einfügt.

An jenem Frühlingsmorgen trank ich meinen Wein und betrachtete das dem Untergang geweihte Gebäude, das so imposant über dem Bürgersteig emporragte.

Ich hatte keine Unterkunft.

Die Reise nach Spanien hatte mich die letzten kargen Überreste eines Sparkontos und den Respekt meiner Familie gekostet, der ich natürlich nichts von meinen Absichten erzählt hatte. Zudem hatten wir im Laufe der Jahre einander allmählich immer weniger zu sagen gehabt, so daß mein physisches Verschwinden ihnen (Jeri, Christopher und Stephanie) im Grunde wie ein antiklimaktisches *fait accompli* erschienen sein muß. Warum, so müssen sie sich gefragt haben, hatte ich so lange gezögert, das letzte, mürbe Band der Verwandtschaft zu durchschneiden?

Immerhin, Jeri und mir war es besser ergangen als den meisten unserer Bekannten. In den vergangenen zehn Jahren hatten fast drei Viertel der Paare, die wir zu Anfang der siebziger Jahre gekannt hatten, sich entweder im Streit getrennt oder gar erbitterte Scheidungsprozesse durchgefochten. Im ironischen Kontrast dazu war unsere Ehe eine Modellbeziehung gewesen. Die Statistiken zeigten, daß die Ernüchterung zwischen Mann und Frau zu einem nationalen Phänomen geworden war, parallel zum Anwachsen der Rassenkonflikte in den meisten größeren Städten des Landes.

Vielleicht, sann ich, während ich spürte, wie der Wein sich mit meinem Blut vereinte, wälzte sich Yeats' rohe Bestie auf ein Bethlehem von eigentümlich amerikanischer Prägung zu. Und ich hatte Angst.

Würde Jeri glauben, daß ich nach Spanien, nach Europa gekommen war, um an diesem heiteren Gemeinschaftsgeist teilzuhaben? Das war ich nicht, das war ich nicht. Denn anscheinend hatte niemand zu der Schlußfolgerung gefunden, daß unser Leiden in einem direkten Verhältnis zum stetig wachsenden Wohlergehen der Alten Welt stand. Das Zentrum hatte sich verlagert. Aber ein recht gesonnener Mann konnte vielleicht den Umfang der Ereignisse so manipulieren, daß die Verlagerung ausgeglichen wurde. Es wäre zum Nutzen meiner Familie, meiner Frau und meiner Kinder. Deshalb war ich nach Spanien gekommen, wo ich keine Bleibe, keinen Unterschlupf hatte.

Aber auf einer sublimen Ebene meines Bewußtseins, noch während ich hier über den Sino-Iberischen Pakt und über die Entfremdung von meiner Familie grübelte, hatte ich bereits eine Lösung formuliert. Die Lösung stand direkt vor meinen Augen. Das verfallene Apartmenthaus. Ja, das alte Haus würde mich beherbergen, es würde mir gute Dienste leisten.

Ich trank meinen Wein aus und ließ eine Münze, die zu opfern ich mir kaum leisten konnte, auf der feuchten, körnigen Tischplatte zurück. Ich würde das alte Gebäude erst nach Einbruch der Dunkelheit betreten können, und so hatte ich noch den ganzen Nachmittag vor mir. Verwundert fand ich, daß meine Erinnerung an die Gassen von Sevilla nicht durch Pockennarben von der langen Krankheit der Zeit entstellt war, und auch die Gassen selbst hatten keine wesentliche Veränderung erfahren. Ich fand mich mit der ganzen Gewandheit meines siebzehnjährigen Ichs in ihnen zurecht – mit einem Unterschied allerdings. Jetzt war ich mit einem Gepäckstück belastet, einem kräftigen Lederkoffer. Er enthielt Kleidung zum Wechseln, Rasierzeug, ein paar Taschenbücher und die sinistren, aber unkomplizierten Hilfsmittel, mit denen ich die Ermordung des Vorsitzenden Mao bewerkstelligen wollte. Das Gewicht des Koffers, der schmerzhaft an meinem Arm zerrte, zwang mich, ihn ständig von einer Hand in die andere zu wechseln und hin und wieder auf den ermüdend unebenen

Pflastersteinen stehenzubleiben. Kinder starrten mich an. Vor einer höhlenähnlichen Pescaria, aus der der Geruch von bratendem Fisch in heißen Schwaden herauswehte, stand ein dunkles, kleines Mädchen, das mich kurz musterte und mir dann die fleckig rosige Spitze seiner Zunge zeigte: eine winzige, verächtliche Schlange. Im nächsten Moment war sie verschwunden. Der Duft von gebratenen Tintenfischen (Calamares hatten die Spanier sie genannt) umgab mich lockend, als ich weiterging, und ich folgte dem Schatten ihres Schattens durch die lange Schlucht des Barrio.

Beinahe sofort war ich auf der Straße der Schlangen.

Das Gefühl von *déjà vu*, das ich in diesem Augenblick empfand, hatte seine Ursache vermutlich in der schlichten Tatsache, daß ich in den vergangenen dreißig Jahren häufig von dieser Straße geträumt hatte. Ja, ich war schon in dieser Straße gewesen, aber noch nie hatte ich sie von einer so heterogenen Menschenmenge bevölkert gesehen, wenn ich auch das eigenartige Empfinden hatte, sie doch schon so gesehen zu haben. Die Leute, die um mich herum dahinströmten, hätten eine ungeordnete, amorphe Truppe von Mannequins sein können, und jedes von ihnen präsentierte, stolzierend, beiläufig, oder einfach nur sich bewegend, das Kostüm einer bestimmten Nationalität, so daß die Schatten in der Straße sich von so vielen Strömungen von Farben und Laub kräuselten, daß ich mich für einen Jäger in einem tropischen Dschungel hielt und nicht für einen Fußgänger auf der Calle de Sierpes. Zugegeben, die meisten dieser Leute waren arbeitende Spanier, aber die ungewöhnlich große Zahl anderer Ausländer ließ sich kaum allein der Semana Santa zuschreiben. Dies jedoch war im Augenblick meine Schlußfolgerung. Zu einer anderen konnte ich nicht finden. Benommen von der wirbelnden Prozession ließ ich meinen Blick von Sarongs zu Mu-Mus wandern, von Kilts zu Kimonos, von Pyjamas zu Jodhpurs, von Fezen, Baretten und Bowlerhüten zu . . . poliert glänzenden, dreieckigen Hüten.

Die letzteren gehörten den Männern der Guardia Civil.

Ein Paar von Staatssoldaten spazierte gegen den nachlassenden Verkehrsstrom auf mich zu, beide mit jungen, gesunden Gesichtern, und beide trugen zu meiner Überraschung weder in der Hand noch über der Schulter irgendeine Waffe. Aber obgleich sie unbewaffnet waren, machten diese Männer mich nervös. Mit feuchten Händen hob ich meinen Koffer und hielt ihn vor mich wie einen auffälligen Schild, bis sie, ohne mich zu sehen, vorübergegangen und mit der kostümierten Menge verschmolzen waren.

Die Gardisten hatte ich vergessen. Sie waren vielleicht das größte Hindernis für die sichere Vollendung meiner Pläne. Aber jetzt wäre ich beinahe mit ihnen zusammengestoßen, und das hatte meine Aufmerksamkeit jäh auf sie gelenkt. Ich war aus einem bestimmten Grund zur Straße der Schlangen gekommen, aus einem Grund, der mit der Garde zu tun hatte. Folglich ignorierte ich die Ablenkungen durch das farbenfrohe Treiben der Straße und machte mich auf die Suche nach dem blicklosen, starr dastehenden Mann, der mich befähigen würde, der Guardia ein Schnippchen zu schlagen.

Ich fand den Mann, den ich suchte: den Blinden, er im Eingang zu einem der zahllosen Läden der Straße Lotterielose verkaufte.

Er war ein schlanker Mann mittleren Alters mit kantiger Stirn und hohen, ergrauenden Schläfen. Er trug sein Haar flach nach hinten gekämmt, und dies, zusammen mit seiner übertrieben aufrechten Haltung, die seine Blindheit offenbar verlangte, verlieh ihm das Aussehen eines straffen Soldaten oder aber eines freundlichen Frankenstein-Ungeheuers. Sein Kopf bewegte sich kaum. Als ich seinen Ellbogen berührte, wandte sich seine gelbgetönte Sonnenbrille nicht um den Bruchteil eines Zolls diesem Druck zu. Die weiße Spitze seines Stockes, starr wie ein Merkurstab, verharrte wie angeheftet auf einem feuchten Fleck auf dem Gehweg. Nichts an dem Mann regte sich.

Auf englisch sagte ich: »Ich möchte mit Ihnen reden.«

»Quien es?« fragte er hinter unbewegten Brillengläsern.

Auf englisch antwortete ich: »Jemand, der mit Ihnen reden will.«

Er legte den Kopf kaum merklich zurück und schürzte die Lippen, als genieße er einen Geschmack, den er beinahe vergessen hatte. Aber etwas in seiner reglosen Hatung ließ darauf schließen, daß seine Zunge im nächsten Augenblick diese alte Empfindung wiederentdecken könnte. Ich wartete. Das Summen und Treiben der Straße veranlaßte mich, mein Gesicht dicht an seines zu schieben, damit ich ihn verstehen konnte.

»Ein Engländer?«

»Nein«, sagte ich, »ein Amerikaner.«

Die harten gelben Gläser wandten sich mir zu; sie blitzten wie Spiegel. Ich hatte das Gefühl, daß die Augen hinter den Gläsern für einen Moment ihr Sehvermögen zurückgewonnen hatten.

Dann nahm das Gesicht des Blinden wieder seine Ausgangsposition ein.

»Möchten Sie ein Lotterielos erwerben?«

»Ich möchte mit Ihnen reden.«

»Sie sind der erste Amerikaner, der mit mir redet, seit sie ihre Stützpunkte hier geräumt haben.« Seine Brauen zogen sich zusammen, und die gelbe Brille hob sich. »Más que doce años.«

»Was?«

»Es ist mehr als zwölf Jahre her. Wie geht es in los Estados? Hat Ihre Regierung die Mauern fertiggestellt?«

Ich war verblüfft. Dann erinnerte ich mich. Er sprach von der fast dreihundert Meilen langen Barrikade, die sich von der nordöstlichsten Ecke von New Hampshire über Vermont bis zum Saint Lawrence Seaway im oberen New York erstreckt hatte: die Kanadische Mauer. In der Mitte der siebziger Jahre hatten die Einwohner dieser drei Neuengland-Staaten begonnen, sich für eine Politik der geschlossenen Türen einzusetzen, als ein gewaltiger Strom von frankokanadischen Jugendlichen ihre Städte und Dörfer überflutete und das Evangelium der Kontinentalen Wiedervereinigung predigte. (Lakonisch bis zur Selbstparodie, hatten nur die Bürger von Maine diese einzigartige Invasion aus dem Ausland hingenommen, als wäre sie nicht ungewöhnlicher als ein Stück Muschelkuchen.) Errichtet von einer seltsamen Hysterie, begannen sich die »Mauern« zu erheben; zunächst waren es lediglich einzelne Abschnitte aus Maschendraht und altem Holz, die nicht einmal die Kontinuität eines Maultrommeltones besaßen. Aber dann fügten sich die einzelnen Abschnitte zusammen, und die drei Staatsregierungen ersetzten den Maschendraht durch Steine.

Als sich 1983 die beiden deutschen Staaten wiedervereinigten, schlug der kanadische Premierminister vor, die amerikanischen Bauunternehmer sollten ihre Angebote für die abgebrochene Berliner Mauer einreichen. Diese Steine, dieser Schutt, würden doch immerhin einen hübschen, symbolischen Beitrag zu unserem eigenen Bauwerk abgeben. Die meisten Amerikaner erfuhren erst aus der zornigen Radioansprache des Premierministers, daß die Mauer in Berlin abgerissen worden war. Die Nachricht beschämte uns. Die Hysterie verebbte. Wir überließen die Kanadische Mauer dem Verfall – diese Neuigkeit allerdings war Europäern wie meinem blinden Freund hier offenbar noch nicht zu

Ohren gekommen.

»Die Mauern sind nicht mehr notwendig«, sagte ich. »Die uns benachbarten Länder respektieren unsere territoriale Integrität.«

Der Blinde nickte, sich erinnernd.

»Ich möchte mit Ihnen reden«, sagte ich noch einmal. »Nicht hier.«

»Laden Sie mich zu einem Drink ein, Americano. Anisette wäre sehr gut.

»Ich habe nicht genug Geld«, sagte ich verlegen. Dann versuchte ich, es ihm zu erklären: »Es stimmt. Ich habe den größten Teil meines Geldes für die Reise hierher ausgegeben.«

Die gelben Brillengläser blitzten. »Oh, ich glaube, daß es stimmt«, sagte er. »So etwas ist heutzutage nicht schwer zu glauben.« Er berührte meinen Ärmel. »Ich werde *Ihnen* einen Drink spendieren. Venga!«

Er trat hinaus in die Menge. Auch ich stürzte mich in den Gießbach aus Stimmen und Schritten. Wir gingen die Straße der Schlangen hinauf, bis ihn die weiße Spitze seines Stockes, einer Wünschelrute gleich, zum Eingang eines namenlosen Etablissements führte. Wir traten ein. Meine Augen mußten sich an die Dunkelheit im Innern erst gewöhnen, aber der Blinde steuerte auf einen Tisch zu, ohne auch nur einmal innezuhalten, um festzustellen, ob er vielleicht besetzt wäre. Das Tappen seines Stockes führte mich ebenfalls zu diesem Tisch.

Dann saßen wir vor einem rauchigen Schaufenster, und ich sah mich um und stellte fest, daß wir uns in einer Billardbar befanden. Mein Herz begann schneller zu schlagen.

Der Blinde bestellte zwei Anisette. Als sie kamen, nahm er einen behutsamen Schluck und schob seine Sonnenbrille hoch, so daß sie auf der Stirn ruhte. Die Iris seiner Augen war völlig farblos, und seine Pupillen sahen aus wie explodierte Tintentropfen.

»Worüber möchten Sie sprechen?«

Jetzt, da der Mann mir gegenüber saß, vertrauensvoll und kooperativ, wußte ich nicht, wie ich ihm meinen Plan erklären sollte, ja, ich konnte überhaupt nicht über meinen Plan sprechen. Was ich wissen wollte, würde ich dem blinden Mann durch raffinierte Irreführungen entlocken müssen, wie ein Zauberer, der seinem Opfer geschickt das Hemd auszog und dann durch den Ärmel der Jacke an sich brachte. Vielleicht würde es nicht ganz so schwierig werden, denn der Blinde schien mir redselig genug zu sein, aber ich würde doch vorsichtig sein müssen. Der Anisette überzog meine Kehle mit einem warmen Lakritzgeschmack, und der Blinde wartete.

»Ich möchte wissen, ob Sie Ihre Lose immer in dem Hauseingang verkaufen, in dem ich Sie heute getroffen habe.« *Nicht sehr irreführend und beinahe überhaupt nicht raffiniert.*

»Warum?«

Seine Frage verlieh dem Likör, an dem ich nippte, eine unerwartete Schärfe. Ich setzte das Glas ab. »Damit ich Sie wiederfinden kann, wenn es nötig ist.«

»Si«, sagte der Blinde. »Wozu?«

»Um Lose zu kaufen. Wenn ich Geld habe.«

»Nein«, sagte er. »Eine müde Ausrede. Sie wollten mit mir reden, Sie wollten keine Lose.«

Ich trank in kleinen Schlucken, und der uralte Geruch der filzbespannten Billardtische hing über unserem Tisch. »Hören Sie«, sagte ich, mich vorbeugend, »ich bin nach Spanien gekommen, um den chinesischen Führer und Ihren Generalissimo zusammen zu sehen. Amerika betrügt mich. Dort geschieht überhaupt nichts mehr. Wenn ich diese Männer – diese beiden so unterschiedlichen Staatsmänner – auf der Calle de Sierpes sehen kann, will ich ihnen öffentlich applaudieren und so meine Regierung wegen ihres Isolationismus anprangern. Auf dem Flug von Lissabon hierher habe ich gehört, daß die Straße abgesperrt sein wird, wenn der Generalissimo mit der Rundfahrt beginnt. Die Gerüchte, die ich gehört habe, besagten, daß nur die Geschäftsleute auf der Straße der Schlangen die Genehmigung bekommen werden, sich innerhalb der Absperrungen aufzuhalten. Ich nehme an, Sie gehören dazu?«

»Ja«, sagte er. »Ein Händler ohne Ladenlokal.«

»An dem Tag, an dem sie dort vorbeikommen, möchte ich neben Ihnen stehen. Ich möchte an Ihrer Seite stehen, wie es ein hilfreicher Verwandter tun würde.«

»Ich brauche aber keine Hilfe. Und Sie sind auch kein Verwandter.«

»Aber wenn Sie krank gewesen wären, dann wäre es doch vernünftig, wenn Sie jemanden bei sich haben wollten, für den Fall, daß Sie einen Schwächeanfall erleiden. Unter solchen Umständen würden die Behörden einen Verwandten an Ihrer Seite nicht in Frage stellen.«

»Warum sollte ich so tun, als wäre ich krank gewesen?«

»Damit ich dem Vorsitzenden Mao und dem Generalissimo meine Erklärung abgeben kann, um ihnen zu beweisen, daß die Neue Welt nicht ganz und gar aus Idioten besteht. Wenn Ihnen an der Internationalen Wiedervereinigungsbewegung etwas liegt, müssen Sie mir helfen.«

Ich empfand kein Vergnügen bei diesen Lügengeschichten; sie waren plump und unsinnig, aber die Notwendigkeit, einen Verbündeten zu gewinnen, überwog meinen Widerwillen dagegen, den blinden Losverkäufer zu betrügen. Schlimmeres sollte folgen. Aus dem Bündnis (und das konnte ich nicht wissen, während wir redeten) würde der widerwärtige Diebstahl seiner Identität werden.

»Ich könnte tun, was Sie verlangen«, sagte er. »Es wäre nicht schwierig.«

»Werden Sie es tun? Der Schlüssel liegt in Ihrer Hand.«

Der Blinde schob seine Sonnenbrille wieder vor die Augen, eine Höflichkeit, für die ich dankbar war. Langsam sagte er: »Um der Gründe willen, die Sie mir gesagt haben, werde ich es tun. Es sind verrückte Gründe, aber unser Vok war schon immer empfänglich für den Charme von Verrückten. Der große Don Quijote ist mein Schutzpatron, Americano.«

»Gut«, sagte ich. »Gut.« Ich entspannte mich ein wenig und begann meinen Drink zu genießen. »An welchem Tage werden die Würdenträger durch Ihre Straße kommen?«

»Viernes«, sagte er. »Am Tag, der auf morgen folgt. Freitag.«

»Das gibt Ihnen sehr wenig Zeit, eine Krankheit vorzutäuschen.«

»Um Ihretwillen werde ich morgen nicht zur Arbeit gehen. Ein Tag wird genügen. Ich habe keine Familie in Sevilla, und so wird niemand überrascht sein, daß mein ›Verwandter‹ kein vertrautes Gesicht hat.« Er lachte. »Gleichen Sie mir überhaupt, mein Freund?« Sein Lachen klang tief und rauh.

»Ich glaube nicht. Nicht sehr.«

»Unwichtig«, sagte er. »Um diese Jahreszeit sind alle Menschen Brüder. Eine große Versöhnung findet statt.«

»Natürlich«, sagte ich. »Semana Santa und die Feria.«

»Und die Wahl in diesem Jahr, Senor. Die Wahl, die am Ende dieser Festlichkeiten stattfinden wird.«

Von einer Wahl hatte ich absolut nichts gehört. Wie ich schon gesagt habe: Die Nachrichten flossen nicht frei zwischen dem europäischen Kontinent und den Vereinigten Staaten. Ich stellte mein leeres Glas auf den Tisch. »Was für eine Wahl?« fragte ich. »Eine Wahl in Spanien?«

»Man wird entscheiden, ob der Generalissimo an der Macht bleiben oder zugunsten eines vom Volke gewählten Nachfolgers zurücktreten soll. Die Kandidatenliste steht jedem offen, der sich bis zum Ende der Feria dort einträgt. Es stehen schon jetzt mehr als hundert Namen darauf, und der Generalissimo verspricht, jedem Kandidaten zu weichen, der eine Mehrheit erringt. Er verspricht, sich einer Stichwahl zu stellen, falls er nicht fünfzig Prozent der Bevölkerung auf seine Seite bringt. Es ist eine demokratische Feier zu Ehren des einhundertsten Geburtstags des Generalissimo. Ja, sogar Juan Carlos muß sich zur Wahl stellen, wenn er regieren möchte! So etwas hat Spanien noch nicht erlebt.«

»Nein«, sagte ich, »das ist mir klar.« 1962, erinnerte ich mich, hatte ich mit einem Mann gesprochen, einem einfachen Arbeiter, der in die Bar unter unserer Wohnung gekommen war. Sein dreijähriger Sohn war bei ihm gewesen. »Dieser Junge«, sagte er, und dabei legte er eine Hand auf den Wuschelkopf seines Sohnes, »wird eines Tages Präsident von Spanien werden – falls wir je einen Präsidenten haben.«

»Eine große Versöhnung findet statt«, redete der Blinde weiter. »Der berühmte Picasso hat bekanntgegeben, daß er beabsichtigt, zu dieser Wahl nach Spanien zurückzukehren, und der Generalissimo hat dem Künstler persönlich zugesichert, daß er unversehrt heimkommen dürfe. Das Volk frohlockt.«

»Ich dachte, Picasso sei tot.«

»Nein. Gewiß, er ist beinahe einhundertelf Jahre alt, aber es kann sein, daß er in seiner neuen Inkarnation niemals sterben wird. La muerte no es tan poderosa.«

»In welcher ›Inkarnation‹? Wovon sprechen Sie?«

»Noch etwas zu trinken!« rief der Blinde. Der Kellner kam und goß noch einmal dickflüssigen Anisette in unsere Gläser. Als er sich wieder zurückgezogen hatte, erzählte der Losverkäufer mir die Geschichte von Picassos neuer Inkarnation; es war die erste von zwei bizarren Erzählungen, die ich innerhalb von dreißig Stunden hören sollte. Irgendwie machte die rauchige Wärme des Likörs seinen Bericht genießbar, und ich bezweifelte nicht viel von dem, was der blinde Mann mir erzählte.

Dem Sterben nahe, hatte der Künstler, nur halb bei Bewußtsein, in seinem Haus in Frankreich gelegen. Europa hatte sich zur Trauer gerüstet. (»Dies alles«, sagte der Blinde, »begab sich vor ungefähr sieben, vielleicht acht Jahren.«) Als anscheinend alle Hoffnung dahin war, erschien ein Abgesandter aus Peking – wo man, nach allem, was ich darüber wußte, den Abstraktionismus immer als dekadent betrachtet hatte – und erwirkte eine Audienz am Bett des sterbenden Picasso. Am selben Abend sah eine Gruppe von unermüdlichen Zaungästen und Touristen, wie eine mit Fahnen verhängte Sänfte, begleitet von dem chinesischen Gesandten und seinen schweigsamen Knappen, das Haus des Künstlers verließ. Gerüchte verbreiteten sich in Windeseile. Der Meister war dahingeschieden; er hatte darum gebeten, daß man ihn in der Volksrepublik bestatte; die tüchtigen Vertreter einer Institution mit dem Namen »Auferstehungsgarde« hatten ihn fortgeschafft. Beinahe alle diese Gerüchte entbehrten jeder Grundlage. Die chinesische Regierung hatte ein höchst vertrauliches Arrangement mit einem Kybernetikchirurgen in einer großen Klinik im südwestlichen Teil der Vereinigten Staaten getroffen, ja, man hatte den Regierungsbeamten sogar widerwillig die Genehmigung erteilt, mit dem Künstler zu diesem Hospital zu fliegen, und so landete ihr unförmiger Jet in der trüben, kalten Stunde vor dem Morgengrauen in jener großen Stadt im Südwesten.

»In welcher Stadt im *Südwesten*?« fragte ich irritiert. Zweimal hatte er dieses Wort benutzt, und beide Male mit einer Art spöttischen Betonung.

»Dallas. Wo Ihr junger Präsident ermordet wurde.«

In Dallas begann der Chirurg, auf den die Chinesen ein außergewöhnliches Vertrauen gesetzt hatten, sich dieses Vertrauen zu verdienen. Ohne zu essen und ohne zu schlafen arbeitete er dreizehn Stunden hintereinander und führte sein fünfköpfiges Team durch die heiklen, verzwickten Details der Transfer-Operation. Als die dreizehn Stunden vorüber waren, existierte – nein, *lebte* Picasso im Platinturm eines wunderbaren, beseelten Computersystems. Er sah, hörte, roch, schmeckte, fühlte. Mehr noch, er besaß die Fähigkeit, sich nach Belieben umherzubewegen und sich seinen eigenen Bedürfnissen geschickter zu widmen als die meisten athletischen jungen Männer. Im Innern der Platinkuppel schwamm sein Gehirn wie ein Embryo im Mutterleib in einer elektrotonischen Gelatine unter den Bedingungen des Beinahe-

Vakuums. Der Wein des Sauerstoffs stieg aus dem im Plastiktorso des Computers zirkulierenden Plasmavorrat in sein Hirn. Ein wunderschöner Apparat. Wunderschön. Das einzige, was dem Meister verwehrt geblieben war, so erzählte der Blinde, war der fragwürdige Segen des Sprechens.

»Sprechen!« sagte er verachtungsvoll. »Wer würde das vermissen? Er doch gewiß nicht! Picasso hat andere Mittel, sich auszudrücken.« Der Blinde lachte. »Er ist glücklicher als ich!«

»Aber seine Kunst? Wie konnte er sich dazu entschließen, sie aufzugeben? Hätte er den Tod nicht vorgezogen?«

»Er hat nichts aufgegeben, denn die Chirurgen haben ihm die phantastischsten – wie sagt man? – *Handprothesen* gegeben, Hände, mit denen kein Künstler geboren wurde: kraftvoll, zierlich und geschmeidig. Phantastische Hände!«

»Dann kann er noch arbeiten?«

»Wunder entsprießen seiner Staffelei, Meisterwerke erblühen unter seinen Fingerspitzen! Vor drei Jahren hat er ein Wandgemälde geschaffen, größer als sein berühmtes *Guernica*, diesmal aber in den Grundfarben – ein Wandgemälde, welches die Antithese zu jenem früheren sein soll. Americano, es ist, als sei Breughel als Neokubist zurückgekehrt und male das neue Jahrtausend mit dem Blute seines trunkenen Lebens! Unsere Zeitungen haben farbige Reproduktionen dieses Meisterwerkes gebracht, und jetzt kommt Picasso selbst zu uns zurück.«

»Er sieht? Er hört? Empfindet mit allen seinen Sinnen, obwohl er die notwendigen Organe nicht mehr hat?«

»Er hat sein Gehirn, und das ist der Sitz des Empfindens. Und er ist reich an Erfahrung, denn sein Arzt hat die vielen, vielen Nervenzellen auf überaus geschickte Weise miteinander verbunden.«

»Unterdessen«, sagte ich, »ist der Arzt reich an Geld. Und niemand in Amerika hat je davon erfahren.«

Der Blinde lachte. »Ja, ja. Die Chinesen haben Ihrem Arzt viel Geld gegeben, zweifellos, und dann haben sie Picasso wieder in sein Haus nach Frankreich gebracht. Wir vermuten, daß sie aus Gutwilligkeit gehandelt haben, vielleicht auch, um eine alte Schuld zu begleichen.« Wieder dieses rauhe Lachen.

Ich schob meinen Stuhl zurück, aber ich stand nicht auf. Stäubchen tanzten im cognacdunklen Dämmer der Billardbar, und ich hatte das verquere Gefühl, der Raum in seinem dumpfen Bewußtsein wünsche sich, *um mich herum verschwinden zu können* –

nicht also, wohlgemerkt, daß ich verschwände, sondern daß er sich selbst irgendwohin versetzen könne, wo ich nicht wäre. Es war natürlich Unsinn, das gebe ich zu; aber ich war verärgert und ein wenig betrunken. Der Losverkäufer auf der anderen Seite des Tisches wandte mir seine gelben Brillengläser zu wie Radarspiegel, und irgendwie las er meine Gedanken. Ich gab ihm keine Gelegenheit, Fragen zu stellen.

»Vielen Dank für die Drinks. Ich gehe jetzt. Wenn Ihr Arbeitstag vorüber ist, werde ich Sie abholen. Heute abend und morgen können Sie in meinem Apartment in Leoncillos bleiben.«

»Ich habe eine Wohnung«, protestierte er.

»Ich werde Sie abholen«, sagte ich. »Um sechs Uhr.«

Damit verieß ich die Bar und trat hinaus in die blendenden Schatten auf der Straße der Schlangen. Den ganzen Nachmittag über wanderte ich durch die Stadt. Ich schleppte meinen Koffer von einer Plaza zur anderen und schlug so die heißesten Stunden des Tages tot. Angetrieben vom Anisette, erklomm ich die Wendeltreppe im Turm der majestätischen Kathedrale von Sevilla. Meine Beine schmerzten. Ich stieg wieder hinunter und spazierte am Guadalquivir entlang. Ich kam an der Stierkampfarena vorbei. Am frühen Abend entdeckte ich eine kleine Bar, nicht weit vom Hotel Cristina, und dort setzte ich mich auf eine Bank, die der Barmann nicht sehen konnte. Marmorierte, rosafarbene Schinken hingen an den niedrigen Deckenbalken, daneben Käse und Knoblauchzöpfe. Es war, als ruhte ich mich in einer von beißendem Geruch erfüllten Krypta aus. Um sechs Uhr kehrte ich zur Calle de Sierpes und zu dem blinden Losverkäufer zurück.

»Kommen Sie mit«, sagte ich.

»Es ist zu früh, Americano, zu früh für den Rückzug.«

»Es geht Ihnen nicht gut«, sagte ich. »Kommen Sie.«

»Erst etwas essen«, sagte er. »Dann werde ich gern mit Ihnen gehen. Ich lade Sie natürlich ein.«

Wir aßen Fisch und Salat und tranken Bier an einem Tisch auf dem Bürgersteig, während es in den Straßen allmählich dunkler wurde und der Himmel sich mit nadelfeinen Lichtpunkten füllte. Dann nahm ich den Blinden beim Ellbogen und führte ihn durch die Gassen nach Leoncillos.

In der abendlichen Kühle erreichten wir das Foyer meines alten Apartmenthauses, und wie zwei Diebe drangen wir ein, denn noch niemand war zu Bett gegangen, und in der Sackgasse der Plaza herrschte ein rastloses Gewimmel von Menschen. Transistorradios gellten von einer Musik, die wie eine endlose Folge von Polkas klang; niemand schien sich an der Geschmacklosigkeit der Musik oder der überwältigenden Lautstärke zu stören. Unsere Stimmen hallten durch das Foyer. Ich riß ein paar Bretter von dem eisernen Tor herunter und sah, daß es nicht schwierig sein würde, daran vorbei in das pechschwarze Treppenhaus zu gelangen. Der Riegel des Tors war zerbrochen, verrostet in seiner eisernen Scheide.

»Qué va?« fragte der Blinde. »In was für einem Haus wohnen Sie?«

»In einem sehr alten.« Ich nahm seinen Arm und führte ihn durch das schwere Tor, das sich, in seinen Angeln ächzend, einwärts neigte. Der Blinde bewegte sich zögernd; Geruch und Geräusche des Hauses machten ihn angespannt. »Hier ist eine Treppe«, sagte ich. »Wir müssen drei Stockwerke hoch, bis zum Dach.«

Sein Gesicht straffte sich. Es fiel jetzt genug Licht in das Treppenhaus, daß ich seine blaßgrün schimmernden, vorstehenden Wangenknochen und das feuchte Grübchen unter seiner Unterlippe sehen konnte. Seine Füße schlurften durch den Schutt herabgefallener Kacheln, seine Schuhspitzen stießen gegen die unterste Stufe. Ich stand aufrecht über ihm auf dieser ersten Stufe; der Arm, den ich festhielt, war wie zur Verteidigung gegen mich erhoben, wie ein Arm hinter einem Schild.

»Wer sind Sie?« fragte er plötzlich. »Wer sind Sie?«

»Wir gehen aufs Dach. Im Wäscheschuppen dort oben sind Betten. Betten und Decken. In den Apartments wird es zu kalt sein. Die Heizung ist abgeschaltet, und die Böden sind aus Stein.«

Der stechende Geruch tierischer Exkremente wehte in einem kalten Windstoß durch das Treppenhaus herab. Das Gebäude stank, es stöhnte beunruhigend. Der Blinde wandte den Kopf zur Straße, dem Konzert der surrealistischen Polkas zu, deren *umpa-pa* aus zahllosen Transistorradios plärrte. Sein Gesicht hatte die Farbe wäßriger Milch, und seine Züge nahmen fließend den Ausdruck der ihn beherrschenden Emotion an: Angst. Er hatte Angst vor mir, er hatte mehr Angst vor mir als vor irgend etwas anderem in der ganzen befreiten Hemisphäre. Diese Reaktion hatte ich nicht angestrebt.

Hysterisch fing er auf spanisch zu schreien an. »Ayúdame!« rief er. »Ayúdame!«

Unbeholfen schwang ich meinen Koffer und traf ihn unter dem Kinn. Er fiel rückwärts gegen die Wand und stolperte in einen klirrenden Kachelhaufen. Seine Brille flog davon. Taumelnd richtete er sich auf und schrie weiter auf spanisch. Seine explodierten Augen waren starr auf mein Gesicht gerichtet, und er brüllte wie ein Infanteriesergeant. Ich schlug ihn noch einige Male mit dem Koffer, bis er nicht mehr schrie und die unaufhörliche Bierhallenmusik der Straße mein Herz zu überfluten drohte.

Dann beugte ich mich über den Körper des Blinden und legte mein Ohr auf seine Brust. Als ich sicher war, daß er nicht mehr lebte, weinte ich. Ich hatte vorgehabt, ihn bis Freitag in der Waschküche einzusperren, aber nicht, ihn zu töten. Das Schmutzige meiner Tat verursachte mir körperliche Übelkeit, und ich hockte neben dem Leichnam des Blinden und versuchte das rohe Würgen in meiner Kehle zurückzudrängen. Ich kauerte am Boden und weinte.

Einige Minuten vergingen. Dann stand ich auf und durchstöberte den Schutt auf dem Fußboden, bis ich die gelbe Sonnenbrille gefunden hatte. Sie war nicht zerbrochen. Ich schob sie in die Innentasche meiner Jacke.

Ich begriff, daß es kaum klug wäre, in der Eingangshalle zu bleiben; es gelang mir, die Leiche aufzuheben und sie unbeholfen auf meinem Rücken zu balancieren. Die Arme hingen wie zwei Taue über meine Schultern. Ich hielt sie fest und stieg die Treppen hinauf bis zum Dach. Auf jedem Absatz ruhte ich mich aus, aber der harte Kloß in meiner Kehle und die Anstrengungen des Nachmittags hatten meine Kräfte erschöpft. Als ich das Dach erreicht hatte, warf ich den Körper auf den Steinboden und würgte einen dünnen Strom von Galle hervor. Ich konnte mich nicht übergeben; das Essen, das ich zu mir genommen hatte, wollte sich nicht aus meinem Magen lösen.

Ein paar Katzen miauten auf einem angrenzenden Dach; ihre Silhouetten schnürten auf der Dachkante hin und her.

Die Tür des Wäscheschuppens wollte sich nicht öffnen. Ich trat sie beiseite und schleppte den Toten in die nach Schimmel stinkende Waschküche. Ein Stück des Mondes lugte grinsend durch den Türrahmen herein, und ich sah, daß man das Bett (es hatte nie mehr als eines hier oben gestanden) entfernt hatte und daß in dem

Zementbecken in der Ecke schimmerndes Wasser stand. Unmöglich würde ich die Nacht an einem solchen Ort verbringen können. Aber wenn ich den Leichnam hierließe, würde ihn wahrscheinlich so bald niemand entdecken. Und eines der Apartments würde mich ebenso willig als Bewohner aufnehmen, wie es die Ratten akzeptierte, die in seinen kalten, leeren Räumen hin und her huschten. Also nahm ich die Brieftasche und die Papiere des Blinden an mich, ließ ihn in der Waschküche liegen und zog die zersplitterte Tür vor den Eingang.

Aber ich ging nicht sofort hinunter. Ich trat an die Dachbrüstung und schaute über die Stadt hinweg auf die Kathedrale. Alt, dunkel und fern, erschien ihr Turm mir beinahe ebenso gleichgültig wie Gott. Ich dachte an meine Frau und an Stephanie, und auch an Christopher James, der damals an der ersten völlig integrierten Universität in Südafrika Medizin studierte. Die Angst, sie könnten meine Motive nicht verstehen, meine Fehltritte nicht verzeihen, die Rechtmäßigkeit meines Geschenkes nicht akzeptieren – diese Angst ließ mich still werden auf meiner hohen Warte, und sie nahm mir meine Überzeugung fort. Aber ich umklammerte die steinerne Brüstung, bis diese Zweifel so blaß wie meine Fingerknöchel waren. Wie fern dieser Glockenturm war, und wie fern meine Familie.

Schwach drang Musik aus den Straßen zu mir herauf, diesmal der begeisterte Flamenco der spanischen Zigeuner. Sie zumindest waren ein Volk, das sich den Sinn für seine Integrität bewahrt hatte.

Ein wenig erfrischt von der Nachtluft, stieg ich die drei Treppen zur Eingangshalle hinunter und holte meinen Koffer. Ich kehrte zurück in den ersten Stock, stieß gegen die Tür zu unserer alten Wohnung und wich zurück, als sie in einer erstickenden Staubwolke aus den Angeln fiel. Eine Katze, die ich mitten in der Jagd nach Ungeziefer überrascht hatte, sprang durch das Wohnzimmer. Sie sah die offene Tür, schlug einen Haken und jagte an mir vorbei die Treppe hinauf.

Der Staub senkte sich, und das Apartment war so tot wie ein ausgebombtes Museum. Beinahe erwartete ich, mich selbst – mein jugendliches Ich – hinter der Schlafzimmertür hervortreten zu sehen, hinter der ich vor dreißig Jahren die erbarmungswürdigen Artefakte meines Heranwachsens aufbewahrt hatte: Bücher, Photos, Notizblocks voller unvollendeter Gedichte, ein schiefes

Selbstporträt in Öl und die Schreibmaschine, auf der ich diese Erzählung jetzt niederschreibe. Aber niemand erschien in der französischen Tür, und so ging ich selbst hindurch und verscheuchte noch zwei oder drei weitere vierbeinige Schatten. Abgesehen von ihnen war auch dieser Raum leer.

In dieser Nacht schlief ich in einer Ecke meines alten Zimmers. Eingerollt in ein zerrissenes, nach Terpentin riechendes Laken, ein Nest aus zerknülltem Toilettenpapier unter dem Kopf, schlief ich traumlos.

Am Donnerstagmorgen erwachte ich mit Kopfschmerzen, und angstvoll stellte ich fest, daß ich keine Erinnerung an den vorhergegangenen Tag hatte. Das Sonnenlicht strömte durch die in ungleichmäßigen Abständen vor das Fenster genagelten Latten, es fiel mit dem Gewicht und der Konsistenz von Schleim auf mich herab, leimte mich an den Fußboden. Mein Körper schmerzte. Als ich mich schließlich der Situation entsann, richtete ich mich mühsam auf und zog meinen Koffer über die Fliesen an mein improvisiertes Bett heran.

Meine Hände zitterten unstet wie ein Paar abstoßender Medusengeschöpfe aus dem Meer. Infolgedessen dauerte es einen oder zwei Augenblicke, bis ich die beiden Schlösser geöffnet hatte. Der Koffer klappte auf. Ich sah das getrocknete Blut an der Unterkante, eine Kruste, braun wie spanische Erde, und sie erinnerte mich an das, was ich getan hatte. Noch nie in meinem Leben hatte ich ein anderes menschliches Wesen getötet. Daß meine Reue wegen der brutalen Hinrichtung des Mannes meine zielstrebige Entschlossenheit schießlich unter sich begraben könnte, wurde zu einer realen Möglichkeit. Das Grauenhafte meiner Tat begann sich wieder meiner zu bemächtigen, und hastig wandte ich mich meinen Geschäften zu.

»Zählen wir«, sagte ich laut.

Einen nach dem anderen nahm ich die Gegenstände aus meinem Koffer und legte sie nebeneinander auf den Boden: drei Paperback-Romane, ein Elektrorasierer, ein sauberes Hemd, ein kleines Päckchen, das mein restliches spanisches Geld enthielt, etwa dreihundert Peseten. Aber dies waren die profanen Gegenstände. Unter dem Hemd, den Socken, der Unterwäsche lagen die wesentlichen Dinge, mit denen ich drei Jahrzehnte peinlichster Irrungen korrigieren würde.

Auch diese Dinge nahm ich aus dem Koffer und arrangierte sie auf der schmierigen Unterlage meines Lakens. Angesichts der Aufgabe, die vor mir lag, war es keine sonderlich eindrucksvolle Zusammenstellung von Instrumenten: Drei hohle Zylinder, die sich ineinanderschieben ließen und dann eine überzeugende Nachbildung des weißen Blindenstockes abgaben.

Mit einem Unterschied.

In das untere Segment des »Stockes« drückte ich einen kompliziert geformten Zündmechanismus. Wenn man diesen Mechanismus heftig gegen den Körper eines anderen stieß, ließ das System eine Patrone explodieren, das Fleisch zerfetzte und Knochen zersplitterte. Natürlich mußte es beim ersten Versuch glücken; einen Fehlschlag konnte man sich nicht leisten. Aus diesem Grunde hatte ich eine Patrone mit einem gewaltigen Kaliber ausgewählt, ein Geschoß, das die Diaspora der Menschheit wieder an den ihr gebührenden Platz schleudern sollte. Ich steckte die Segmente zusammen und stieß gelangweilt mit der Waffe in die Richtung des hohen Vorderfensters, durch das die Morgensonne hereinstrahlte.

»Lächerlich.«

Freilich, eigentlich hätte jemand anders tun müssen, was ich – ein Dilettant, ein Akademiker, ein erfolgloser Schriftsteller – am nächsten Morgen auf der Straße der Schlangen auszuführen gedachte. Die Anstrengungen des vergangenen Tages hatten an meinem nicht mehr jugendlichen Körper ihre Spuren hinterlassen; ich gehörte nicht in die Rolle, die ich mir selbst geschrieben hatte. Aber schließlich muß jemand der Protagonist sein, denn sonst wandern die Ereignisse ziellos umher, auf der Suche nach einer Kraft, die sie auslöst. Daß die Aufgabe mir zugefallen war, weil sonst niemand da war, enttäuschte und verwirrte mich; es grenzte an eine Farce.

Um den Koffer gänzlich zu leeren, nahm ich noch einen letzten Gegenstand heraus und hielt ihn nachdenklich zwischen meinen Fingern. Eine Zyanidkapsel. Auch sie war lächerlich und schien nur zu beweisen, wie rasch eine Farce ins Melodram abgleiten konnte. Aber wenn ich den Vorsitzenden ermordet hätte, würde es kein Entrinnen geben. Ich hatte die feste Absicht, die Kapsel zu benutzen, auch wenn der Akt des Zerbeißens der dünnen Hülle einen gewissen künstlerischen Mangel aufweisen würde – denn man könnte mich dann nicht mehr vernehmen. Ich würde mich nicht mehr rechtfertigen können!

Langsam nahm ich den Stock auseinander und legte ihn zurück in den Koffer.

Den restlichen Vormittag verbrachte ich damit, einen der Romane zu lesen, und irgendwann dachte ich verschwommen daran, etwas zu essen. Weder Polkas noch Flamencos störten mich bei meiner Lektüre.

Nun komme ich zu einer der unwahrscheinlicheren Episoden dieser Geschichte: zu dem Gespräch nämlich, das ich einige Seiten zuvor erwähnt habe, und zu der ganz und gar zufälligen Begegnung, durch die es zustande kam. Hier müssen Sie mir einfach folgen und Ihren zweifach erregten Zweifel außer acht lassen, denn sonst müßten Sie überhaupt aufhören, diesem Bericht zu vertrauen. Ich bin nicht bereit, mich für den mörderischen Anschlag einer Parallelzeit auf die Glaubwürdigkeit zu entschuldigen, schon gar nicht, wenn es der Anschlag einer parallelen Zukunft ist. In jenem Augenblick, unter der hohen Decke meines alten Schlafzimmers, getrennt von den Strömungen der Zeit, suchte ich Entschuldigungen nur in der Welt, die ich kannte. In meiner momentanen Isolation hatte ich keine Möglichkeit, mich auf das zufällige Zusammentreffen mit Mrs. Euralinia Weik vorzubereiten.

Es geschah, weil mein Gewissen mich aus dem zerrissenen Laken trieb, aus meinem blutbefleckten Hemd, aus dem Gipsstaub meines alten Schlafzimmers. Frisch angekleidet und rasiert, stieg ich auf das Dach des Hauses. Der Himmel war so klar wie ein Chininwasser; das dünne Blau brannte in meinen Augen, und die Luft war scharf von der Kälte der ersten Frühlingstage.

Ich ging zum Wäscheschuppen.

Die zerbrochene Tür hing da wie eine erhobene Hand und gebot mir Einhalt. Ich wollte mich über ihr unmißverständliches NICHT ÖFFNEN nicht hinwegsetzen, ich wollte keinen Beweis dafür, daß der Alptraum des vergangenen Abends im hellen Licht des Tages zur Wahrheit geworden war. Aber ich überwand diese negativen Skrupel und stieß die verwitterte Tür nach innen. Ein sehr elementarer Geruch hatte begonnen, die gewohnte, von Zement und schmutzigem Wasser beherrschte Atmosphäre des Waschhauses zu durchziehen.

Der Blinde lag auf dem Boden, wie ich ihn verlassen hatte. Aber die Wanne war übergelaufen, sie tropfte, tropfte, tropfte, und graue Feuchtigkeit umgab den Leichnam. In der hinteren

Ecke des Schuppens tropfte es noch immer monoton. *Dieser Raum*, dachte ich, *ist eine Kalksteingrotte.* Und das Wort *Grotte* klang in meinem Kopf wie eine keine Glocke und löste eine merkwürdige Assoziation aus: Ich dachte an das spanische Wort für Katze: gato. Dieser Gedanke wiederum beschwor das Objekt selbst herauf, denn als ich den Leichnam des blinden Mannes genauer anschaute, sah ich, daß eine kleine schwarze Katze mit dunklen, goldenen Augen auf seinem Rücken saß, als habe sie eine Insel besiedelt. Sie starrte mich an. Sie machte keinerlei Anstalten, an mir vorbei auf das Dach hinaus zu flüchten. Ob es Frechheit oder Dummheit war, was sie so zahm machte, weiß ich nicht; jedenfalls nahm ich das Geschöpf auf und trug es ins Freie, und ich mußte daran denken, wie abscheulich, wie lächerlich gruselig seine Anwesenheit an ausgerechnet diesem Ort war. Ein blinder Mann und eine Katze, zusammen eingesperrt. Die Katze wehrte sich nicht, als ich sie in meinen Armen aus der Dunkelheit trug.

Geistesabwesend streichelte ich das Tier und lauschte seinem behaglichen Schnurren. Ich ging zur Brüstung und schaute zur Kathedrale hinüber. Die Katze schlief ein, und ihr Schnurren war ein beinahe unhörbarer Kontrapunkt zum Rauschen des Windes. Wieder stand ich wie gebannt vor dem fernen Kirchturm und den davorliegenden dunstverschleierten Dächern.

Eine Stimme sagte: »Hola. Qué haces aquí, hombre?«

Ich fuhr herum. »Was?« Ein Geräusch, kein Wort.

»Englisch«, sagte die Frau und kam aus der Tür aufs Dach heraus. »Auch gut. Ich habe Sie nur gefragt, was Sie hier oben machen. Als ich das Gebäude von der Straße aus sah, erwartete ich nicht, irgendwo darin eine Menschenseele zu entdecken – geschweige denn auf dem Dach, und offenbar wohlhabend und nachdenklich zugleich.«

Ich wandte den Blick vom Gesicht der Frau, ihre Züge verschwammen – und ich blickte hinüber zur Tür des Waschhauses. Sie stand halb offen. Ich spürte, wie mir das Blut in den Schläfen zu pochen begann. Würde der Geruch mich verraten? Würde ich meine Interessen in Spanien durch einen weiteren Akt der Gewalt beschützen müssen?

Ich ließ meinen Blick zum Gesicht der Frau zurückwandern; es war ein braunes, von dunklem Haar umrahmtes Gesicht. Aber ich sah sie noch immer nicht wirklich. Ich sagte: »Wohlhabend, nein.

Das nicht.«

Plötzlich kam sie auf mich zu. Sie war klein und trug einen knielangen Lederrock, flache Schuhe und eine unattraktive Jacke, die bis obenhin zugeknöpft war. Rock, Schuhe und Jacke waren gleichmäßig grau. Mit bewußter Anstrengung versuchte ich, die Emotionen in dem Gesicht über diesen Kleidern zu wägen und abzuschätzen. Aber sie näherte sich mir so rasch, nicht mich, sondern die Katze in meinen Armen anschauend, daß ich nichts weiter feststellen konnte, als daß sie einen kleinen Mund und Augen mit zarten Lidfalten hatte. Ihr Haar schimmerte wie ein Plastikhelm, unerschrocken.

Ich trat zurück.

»Oh«, sagte sie und streckte die Hand aus. *»The gato es schlepping.«* Sie streichelte das Tier.

»Nisei?« fragte ich.

Sie hob das Gesicht. Ich bin kein großer Mann, aber sie hatte Pete Taniguchis zierliche Statur geerbt, nicht die amazonenhaften Proportionen ihrer Mutter; infolgedessen erschien sie vor mir winzig. Aber das aufwärtsgewandte Gesicht gehörte jetzt einer Frau, die die Dreißig weit hinter sich gelassen hatte, und seine orientalische Offenheit hatte sich den kleinen Krähenfüßen von wahrscheinlich sehr viel größeren Enttäuschungen ergeben müssen. Es war ein tapferes, aber unmerklich verwundbares Gesicht. Und selbst in diesem Augenblick, konfrontiert mit der Krise ihrer Anwesenheit, nahm ich mir die Zeit zu entscheiden, daß sie als Erwachsene nicht so attraktiv war, wie sie als Kind gewesen war. Ihre Kleider paßten nicht zu ihr. Ihr Gesicht, wenngleich tapfer, wirkte verändert und nicht mehr vertraut.

»Niemand nennt mich mehr so«, sagte sie. »Nur meine Eltern. Und die leben in Deutschland.«

»Ich habe nie einen anderen Namen für Sie gewußt.«

»Und wer sind Sie?«

Da sie nicht aufhörte, die Katze zu streicheln, schob ich ihr das Tier behutsam in die Arme; es erwachte und beäugte mich mit goldener Gleichgültigkeit. Dann sanken seine Lider wieder herab.

Ich nannte ihr meinen Namen. Ich schob die Hände in die Taschen und schlenderte, immer weiter redend, an der Brüstung entlang. »Wir wohnten in dem Apartment unter Ihnen, als Ihr Vater bei der Air Force war. Meiner ebenfalls. Einer Ihrer Lieblingsausdrücke war: *The gato es schlepping.* Einmal, an einem Nachmittag, habe ich Sie beinahe zu Tode erschreckt; eine Seltersflasche ist zerplatzt, und ich habe mich über und über mit Rotwein begossen.« Bei dem Wäscheschuppen drehte ich mich um und sah ihr ins Gesicht. »Erinnern Sie sich daran?« Beiläufig zog ich die Tür nach vorn und blieb noch einen Moment dort stehen, damit mein Herz sich beiläufig wieder beruhigen konnte.

»Nein«, sagte sie. »Daran erinnere ich mich nicht. Aber ich glaube, an Sie erinnere ich mich. Ich weiß, daß Sie mich hier auf dem Dach auf dem Rücken umhergetragen haben.«

»Ja, das war ich. Ein anderes Ich, aber derselbe.«

Sie lachte. Dann nickte sie dem dahingegangenen Jüngling tröstlich zu. »Sehr tiefgründig. ›Ein anderes Ich, aber derselbe.‹«

»Bitte erwarten Sie nicht, daß das, was ich sage, zusammenhängend und sinnvoll erscheint, Nisei.« Ich ging wieder auf sie zu. »Die Welt ist für mich heutzutage sehr verwirrend, und Ereignisse wie dieses lassen mein Haar ergrauen.«

Sie legte den Kopf schräg und musterte mich, betrachtete meine Schläfen. »Dann haben Sie so etwas schon oft erlebt.« Eine Pause. »Sind Sie jetzt nicht älter als Ihr Vater war, als unsere Familien hier in diesem Haus lebten?«

»Ja.« Ich lachte erschrocken auf. »Ja, Nisei, das bin ich.«

»Mein Name ist nicht mehr Nisei.«

»Nein, wahrscheinlich nicht.«

»Ich möchte auch nicht, daß Sie mich so nennen, wenn Sie es vermeiden können. Als ich alt genug war, um zu verstehen, was der Name bedeutete, begann ich ihn zu hassen.«

»Weshalb?«

»Weil es kein Mädchenname ist. Es ist nicht einmal ein Jungenname – es ist die Artbezeichnung für das in Amerika geborene Kind japanischer Einwanderer. Es hat nichts mit mir zu tun, und ich verstehe nicht, weshalb mein Vater mich überhaupt so nennen konnte.«

»Irgendwie paßte er zu Ihnen, als Sie klein waren. Wie heißen Sie denn jetzt? Ich werde Sie so nennen, wenn ich es behalten kann.«

»Euralinia«, sagte sie.

»Taniguchi?«

»Nein, *Weik*. Euralinia Weik.«

Ich schwieg.

Sie streichelte die Katze und fragte: »Sie sind nicht überrascht, weil ich geheiratet habe, oder? Bin ich so unattraktiv?«

»Nein«, antwortete ich. »Ich dachte nur über Ihren Namen nach.«

»Und?«

»Der Name ist unattraktiv.«

Diese Bemerkung ließ ihre Hand auf dem elektrischen, kohlschwarzen Fell der Katze erstarren und entzündete einen zornigen, aber sofort wieder verglühenden Funken in ihren Augen. Als ich in diese Augen schaute, bedauerte ich meine Bemerkung, aber ich begriff auch, daß meine Einschätzung richtig gewesen war. Der Name war grotesk. Am Klang der einzelnen Silben in ihrem Vornamen war nichts auszusetzen, aber mit dem Wort, das sie bildeten, stimmte etwas nicht; trotz der fließenden Vokale klang es dissonant. Und der Nachname erinnerte an den harten Eisenklang des Erobererschwertes, unerbittlich und höhnisch. Ich fühlte mich von ihren Augen zurechtgewiesen.

»Das gefällt mir nicht«, sagte sie. »Es ist unfreundlich. Grob. Es ist die Art von Bemerkung, die man nicht laut ausspricht.«

»Ich entschuldige mich dafür.«

»Sie formen eine Entschuldigung mit dem Mund, wie ein Aal, den man aus dem Wasser gefischt hat.«

Die Katze immer noch im Arm haltend, wandte sie sich ab. Sie ging ein Stück weit an der Brüstung entlang. Sie setzte das halb schlafende Tier ab. Dann sah sie sich nach mir um.

»Warum gehen Sie jetzt nicht hinunter – *Mike*, nicht wahr? Sie waren bereits an der Reihe. Ich bin hier heraufgekommen, weil ich das alte Gebäude nicht mehr gesehen hatte, seit unsere Familien von hier fortzogen. Meine Eltern haben mir die Adresse gegeben, und als ich das Tor unten offen vorfand, mußte ich einfach heraufkommen. Ich hatte nicht damit gerechnet, hier oben jemanden in seinen Träumen zu stören – aber da es nun einmal geschehen ist, bin ich an der Reihe, selbst ein wenig zu träumen. Ich sehe keinen Grund, weshalb wir beide zugleich hier oben sein müssen.«

Die Katze hatte ihre verschlafene Überraschung angesichts ihrer plötzlichen Einsamkeit überwunden; sie ließ sich auf einem von der Sonne beschienenen Flecken nieder und begann sich sorgsam zu putzen. Ich konnte Nisei – *Euralinia Weik* – nicht allein auf dem Dach zurücklassen, nicht während der Leichnam des Blinden in der feuchten Hitze des Wäscheschuppens allmählich verweste – ein Affront gegen die Gerechtigkeit, ja, aber zugleich eine faulig stinkende Bedrohung meiner Attentatspläne. Ich mußte mich der Entrüstung dieser Frau stellen, ich mußte sie besänftigen, abkühlen.

»Ich stimme Ihnen zu«, sagte ich. »Ich sehe keinen Grund, weshalb überhaupt einer von uns beiden hier oben sein muß. Ich lade Sie zum Essen ein.«

Sie wandte mir den Rücken zu, umfaßte das Geländer der Brüstung und starrte auf die Kathedrale, La Giralda. Drei Tauben tauchten kühl vom Himmel auf ein benachbartes Dach herab; sie landeten zwischen den Wäscheleinen und stolzierten mit schillernden Brüsten in der Sonne umher. Nisei starrte auf die Kathedrale, beobachtete die Tauben, beachtete mich nicht.

»Eine echte Entschuldigung«, sagte ich. »Nicht die reflexhaften Mundbewegungen eines Aals.«

»Ich bin nicht hungrig.«

»Dann trinken wir etwas. Unten, in Antonios Bar – oder wem sie auch immer gehören mag.« Ich versuchte, einen Plauderton anzuschlagen. »Bitte, Mrs. Weik. Verzeihen Sie mir meine Taktlosigkeit. Takt ist eine Eigenschaft, die bei mir immer dann zu verschwinden scheint, wenn mir mein Alter bewußt gemacht wird.«

Einen oder zwei Augenblicke später hatte sie meine Entschuldigung angenommen, und zusammen gingen wir hinunter in die Bodega, die einst Antonio gehört hatte; wir fanden einen freien Tisch auf dem Bürgersteig und setzten uns einander gegenüber. Die kleine schwarze Katze blieb auf dem Dach zurück; Nisei protestierte – was mich überraschte – nicht mit einem einzigen Wort dagegen, daß wir sie dort allein ließen. Offensichtlich liebte sie Katzen, aber sie benahm sich, als müsse diese rechtmäßig dort bleiben, wo sie war – allein und ungestört auf dem Dach eines verfallenden Apartmentgebäudes.

Auf dem Gehweg neben dem Gebäude tranken wir unseren Wein und sprachen über das Leben, das wir seit unserer Abreise aus Spanien im Jahre 1963 geführt hatten – obwohl, ohne daß ich etwas dazutat, sie es war, die die meiste Zeit über redete; sie begann beinahe mit dem Sommer unserer Abreise. Während sie erzählte, starrte ich in mein Weinglas und sah das Bild zweier goldener Augen, die in der roten Flüssigkeit schwebten. Aber Nisei fesselte meine Aufmerksamkeit, und die Illusion verschwand mit den letzten Tropfen meines Weins.

»Wir verließen Spanien, weil Papa in die Staaten zurückversetzt worden war«, erzählte Nisei. »Wir waren in der Eglin Air Force Base in Florida stationiert, und ich weiß noch, daß ich lange Zeit überhaupt nicht begriff, daß wir Spanien verlassen hatten. Wir verbrachten viele Tage an den heißen, weißen Stränden zwischen Fort Walton und Panama City, und für meinen schlichten Verstand waren diese Strände – so glitzernd und warm von der See – nichts weiter als eine Fortsetzung des Sandes, der Cadiz und Torremolinos in breiten, hellen Streifen umschlossen hatte. Das Mittelmeer und der Golf von Mexiko waren für mich ein und dasselbe.

Fünf Jahre später wurde Papa wieder versetzt, diesmal nach Lincoln, Nebraska, und hier begann unsere Familie zu zerbrechen. Ich erinnere mich, daß ich zum erstenmal Schnee sah und daß ich durch den schmutzigen Matsch am Straßenrand nach Hause planschte. Mama stritt mit Papa über alles mögliche, vom Wetter über ihr Heimweh bis zur Lächerlichkeit seines Jobs, und er schimpfte zurück. Manchmal verließ ich das Haus und ging hinaus in den Schnee, um ihr Geschrei nicht hören zu müssen. Und dann erzählte Mama mir eines Tages, daß sie und Papa sich hätten scheiden lassen und daß wir beide jetzt einander liebhaben müßten. Das erschien mir noch sonderbarer als die Tatsache, daß die Strände bei Cadiz und Panama City nicht auf demselben Kontinent lagen. Papa sah ich beinahe sieben Jahre lang nicht wieder, und da war ich dann eine erwachsene Frau von neunzehn Jahren und eine ernsthafte Universitätsstudentin.«

»Sie und Ihre Mutter sind nach Europa zurückgekehrt?«

»Ja. Wir gingen nach München, wo Mama zu Hause war, und dort lebten wir bei ihren Eltern, bis Mama eine Arbeit gefunden hatte. In mancher Hinsicht erinnerte München mich natürlich an Lincoln«, – hier kicherte Nisei und wirbelte den Wein in ihrem Glas herum – »aber eigentlich nur insofern, als beide Städte im Winter unter fetten Schneedecken schlummerten. Mein Vater fehlte mir sehr, und ich mußte hart arbeiten, um meine Deutschkenntnisse aufzufrischen. Aber irgendwie, Mike, erschien mir der Schnee in München freundlicher, selbst wenn er auf den Straßen brodelte und zornig zwischen den Häusern zischte. Es war immer so, als senkte er sich über mich herab wie ein wehender Gazeschleier, weiß und beruhigend.«

»Das gleiche Gefühl habe ich nach zuviel Brandy«, sagte ich.

Ein unechter Scherz. Nisei nickte gedankenverloren. Dann fragte ich: »Lebt Ihr Vater noch? Sie sagten, Sie hätten ihn wiedergesehen.«

»O ja. Er und Mama heirateten wieder, als ich zwanzig war. Sie leben jetzt zusammen in München – obwohl Papa, als ich klein war, immer schimpfte, Deutschland sei ein Land voller Barbaren und Krieger, und er werde ihm niemals die Ehre antun, sich dort niederzulassen. Mama sagte dann immer, daß Japan genauso sei, und die Vereinigten Staaten ebenfalls. Daraufhin fluchte Papa, nicht komisch, sondern wie jemand, der in der Gosse aufgewachsen ist und von Zwiebeln und saurem Brot gelebt hat. Es war beängstigend. Dabei war er in seinem ganzen Leben noch nicht in Japan gewesen.«

»Aber jetzt sind Ihre Eltern wieder verheiratet und leben in München?«

»Ja.«

»Wie kam dieses Wunder menschlicher Beziehung zustande?«

»Mamas Eltern drängten sie, an ›Mr. Taniguchi‹ in den Staaten zu schreiben und ihm zu berichten, welche Fortschritte seine Tochter machte. Mama wandte ein, daß ›Mr. Taniguchi‹ ihr nicht geschrieben habe und daß er wahrscheinlich hoffe, seine Tochter sei mangels väterlicher Führung in der Gosse gelandet. Aber meine Großeltern setzten sich durch. Mama schrieb. Anfangs mußte sie an die große Air Force Base in Texas schreiben, wo sie die Adressen aller amerikanischen Soldaten aufbewahren, und von diesen Leuten erfuhr sie, daß Papa in Kalifornien stationiert worden war. Dann schrieb sie an Papa. Drei Jahre lang wechselten die beiden Briefe, und dann kam er nach München.

Als wir ihn zu Hause – jawohl, *zu Hause* – begrüßten, war ein grau verhangener Tag, und die Luft war voll von Konfetti aus Schnee, wie bei den Paraden in New York, wenn sie die Lochstreifen von den Fernschreibern aus den Fenstern werfen. Ich schwänzte meine Seminare an der Universität, und Papa erzählte uns, er habe die Air Force verlassen, nur zwei Jahre vor seiner Pensionierung. Genaugenommen sogar weniger als zwei Jahre vorher. Wir lachten. Dann weinten wir. Wir weinten zusammen wie eine Familie.«

»Wahrscheinlich weil er seine Pensionsansprüche verwirkt hatte.«

»O nein«, sagte Nisei, aber diesmal nahm sie meinen forcierten

Witz zur Kenntnis, indem sie ihr Glas hob und es klirrend gegen meines stieß. »Wir weinten, weil wir so glücklich waren, weil wir endlich wieder zusammen waren. Sie heirateten nur deshalb erst soviel später, weil Papa erst ein Heim gründen wollte, wenn er eine sichere Position hatte. Er wurde dann Werkstattleiter in einem der größten Autoreparaturbetriebe in München. Mama und ich brachten ihm die Sprache bei.«

»Ein Autoschlosser«, sagte ich. »Ein verklärter natürlich.«

»Ja, ein Autoschlosser.« Sie blinzelte. »Und dann Vorarbeiter.«

Dieser Aspekt ihrer Geschichte irritierte mich; er hatte einen verdeckten, aber sehr realen gemeinsamen Nenner mit der Wende der europäischen Geschichte, einer Wende, die in den frühen siebziger Jahren begonnen hatte. Ich versuchte, meine Stimme zum Instrument einer neuen Ernsthaftigkeit zu machen. »Ihr Vater ist aus der Air Force ausgeschieden, als er nicht einmal mehr zwei Jahre zu dienen hatte, Nisei. Das war unverantwortlich. Er könnte bis zum heutigen Tage eine reichliche Pension beziehen, wenn er nur einen Moment lang nachgedacht hätte. Er hätte sich nicht die Mühe machen müssen, ›Werkstattleiter‹ zu werden. Sehen Sie das nicht ein, Nisei?«

»In zwei Jahren kann man sterben.«

»Das ist mir klar«, sagte ich. »Das ist mir klar.«

»Und ich heiße nicht mehr Nisei.«

»Nein. Sie sind ein erwachsenes Mädchen, und Sie sind verheiratet. Es tut mir leid. Es tut mir leid, *Mrs. Euralinia Weik.*«

Und dort auf dem staubigen Bürgersteig, nicht länger mehr fähig, irgendeine künstliche Fassade aufrechtzuerhalten (unnahbar oder mädchenhaft), direkt vor den Augen von einhundert Fußgängern, verlor Nisei die Fassung und weinte. Einen Moment lang hielt ich meine unfreiwillige Flegelhaftigkeit für den Grund ihrer Tränen, und ich versuchte sie zu beruhigen, indem ich mich vorbeugte und mich immer wieder bei ihr entschuldigte. Aber sie schüttelte den Kopf, um anzudeuten, daß die Schuld nicht bei mir lag. Sie schüttelte den Kopf und weinte, als würde ihr Herz stehenbleiben, wenn sie aufhörte.

Ich lehnte mich wieder zurück und saß starr auf meinem Stuhl. Der Barmann kam hinter seiner Theke hervor, stellte sich in die offene Eingangstür und schaute zu uns herüber. Die Gäste an den anderen Tischen ringsumher starrten uns gleichfalls an. Als Nisei ihre krampfhaft zuckenden Schultern endlich wieder in der Gewalt hatte, verschwand der Barmann wieder in seiner Höhle mit dem warmen Sägemehl und den seifig verschmierten Gläsern.

»Mir tut es auch leid«, sagte Nisei und wischte sich über die Augen.

»Sie haben doch geheiratet, oder nicht? Sie heißen doch nicht mehr Taniguchi.«

»Ja«, antwortete sie. »Aber mein Mann ist tot. Mein Mann ist tot, und ich kann nicht . . . ich kann einfach nicht akzeptieren . . .« Sie brach ab, aber ihre Stimme mündete in ein leises Schluchzen, jetzt ohne die schrille Wortlosigkeit ihres Weinens vorhin. Der Barmann blieb hinter seiner Theke.

»Ach, Nisei.«

Sie sah mich geradewegs an, in ihren Augen lag ein trotziges Funkeln, und sie preßte die Zähne zusammen. »Aber was es schlimmer macht – was es tausendmal schlimmer macht – ist, daß er *nicht tot ist.* Er ist tot, Mike, und er ist es nicht. Er läuft umher, und das ist das Furchtbare, das ist es, was ich nicht akzeptieren kann, weil ich weiß, daß er tot ist. Weil ich weiß, daß er . . .«

Wieder zwang ein langsames, rhythmisches Schluchzen sie, das Gesicht in ihre Hände zu legen.

Ich mußte warten. Ich wartete fünf Minuten. Zehn. Gelegentlich sprach ich zu ihr, flüsternd, ich gab die ritualistischen Trostlaute von mir, die keinerlei Bedeutung haben, die nur der hörbare Beweis dafür sind, daß jemand in der Nähe ist. Wir tranken keinen Wein mehr, aber ich bestellte noch eine Flasche und ließ sie zu uns an den Tisch bringen, damit wir einen Vorwand hatten, zu bleiben, wo wir waren.

Die Geschichte von Niseis Ehe und deren ganz und gar phantastischem Nachspiel kam im Verlauf der nächsten zwei Stunden stockend aus ihrem Munde. Nisei sprach beinahe stimmlos flüsternd, und ich ignorierte die hoch am Himmel vorüberziehende Sonne, obgleich es dort auf dem Bürgersteig keinen Schatten gab und die Kühle des frühen Nachmittags verdunstet war.

An der Universität München (so erzählte sie) hatte sie Sprachen studiert. Als sie dreiundzwanzig Jahre alt war, sprach sie fließend Deutsch, Spanisch, Englisch, Französisch, Italienisch und Russisch. Sie war vertraut mit den klassischen Sprachen und beherrschte eine Reihe von slawischen Sprachen gut genug, um sie lesen und verstehen zu können. So mühelos, wie Blätter an einem Baum sprießen, kamen die Worte auf ihre Lippen und erblühten dort zu wunderschönen Mustern. Es gab niemanden, so schien es, den ihre Kommunikationsfähigkeit nicht zu erreichen vermocht hätte. In den Schnee von München pflanzte sie die zarten, grünen Schößlinge der Sprache und sah zu, wie aus dem Weiß Myriaden von verschlungenen Ranken erwuchsen.

Als eine Art Wunderkind begab sie sich in die Arena, in der sie ihre Fähigkeiten und ihre vielleicht unvermittelbare Geschicklichkeit anderen vermittelte. Sie war keine Lehrerin, aber andere kamen zu ihr. Diese Erfahrung erschreckte Nisei, und sie scheute viele dieser Leute – vor allem die jungen Männer aus dem Orient, die erwarteten, daß sie mit ihnen Japanisch, Amoy oder Koreanisch spräche, und die sie unweigerlich schließlich schalten, wenngleich in überaus milder und humorvoller Weise, weil sie das linguistische Erbe ihres Vaters vernachlässigte (der, wie sie ja nicht wissen konnten, selbst die Sprache seiner Väter längst vergessen hatte). Diese jungen Männer, leuchtend wie poliertes Kupfer, repräsentierten die Vorhut eines steten Zustroms asiatischer Austauschstudenten; manchmal sah es so aus, als hätten ihre ernsten Gesichter jede Nische, jeden Seminarraum, jede Diskussion in der Universität für sich erobert. Ein Unbehagen ergriff Besitz von Nisei. Obgleich diese kupfernen Gesichter sie mit dem Hinweis auf etwas Unvollendetes bedrängten, weigerte sie sich, diese Unvollkommenheit einzugestehen. Sie lehnte ab, wenn diese jungen Männer ihr in Gängen und leeren Seminarräumen Einladungen zum Essen aussprachen, und sie vereitelte von sich aus ihre Versuche, sie in den Rudimenten des Mandarin zu üben. Von ihnen wollte sie nichts lernen. Es dauerte nicht lange, und sie ließen ihr die Distanz, die sie zu wollen schien, und überließen sie den schweifwedelnden, inzestuösen Abkömmlingen der indo-europäischen Art. Die exotischen Sprößlinge des Ostens wollte sie nicht kultivieren, und in diesem Winter begann der Schnee in München zu ergrauen – so daß er sie an eine andere Zeit, an einen anderen Ort erinnerte.

Dann traf sie Theodor Weik.

Dreißig Jahre alt, erschien Theodor Weik im System der Universität mit einer verblüffend vollkommenen Beherrschung der sino-tibetanischen Sprachen. Er ähnelte, erzählte Nisei, jenem großen, asketisch wirkenden Schauspieler, blond und hager, der in so vielen Filmen von Ingmar Bergman gespielt hatte. Aber Theodor Weik hatte den größten Teil seines Lebens nicht in den kalten, nördlichen Einöden Skandinaviens verbracht, sondern in der brodelnden britischen Kolonie Hong Kong, wo sein Vater als Auslandskorrespondent arbeitete. (Natürlich waren die Briten längst abgezogen – das heißt, diejenigen Briten, die Verwaltungspositionen bekleidet hatten; aber viele waren doch in der Stadt geblieben, in Rollen von scharf verringerter Bedeutung, aus purer Liebe zu diesem lärmenden Hafen.) Als Junge von kaum mehr als zwölf Jahren hatte Weik alle wesentlichen Dialekte des Chinesischen und mehr als nur ein paar Worte Vietnamesisch gelernt, das letztere, erstaunlich genug, von den amerikanischen Soldaten, die von ihrer Regierung nach Südostasien geschickt worden waren, die aber aus eigenem Antrieb ihren Urlaub in Hong Kong verbrachten. Sein Vater kannte viele dieser Männer, und der junge Theo verdaute die roh vermittelten Fragmente von Vokabular und Grammatik, die sie ihm bieten konnten, und kombinierte sie zu einem Mosaik von intuitiver Symmetrie.

Seine Begabung für die sino-tibetanischen Sprachen war Niseis Beherrschung der europäischen Zungen ebenbürtig. Als sie einander in der Universität in München kennenlernten, war es, als habe jeder von ihnen sein Gegenstück gefunden, die entgegengesetzte, aber komplementäre Hälfte seines Wesens, von der Plato den Aristophanes im *Symposion* reden läßt: das Streben nach dem Ganzen, welches er, Aristophanes, »Liebe« nennt.

»Als wir geheiratet hatten«, sagte Nisei, »sprachen wir in dieser Weise von unserem Zusammentreffen, und wir lachten über die scheinbare Absurdität, die darin lag. Aber auf einer weniger oberflächlichen Ebene, glaube ich, fanden wir die Analogie gar nicht so lächerlich. Denn obwohl wir völlig unterschiedlich waren, hatten wir einander gefunden und geheiratet – genauso wie der griechische Dichter den komischen Prozeß in Platos Dialog erläutert.«

Die Weiks blieben noch drei Jahre in München, denn Theo war einer der jungen Löwen der philologischen Fakultät geworden, ein Löwe mit samtenen Manieren und den intensiven, versöhnlichen Instinkten einer Frau. Viele der jungen Orientalen, die Nisei zurückgewiesen hatte, lud er in ihr Heim ein. In dem kleinen Apartment unter dem Dach, eingerichtet mehr nach seinem als nach ihrem Geschmack, saßen sie dann auf dem Fußboden, die

Weiks und ihre Gäste, und redeten bis tief in die Nacht hinein, und sie redeten in den Dialekten, vor denen sie einst geflüchtet war. Der Not gehorchend, lauschte Nisei den fremdartigen Kadenzen, den emphatischen Vokalen, der ständig wechselnden Tonhöhe. Gelächter unterbrach ihre Diskussionen über Literatur, Politik und die neue Wissenschaft, und ohne große Mühe näherte sie sich durch ihr eigenes Lachen den Sprachen, die Träger ihrer sanften Heiterkeit waren.

Die Dinge fügten sich ineinander, das Zentrum ihres Lebens dehnte sich aus, wurde von einem Punkt zu einem Kreis, von einem Kreis zu einer Kugel.

Dann sprach Theo mit ihr über seine Ziele und entschied, daß es Zeit für einen Richtungswechsel sei. Mit gewichtigen Empfehlungen von den leitenden Mitarbeitern seiner Abteilung und von einem chinesischen Diplomaten, dessen Sohn von ihm unterrichtet worden war, begab Theodor Weik sich zum Botschaftssekretariat des Wiedervereinigten Deutschland. Er bat um eine Stellung im Fernen Osten. Das Personal des Sekretariats befragte ihn, testete ihn, nahm ihn ins Kreuzverhör. Nach weniger als einem Monat hatten sie seine Bewerbung angenommen und ihn als »Diplomatenanwärter« in das deutsche Konsulat nach Peking versetzt. Nisei und er verließen München im Sommer des Jahres 1986, gemeinsam ehrgeizig entschlossen, die Revolution, die jetzt stattfand, zu konfrontieren und in sich aufzunehmen.

»Er erreichte alles, was er wollte«, sagte Nisei. »Immer.«

Gebannt von ihrer eigenen Geschichte hielt sie die gefalteten Hände vor sich auf dem Tisch. Ein schräger Schatten schnitt über ihren Kopf und ihre Hände. Obwohl ich in dem verbleibenden Dreieck des Sonnenlichtes auf dem Gehweg schwitzte, unterbrach ich sie nicht.

»Immer«, wiederholte Nisei. »Nach einem Jahr hatte er alle Führer der Kommunalität kennengelernt und verkehrte mit ihnen, den Vorsitzenden selbst eingeschlossen. Der Vorsitzende entwickelte eine mentorhafte Zuneigung zu Theo. Mir gegenüber benahm er sich wie ein Vater, der seine Kinder einmal verlassen hatte und jetzt darauf hoffte, er könne durch zahllose, alberne kleine Aufmerksamkeiten alles wieder ins Lot bringen. Ich konnte mir nicht vorstellen, wie er als Bibliothekar arbeitete, was er ja früher getan hatte, oder wie er eine Bauernarmee organisierte, oder wie er diese sentenzhaften kleinen Sprüche niederschrieb, die alle klingen, als stammten sie von einem Mittelklasse-Machiavelli. Er scherzte mit uns. Er neckte uns. Er war sehr nett. Beinahe zweimal im Monat aßen wir bei ihm privat, mit ihm und seiner dritten Frau. Theo mit seinem abendländischen Verstand, der über seine Ursprünge hinausgewachsen war, war für ihn eine Herausforderung, und ebensoviel Vergnügen bereitete es Mao, mich zu necken, weil ich einen blonden Neokapitalisten geheiratet hatte. Manchmal ermüdete ihn die Konversation mit uns, und er war dann gezwungen, sich früher zurückzuziehen, als ihm lieb war, aber er lud uns immer wieder ein. Bald sprach er mit niemandem aus dem deutschen diplomatischen Korps außer mit Theo.

Wie die Shansi-Version der Cheshire-Katze grinste er die anderen Gesandten an, aber er verstummte, sobald sie sich ihm näherten. Es war unglaublich, wie weit er uns Zugang zu seiner Person gestattete. Niemand konnte es fassen, und kurz bevor unser drittes Jahr dort zu Ende ging, kehrte einer der ›Elder Statesmen‹ für immer nach Berlin zurück, und Theo wurde alsbald zu seinem Nachfolger ernannt.

›Nisei‹, sagte er zu mir, ›jetzt kann ich die Mauern niederreißen.‹«

Ich lachte. »Er nannte Sie also auch Nisei?«

»O ja.« Sie lachte ebenfalls und löste ihre Hände voneinander. »So, wie es klang, wenn Theo es sagte, hat es mich nie gestört.«

Aber wir näherten uns dem Ende ihrer Geschichte, und Nisei hörte abrupt auf zu lächeln. Mit dem Zeigefinger malte sie verschlungene Kreise in die Feuchtigkeit auf dem Tisch. Ich wartete – wartete eine Minute – wartete zwei Minuten – wartete, bis ihr Finger seine spiraligen Bahnen beendet hatte und sie den Kopf hob.

»Im vergangenen Jahr«, sagte sie schluckend, »überfiel ihn plötzlich eine Krankheit – ein Tumor, ein Viruskrebs, der in sein Gehirn hineinwuchs wie ein Unkraut, das seine Wurzeln in einen Klumpen Moos bohrt. Der einzige Hinweis auf seine Existenz war ein leichter, immer wiederkehrender Kopfschmerz, den Theo ignorierte; ja, er erzählte mir überhaupt erst nach drei oder vier Wochen von diesen Kopfschmerzen, und dann warteten wir noch einmal drei oder vier Wochen, bis wir beschlossen, ihre Ursache feststellen zu lassen. Theo war zu beschäftigt ... zu beschäftigt damit, die Mauern einzureißen.

Obwohl die kranken Zellen sich noch nicht durch den Blutkreislauf in andere Teile seines Körpers verbreitet hatten, genügte der lokalisierte Tumor. Er würde sterben. Sie konnten lediglich das Oberflächengewebe seines Gehirns verstrahlen, das bösartige Wachstum ein wenig verlangsamen, sein Leben um ein kleines, abscheuliches Stückchen verlängern, aber schließlich ... unabänderlich ... würde der Krebs sich in das bislang unversehrte Gewebe außerhalb des Hirns hineinfressen.« Sie verstummte für einen Moment. »Er würde ... er würde sterben. Alles ganz klinisch, ganz endgültig – trotz allem, was sie heute zu können behaupten.«

Es war sehr viel, was sie tun konnten; es war beileibe nicht das, was Nisei sich gewünscht hätte, aber es war viel.

Der Vorsitzende, obgleich selbst geschwächt und fieberkrank, zeigte persönliches Interesse. Er ließ Theodor Weik in einem rot drapierten Krankenhauszimmer unterbringen und besuchte den unglückseligen Mann in einer steifen, onkelhaften Weise, die über weite Strecken sogar Nisei ausschloß. Die beiden Männer besprachen sich miteinander. Krank, aber vom Geist erfüllt, teilten sie die gemeinsamen Krankheiten und Träume. Und endlich erfuhr Nisei von ihrem gemeinsam formulierten Plan, dem Produkt dieser Unterredungen; und ihr Mann, steinhart und unerbittlich in seinem Entschluß, diskutierte fast eine ganze Nacht lang mit ihr, bis zwei weißbekittelte Wärter hereinstürzten, weil sie hysterisch wurde, und von dann an verwehrte man ihr die vermeintlich uneingeschränkten Besuchsprivilegien. Die drapierten Wandbehänge, sah sie, bewegten sich geisterhaft, als man sie gewaltsam aus dem Zimmer ihres Mannes schleppte. Ihre Augen füllten sich mit Säure.

Der Plan selbst, das fühlte sie, war inhuman, unnatürlich. Zugegeben, er verlangte Vertrauen und Opferbereitschaft – aber Theo würde das Opfer bringen, während das Vertrauen, falls er es aufbringen könnte, dem besorgten, aber unverzagten Vorsitzenden obläge. Nisei stand allein am Rande, sie war vergessen.

In der Nacht nach ihrer Vertreibung aus dem Zimmer ihres Gatten landete ein großes, schimmerndes Flugzeug mit kalt blinkenden Lichtern auf der längsten der Landebahnen auf dem Flughafen außerhalb von Peking. Ein Konvoi eskortierte die aussteigenden Passagiere in die Stadt. Bei diesen Passagieren handelte es sich um einen Kybernetikchirurgen von unverdient geringem Ruhm und um fünf hochtrainierte Spezialisten, und seit Jahren schon bestand zwischen diesen Männern ein unnatürlicher Einklang. In der trüben, kalten Stunde nach Mitternacht trafen sie im Krankenhaus ein. In einem kreisrunden Amphitheater, zwei Stockwerke tief unter der Erde, fanden sie eine Einrichtung, welche der, die sie verlassen hatten, gleichkam: einen Operationssaal, so hell wie von Flutlichtlampen bestrahlt, mit Instrumenten aus scharfem Edelstahl.

»Sie hatten beschlossen, den Transfer durchzuführen«, sagte Nisei langsam, »bevor Theos Krebs in andere Teile seines Körpers vorgedrungen war ... bevor er seinen ... seinen *Leichnam* ... unbewohnbar gemacht hätte. Da er ohnehin zum Tode verurteilt war, ganz gleich, wofür er sich entschied, wäre das eine schändliche Verschwendung gewesen, eine Sünde gegen das Volk. Und Theo – Theo, Gott möge ihm verzeihen – stimmte zu.«

Es war nicht mehr ihre Stimme, die da heiser aus den Strömungen der Erinnerung aufstieg.

»Ich weiß nicht, wie lange es dauerte, wie lange sie schnitten und sondierten und nähten und Zauberdoktor-Götter spielten, aber Theo ließ nicht zu, daß ich ihn noch einmal so sah, wie er war; er erlaubte mir nicht, noch einmal neben ihm zu liegen, bevor das Messer auf ihn niedersank.

Als er erwachte, erwachte nicht er. Seine Augen öffneten sich, und dahinter war jemand anders; und sein Gehirn, vom Krebs zerfressen und grauenvoll wach, hatten sie mit einem Stromstoß getötet und in einem Edelstahlzylinder verbrannt. Theo war zu einem beinahe einhundert Jahre alten Mann geworden. Seine Augen gehörten ihm nicht mehr, und er hatte mich verlassen – verlassen, indem er mir an seiner Statt einen brutalen Doppelgänger zurückließ, der mich niemals, so erbarmungswürdig ich ihn auch anflehen mag, niemals verlassen wird. – O Gott«, sagte sie. »Lieber Gott.«

»Soll das heißen, daß Ihr Mann nur deshalb noch umhergeht, weil der Verstand des Vorsitzenden sich seines Kopfes bemächtigt hat?«

Zu sich selbst sagte sie: »Lieber Gott«, und dann verstummte sie, und die Laute ihres Schmerzes und ihrer Ungläubigkeit waren nicht hörbarer als das Schnurren eines Kätzchens. Wieder gab ich ihr eine oder zwei Minuten.

»Hat er versucht, den Platz Ihres Gatten einzunehmen?«

Nur langsam drang die Frage in ihr Verständnis. Sie hob den Kopf. »Nein«, sagte sie. »Nein, das nicht.«

»Aber die Chinesen müssen eine solche Operation als verräterische Verdrehung ihrer Identität betrachten. Wissen sie davon? Akzeptieren sie es?«

»Als Notlösung. Der Vorsitzende räumt ein, daß es sich um eine Notsituation gehandelt hat – aber es sei auch die äußerste Geste des guten Willens gegenüber der westlichen Welt. Er hat freiwillig die Gestalt eines Nordeuropäers angenommen.« Mit leichter Verbitterung sagte sie: »Er rührt mich nicht an. Ich könnte es nicht ertragen ... könnte es nicht hinnehmen ... also berührt er mich nicht. Aber er ist fürsorglich, immer fürsorglich, und das ist so fluchwürdig unheimlich, so beängstigend grausam.«

»Läßt er Sie nicht nach Hause, nach München?«

»Ich war kurz zu Hause. Ich bin nach Sevilla gekommen, weil ich es wollte. Ich mußte sehen, wo es alles angefangen hatte.«

»Nur um dieses alte Gebäude zu sehen? Meinen Sie das?«

»Nein. Nicht nur, um dieses alte Gebäude zu sehen.«

»Was denn noch?«

Abrupt schob sie ihren Stuhl zurück und erhob sich, eine graue, orientalische Frau, mit der ich nichts gemein hatte. Gesichter an anderen Tischen wandten sich uns zu. Mit einer flinken Handbewegung hob sie den Vorhang von blauschwarzem Haar, der vor ihrer linken Wange lag, und ließ ihn hinter ihre Schulter fallen. Im grellen Mittagslicht glich ihr Gesicht nicht im mindesten dem des kleinen Mädchens, das schreiend im Treppenhaus gestanden hatte. Sie sagte: »Ich muß gehen.«

»Wohin? Wohnen Sie mit Ihrem Mann zusammen?«

»Mein Mann ist tot!« schrie sie, und sie begann sich zu entfernen.

»Mit dem Vorsitzenden, meinte ich.« Ich wollte aufstehen und stieß dabei die Weinflasche um. »Nisei, es tut mir leid. Ich meinte, mit dem Vorsitzenden.« Ich fühlte mich nackt vor den unverhohlen neugierigen Augen so vieler Zuschauer. Eine beginnende Migräne brachte mich aus dem Gleichgewicht; ich schwankte. Ich stellte die Weinflasche auf den Tisch; sie war immer noch halb voll.

»Der *Vorsitzende* ist heute in Madrid«, sagte sie. »Wenn er morgen hier eintrifft, werde ich ihn treffen. Nur treffen. Mehr nicht.« Sie war jetzt auf der Straße und sah mich über die Pflastersteine hinweg an. Ich hatte mich um einhundertachtzig Grad gedreht, um ihren wütenden Rückzug zu verfolgen. »Das ist alles!« rief sie.

»Nisei!«

»Nennen Sie mich nicht so!« Sie schwenkte den Arm. »Dieses Gebäude« – noch einmal schwenkte sie den Arm – »dieses Gebäude ist nicht meines. Leben Sie wohl, Mike. Gehen Sie dahin zurück, wohin Sie gehören. Gehen Sie zurück.«

Ein kleines Automobil fuhr an ihr vorüber. Zwei Männer in einer Bar auf der anderen Straßenseite riefen einander etwas zu; es klang wie Drohungen oder Obszönitäten. Nisei aber kehrte mir einfach den Rücken zu und ging weiter, bis die verbeulte Flanke eines Busses mit einer spanischen Cognac-Reklame sich zwischen uns schob, so daß ich sie zwischen den blaßblauen Hemden einiger Passanten aus dem Auge verlor. Und dann hatte sie die schmutzige Plaza zweifellos verlassen – und ich konnte nur noch auf die Fassade eines heruntergekommenen Drugstores starren, und auf die Filmplakate, die dort an der Ziegelwand klebten.

Ich setzte mich hin, Mittelpunkt unerbetener Aufmerksamkeit, und goß Wein in mein Glas. Ich ignorierte alles bis auf den Wein und die Aufgabe, die vor mir lag. Zuerst die Geschichte, die mir der Blinde über die neue Inkarnation Picassos erzählt hatte; jetzt dieser Bericht von der Verpflanzung des Verstandes des Vorsitzenden in den Körper eines Weißen. Beide Geschichten waren beunruhigend – um so mehr, da der Blinde jetzt tot im Waschhaus lag und Nisei wie eine winterliche Erscheinung zu ihrem eigenen Platz in der Zeit verschwunden war. Weder den blinden Mann noch die Frau konnte ich eingehender befragen – sie waren mir genommen, fortgetrieben. Doch alles, was ich eigentlich jetzt brauchte, war eine detailliertere Beschreibung des Vorsitzenden in seiner neuen Gestalt. Er sah aus wie Niseis verstorbener Mann, ja, wie ein Schauspieler, der einst in den perlweißen Filmen Bergmans gearbeitet hatte.

Ich wünschte mir, ich hätte Nisei nach einer Photographie gefragt.

Denn am nächsten Morgen würde ich den ehrenwerten Vorsitzenden der Kommunalität zu Boden strecken, ganz gleich, in wessen geborgtem Fleisch er jetzt umherging. Ich war zu weit gekommen – und mit uns allen war es zu weit gekommen –, als daß ich mich jetzt durch diese groteske Duplizität der Häute, durch dieses widerwärtige Ablegen und Anlegen fremder Gebeine, an meiner

Vergeltung würde hindern lassen. Es war unwichtig. Ich würde Niseis Mann noch einmal töten, wenn es das war, was geschehen mußte.

Ich ging zurück ins Haus.

Ich zog mich in mein altes Zimmer zurück, um die Hitze des Tages abzuwarten. Eine Zeitlang schlief ich; dann las ich eine Stunde. Als das Licht im Zimmer trüb und dunstig vom Staub des Abends wurde, wagte ich, drei oder vier der morschen Latten abzureißen, die mein Flügelfenster versperrten. Dies rief ein unvermeidliches, krachendes Geräusch hervor – alarmierend schrill für meine Ohren –, aber die Transistorradios spielten wieder, und die Leute auf dem Bürgersteig vor Antonios Bodega waren in angeregte Diskussionen vertieft. Niemand sah hoch.

In dem kargen Licht, das durch das Fenster hereinfiel, fügte ich die Einzelteile meines Stockes zusammen und schob den verborgenen Zündmechanismus hinein, der des Vorsitzenden zweite Runde in Jugend und Macht beenden würde.

Ich zerknüllte meinen Anzug. Ich setzte die gelbe Sonnenbrille des Blinden auf. Ich ging auf dem vom Schutt übersäten Boden umher und übte das fließende Stocken-und-Weitergehen des Blinden. Als das Tageslicht fast verschwunden war (und sich der Rest hinter den gelben Brillengläsern fast zur Finsternis verringerte), hörte ich auf und durchsuchte meine Taschen. In der Innentasche fand ich die Papiere des Blinden. Ich faltete sie auseinander, betrachtete sie mit zusammengekniffenen Augen, legte sie wieder zusammen und schob sie in die Tasche über meinem Herzen.

Das letzte, was ich fand, war die Zyanidkapsel. Im Dunkeln glänzend, mit einer haarfeinen Plastiknarbe, erschien sie mir noch lächerlicher als am vergangenen Morgen. Mein Herz vollführte mit dumpfen Schlägen einen Paukenwirbel. Meine Hände begannen zu schwitzen.

Als es nach meiner Schätzung Mitternacht sein mußte, verließ ich das Apartment, stieg die Treppen hinunter und machte mich stockend auf den Weg zur Straße der Schlangen. Ich trug meine Brille. Auch in der Nacht kehrt das Augenlicht eines Blinden nicht zurück, und so ahmte ich die Wirklichkeit nach. Nur wenige Menschen waren unterwegs, die Gassen waren schlecht beleuchtet, und mit jedem meiner unsicheren Schritte kämpfte ich den

Drang nieder, meine Rolle aufzugeben und Niseis Ratschlag zu befolgen, die mir gesagt hatte, ich solle dahin zurückkehren, wohin ich gehörte. Aber meine übrigen Sinne kräftigten sich, als wäre ich tatsächlich blind, und sie bestärkten mich in meinem Entschluß, bis zum Ende zu gehen: die kalten Ziegelsteine der Hauswände unter meinen Fingerspitzen, der Geruch von frischgebackenem Brot und abgestandener Wäsche, die Rufe aus den Wohnungen in den Höfen, der Geschmack meines eigenen Speichels. An diesen Zeichen erkannte ich, wohin ich gehörte, wohin ich ging.

Am Anfang der Calle de Sierpes hatten die Vorbereitungen für die Parade des folgenden Tages bereits begonnen. Männer in Uniform, Angehörige von La Guardia, bewegten sich umher wie olivgrüne Phantome; sie dirigierten die Arbeiter, die dabei waren, Sägeböcke aufzustellen und alle Zugänge zur Straße mit Seilen aus üppigem rotem Samt abzusperren. Die Straße selbst lag, wenn man von der Anwesenheit einzelner Gardisten absah, makellos wie frischer Schnee vor mir, ein breiter, leerer Streifen, der sich bis zu den fernen Alleen erstreckte, auf denen der motorisierte Verkehr zugelassen war.

Der Mond hing am Himmel wie eine eiförmige Kerze, schief und warm.

Stimmen hallten durch die leere Straße, und hohl und willenlos näherte ich mich der ersten Barrikade, ich tappte mit meinem Stock auf die Straße und bereute jetzt, daß meine Kenntnisse in dieser Sprache so dürftig waren. Niemand sprach mich an, bis ich an einem Paar noch nicht durch Seile verbundener Sägeböcke vorübergegangen war und in einen der Lichttümpel trat, die auf der Straße schimmerten.

»Alto!« Das Gesicht eines Mannes blühte vor mir auf wie eine gigantische Rose mit herabhängenden Blütenblättern.

Durch meine Brillengläser konnte ich nur sehen, daß der Mann ärgerlich war; seine schlaffen Wangen mühten sich mit der Last der Ermahnung, die mir zu geben er im Begriff war. Seine Hände ergriffen meine Schultern. Ein zweiter Mann tauchte neben ihm auf. Ich hatte Zeit, diesen zweiten Mann gründlicher zu betrachten, und ich konnte sehen, daß er ein junger Offizier war, dessen Haltung um ein Beträchtliches würdevoller war als die seines Kameraden. Ich versuchte, meinen Kopf ruhig zu halten, meine Augen unbewegt, meine Haltung erwartungsvoll. Der junge Offizier verwickelte den rosengesichtigen Mann in eine kurze Diskussion. Dann wandte er sich zu mir.

»Señor. Cómo se llama?«

Eine Herausforderung. Aber man kann wohl sagen, daß ich innerhalb der Periode jener zweiundsiebzig Stunden meinen Hals niemals geschickter aus der Schlinge zog als bei dieser Konfrontation mit den beiden Gardisten. Ich nannte ihnen den Namen des Blinden und durchwühlte die Innentasche meiner Jacke nach seinen Papieren. Der ärgerliche Mann verglich meinen Namen mit einer Liste von Geschäftsleuten auf der Calle de Sierpes, während der junge Offizier, einen Schlager summend, meine Papiere oberflächlich überflog. Er hatte keinen Verdacht geschöpft, und ich durchforschte mein Gedächtnis und konstruierte einen oder zwei Sätze auf spanisch, damit dies so bliebe. Es war bemerkenswert einfach. Als er mich fragte, weshalb ich an diesem Tage nicht auf der Straße gewesen sei, antwortete ich: »He estado enfermo – muy enfermo«, und ich sprach die Vokale wie ein echter Andalusier. Keiner der beiden sah auch nur auf, um mir ins Gesicht zu schauen.

Der Offizier gab mir die Papiere zurück und entließ seinen Kameraden mit den schlaff herabhängenden Wangen, und dieser entfernte sich mürrisch, um das Aufstellen der Sägeböcke und das Spannen der roten Seile zu überwachen.

Der Offizier fragte mich, weshalb ich zu so früher Stunde hergekommen sei.

»Quiero esperar el Generalissimo y su huésped distinguido«, antwortete ich. »Si possible, quiero conocerlos y hablar.« Die Worte kamen mir fertig in den Sinn, und falls sie noch eine gewisse fremdländische Unbeholfenheit zeigten, so ließ sich der junge Offizier durch meine zuversichtliche Redeweise hinters Licht führen; er lachte und sagte: »Bueno, bueno, bueno.«

Noch immer lachend, gab er mir zu verstehen, ich könne meinen Weg zu meinem gewohnten Standplatz in der Straße fortsetzen, und er warnte mich, es werde eine lange Nacht werden, eine Nacht ohne wirkliche Vergnügungen. Ich nickte, sagte: »Sí, comprendo«, und begann mich mit meinem todbringenden Stock auf den Hauseingang zuzutasten, in dem ich die Ankunft des Vorsitzenden abwarten würde.

Die ganze Nacht hindurch stand ich in diesem Hauseingang, und hin und wieder döste ich.

Als der Morgen kam, vergoß er eine aquarellhaft rosige Tünche unter den niedrigen Wolken, über die grauen Backsteinhäuser und zwischen die Markisen, die wie gereffte Segel über der Straße der Schlangen hingen.

Verkehrslärm, weit entfernt und fröhlich, ließ das Pflaster unter meinen Füßen summen. Ich sah, wie die Guardia an beiden Enden der Straße Papiere überprüfte und Ladenbesitzer hereinließ. Nervös grinsend und die Handflächen aneinander reibend, hasteten diese Männer zu ihren Läden, rollten die Gitter vor ihren Türen hoch und öffneten ihre Geschäfte zum Vergnügen des Generalissimo. Einige riefen mir im Vorübergehen einen Gruß zu, und zur Antwort hob ich die Spitze meines Stockes ein wenig.

Alle waren sie zu beschäftigt, als daß sie hätten stehenbleiben und mit mir reden mögen, aber irgendwie hatte ich das Gefühl, ich könne jeder nur vorstellbaren Schwierigkeit begegnen, falls etwa ein Geschäftsmann mich aus größerer Nähe begrüßen und, da er mich nicht erkannte, mein Recht, hier zugegen zu sein, in Frage stellen sollte. Ich hatte die Sprache im Mund und die List im Kopf: »Der Losverkäufer, den Sie kennen, ist krank, Señor, aber die Guardia wünscht, daß die Straße so aussieht wie immer, und infolgedessen stehe ich hier an seiner Stelle.« Wenn das Schicksal beschließt, daß man seine Mission im Leben zu Ende führe, dann kann sich keine Macht der Welt dagegen erheben.

Und so war es an jenem Frühlingsmorgen, als die Händler plapperten, die Polizisten auf und ab spazierten und die Läden metallisch stöhnend geöffnet wurden. Einmal brachte mir ein Laufjunge aus einer nahe gelegenen Bar ein Glas Anisette mit den Empfehlungen seines Arbeitgebers, und ich nahm es nickend, mit zitternden Fingern, entgegen. Der Junge starrte mich einen Moment lang an, aber er ging fort, als ich begann, die wolkige Flüssigkeit in kleinen Schlucken zu trinken, wobei meine Zunge zärtlich über den Rand des Glases strich.

Die zwei Stunden, die ich nach dem Eintreffen der Ladenbesitzer zu warten hatte, erschienen mir länger als die sieben oder acht Stunden, die ich während der Nacht gewartet hatte.

Eine Unruhe, die sich am Anfang der Straße erhob, sagte mir, daß ich nur noch wenig länger würde warten müssen. In einer der schattigen S-Kurven der Straße erschien eine Gruppe von Würdenträgern. Eine große Menschenmenge quoll durch den Engpaß, und sie spazierte, unbeteiligt plaudernd, voraus. Ich hörte Gelächter.

Als die Gruppe die Schmalstelle hinter sich gelassen hatte, kam sie mit nervenaufreibender Langsamkeit näher, denn der gebeugte Mann, den die übrigen Würdenträger umkreisten, bewegte sich mit sehr kleinen Schritten voran und blieb nicht selten stehen, um mit seinen Händen zu gestikulieren oder auf bemerkenswerte Dinge hinzuweisen. Er trug eine Uniform mit Schulterklappen, Bändern und einer glitzernden Schleife von Tressen. Sein Gesicht war vogelartig. Ich erkannte sofort, daß er der Generalissimo war. Aber die Männer um ihn herum waren mir fremd, und sie verschwammen ineinander wie Schemen. Ich sah andere Uniformen, entfernt orientalisch wirkende Gesichter, Straßenanzüge, blasse, entblößte Handgelenke, vielleicht sogar den Saum eines Frauenrocks. Blitzlichter überschütteten die Kleider dieser Menschen mit kurzen, hellen Wogen, aber noch immer vermochte ich nicht zu erkennen, ob der Vorsitzende unter ihnen war.

Ich suchte nach zwei verschiedenen Gesichtern, einem mongolischen und einem nordischen.

Aber weder das eine noch das andere zeigte sich unter den Gesichtern, die mit solch nervenzerreißender Gelassenheit auf mich zurollten. Hatte der Blinde mich belogen, als er mir vom Besuch des Vorsitzenden erzählte? Hatte Nisei, um mich für meine Rüpelhaftigkeit zu bestrafen, die ganze bizarre Geschichte von Theodor Weiks Tod und Wiederauferstehung nur erfunden? Ich stand in meinem Hauseingang und begriff plötzlich, daß alle Information, die ich besaß, auf Hörensagen beruhte. Zweifel machten sich breit, und ich verfluchte mein Vertrauen in die Toten und die Betrügerischen.

Mit tappendem Stock verließ ich den Hauseingang.

Beinahe sogleich erblickte ich eine hochgewachsene Gestalt mit ergrauendem Blondhaar, einen Mann mit tiefliegenden blauen Augen und langgestrecktem Kieferknochen. Er erschien hinter einer Gruppe kleinerer Männer und schob sich neben den Generalissimo. Unpassenderweise trug er die hochgeschlossene Jacke und die weite Hose eines Angehörigen der Chinesischen Kommunalität. Es war Niseis früherer Ehemann, jetzt nur mehr die lebende Hülse, in welcher der Heuschreckensinn, der unersättliche Rachen eines beispiellosen Halunken hauste.

»Lotería«, rief ich. »Lotería para hoy.«

Sie sahen mich und lächelten. Gestaltlos, langsam, begierig

nach Neuem, wallte die Gruppe von Würdenträgern und Reportern auf mich zu. Ihre immer breiter werdende, sich nähernde Front erweckte in mir ein Gefühl der Klaustrophobie. Ich würde überaus wenig Platz haben, um auf Theodor/Mao einzuschlagen, und ich würde keinen Zoll weit zurückweichen können. Ihre Leiber würden augenblicklich über mir sein. Aber wie ein Basketballspieler unter Schulkindern überragte der Vorsitzende seine spanischen Gastgeber und seine chinesischen Genossen, und mit kühnem Ungestüm schritt er auf mich zu.

»Lotería«, rief ich noch einmal.

Der Vorsitzende blieb stehen, sagte etwas über meine Schulter hinweg und kam dann unerbittlich weiter auf mich zu. Die anderen drängten sich hinter ihm, und plötzlich war ihre mich zur Raserei treibende Trägheit zu einer einzigen, gewaltigen Flutwelle geworden. Menschen und Blitzlichter umringten mich. Ich trat zurück. Als ich durch den Spalt zwischen meinem Gesicht und den Gläsern meiner Brille nach oben blickte, sah ich eine Taube, die über einen Streifen blauen Himmels schwebte. Ich sehnte mich danach, mit ihr in diese Leere hineinzufliegen, frei von der selbstgewählten Bürde, einen Mann ermorden zu müssen, der sich selbst nicht mehr glich. Der Schauspieler kam näher.

Wieder blickte er über seine Schulter. »Generalissimo«, sagte er auf spanisch, und seine Worte richteten sich an den Homunculus in der majestätischen Uniform, »dieser Mann muß nicht blind bleiben. Niemand muß das. Wir haben die Mittel, ihm sein Augenlicht zurückzugeben.«

Blond wie der Weizen des Nordens, geschmeidig wie eine schlanke Katze streckte der Vorsitzende mir seine schönen Hände entgegen und lächelte mich auf eine unirdische Art an. Ich sah niemanden außer ihm. Alle anderen hätten ebensogut Pappfiguren sein können, die einen sonst allzu prosaischen Hintergrund ausschmücken sollten. Und alle Zeit – Vergangenheit, Gegenwart, Zukunft – kondensierte zu diesem einen Augenblick und strömte durch meine Adern wie ein feuriges Serum.

Auf englisch schrie ich: »Stirb, du Monstrum!« Und ich sprang so heftig vor, daß die Sonne sich verfinsterte, die Luft brannte und die Erde sich in vulkanischen Schauern unter dem Pflaster wand; die ganze Schöpfung erstarrte angesichts der Großartigkeit meiner Tat.

Die Spitze meines Stockes fuhr in die Höhe, als ich die Waffe zuerst seitwärts und dann unbeirrbar nach vorn schwenkte. Sie zerriß den Raum zwischen den ausgestreckten Händen des Vorsitzenden und jagte auf sein Herz zu.

Mehrere Blitzlichter explodierten.

Der Körper des Vorsitzenden wandte sich ab, sein Kopf wich zurück. Ein Geräusch wie von Dampf, der aus einem Kessel entweicht, erfüllte die Straße, als die Würdenträger seines Gefolges ihre Verblüffung aus ihren Mündern fahren ließen. Ich drehte den Stock und stieß ihn gegen das Brustbein des Vorsitzenden, knapp neben dem Ziel – eine Folge seiner unwillkürlichen Drehung. Aber das Geschoß fuhr ihm in die Brust, es zerfetzte die Front seines grauen Gewandes, grub sich in die Höhlung, die von seiner Lunge erfüllt war. Schreie übertönten das Zischen der Menge.

Der Rückstoß der Waffe warf mich zu Boden; die Waffe fiel mir aus der Hand. Im Fallen sah ich den üppigen roten Fleck auf dem Oberkörper des Vorsitzenden, und dann starrte ich einen Moment lang in seine wasserblauen, ungläubigen Augen. Zwei Männer stützten seinen taumelnden Körper. Aber die intelligenten blauen Augen sahen mich stürzen und rollten dann in ihr eigenes, milchiges Weiß zurück, bevor sie sich schlossen. Der Körper sackte zusammen. Dennoch aber blieb mir der Bruchteil einer Sekunde, zu erkennen, daß der Effekt ganz und gar falsch, daß der Gesichtsausdruck nicht im mindesten das war, was ich mir gewünscht hatte. Im selben Augenblick kam mir der Gedanke, daß ich vielleicht einen Fehler begangen hatte. *Einen Fehler!*

Der Gedanke erstarb sofort wieder, denn das Knie eines Mannes fuhr mir unters Kinn und ließ meinen Kopf hart gegen die Front des Ladens schlagen.

Meine gelbe Sonnenbrille flog klappernd davon – aber irgendwie gelang es mir, die Hände unter meinen Körper zu bringen, und wie ein Krebs kroch ich in rasender Hast am Zementsockel der Ladenfassade entlang, um meinen Verfolgern zu entrinnen. Ein Paar kräftiger Knie – in oliv-tristem Gabardine über glänzenden schwarzen Stiefeln – senkte sich auf mich herab. Die polierten Stiefel drohten dicht vor meinem Gesicht. Ich trat nach einem von ihnen, und als sie stolperten, nutzte ich die Gelegenheit und rappelte mich auf.

Verzweifelt versuchte ich, die Zyanidkapsel aus meiner Hosentasche zu ziehen.

»Nein!« schrie eine Frauenstimme. »Das darf er nicht!«

Der Mann, der für einen Moment ins Wanken geraten war, stürzte sich auf mich. Er trug einen dreieckigen Hut und war anscheinend ein hoher Offizier der Guardia. Mit einem harten Hieb seines Unterarms brach er mir den Kiefer, und die unscheinbare Plastikkapsel flog unwiederbringlich ins Leere. Der Mann war älter als ich, das sah ich, aber er war sichtlich kräftiger. Er packte mich bei den Jackenaufschlägen und stieß mich an den Ladenfassaden entlang, bis ich mit dem Rücken zu einem großen, getönten Schaufenster stand. Ich wußte, was nun kommen würde, las in seinem Gesicht, welche Richtung seine Wut nun einschlagen würde.

Er spuckte mir ins Gesicht. »Hijo de noche!«

Dann streckten sich seine Arme vor meiner Brust, kraftvoll wie Stahlfedern, und sie stießen mich gegen die zerberstende Glaswand, und Scherben klirrten ringsumher zu Boden, Kristallsplitter verfingen sich in meinem Haar, und rauhes Pulver schürfte mir den Rücken auf.

Ich lag flach hingestreckt, die Beine in die Höhe gereckt, im halbdunklen Barbereich der Billardbar, in welcher der Blinde und ich über den bevorstehenden Besuch des Vorsitzenden gesprochen hatten. Jetzt war der Vorsitzende tot, und die ausgezackte Öffnung über mir füllte sich mit neugierigen Gesichtern, aber dies alles war irgendwie zweitrangig neben dem unerbittlichen, zornerfüllten Gesicht des Gardisten.

Mit dem Handrücken schlug er einige Glasscherben aus dem Rahmen, stieg herein und kam auf mich zu. Ich war bei Bewußtsein. Mein Kiefer pochte wie ein Gleis, über das eben eine gewaltige Lokomotive gefahren ist, mein ganzer Körper war wie von Bienenstichen und Laserlöchern übersät. Beherrscht nur von seiner Wut, würde der Gardist mich töten und meinem Leiden ein Ende machen.

Die Aussicht ängstigte mich nicht. Ich begrüßte sie.

Aber ich nahm auch wahr, daß der Wirt und die Kellner in der Bar meinen Angreifer inständig baten, von mir abzulassen, damit das Ausmaß der Zerstörung nicht noch größer würde. Ich wurde auf die Beine gezerrt und lauschte ihren Schreien, während der Gardist meinen Kopf von einer Seite zur anderen schlug und mir mit jedem Hieb einen zischenden Strom von Obszönitäten ins Gesicht spie. Es war, als sei es eine anonyme, rächende Macht, die auf mich einprügelte, denn nach allem, was ich wußte, hatte der Mann kein Gesicht – nur furchtbare Extremitäten: die Stiefel, vor denen ich geflohen war, und die blutigen Hände, die auf mich einprügelten.

Als hätte jemand eine Harfensaite angerissen, erklang die Stimme einer Frau in der Öffnung der zersplitterten Scheibe. »Nein, Vicente, nein. Der Vorsitzende ist tot. Der Tod dieses Mannes wird daran nichts ändern.«

Vicente, der Gardist, schlug mich mit der Handkante. Er hielt mich aufrecht und schickte sich an, mich noch einmal zu schlagen.

»Um der Liebe willen«, rief die Frau. »Hör auf!«

Bei diesen Worten trat Vicente zurück und gab mir den Blick auf die Leute im Fenster frei. Die Frau war natürlich Nisei. Sie hatte beide Hände zum Gesicht erhoben, und ein paar ihrer Finger bohrten sich durch den seidigen Vorhang ihrer Haare. Ihre Augen spähten angestrengt in die relative Dunkelheit, in der wir uns befanden. Offenbar erkannte sie mich nicht – obgleich ich nicht wußte, warum nicht. Als die Knie unter mir nachgaben und meine Augen glasig wurden, packte der kräftige Gardist mich beim Ärmel und schüttelte mich, so daß ich für einen Moment noch einmal zu Bewußtsein kam. Wieder hielt er mich fest, und ich sah, daß meine Jacke verschwunden und mein Hemd blutgetränkt war; die Konturen meiner Brust zeichneten sich unter dem naßklebrigen Stoff ab. Für eine grauenvolle Sekunde hielt der Schmerz mich starr aufrecht. »Nisei«, sagte ich. Dann sank ich wieder zusammen. Diesmal ließ Vicente mich los.

Als Nisei erkannte, wer ich war, fing sie an zu schreien.

Ich fiel auf den Teppich aus trübe glänzendem Glas und hörte, wie größere Scherben mit einem *knack* unter meinem Gewicht zerbrachen und gnadenlos in meinen Rücken schnitten. Wieder senkte sich Vicentes Kopf zu mir herunter. Seine Hände wollten nach meinen verschwundenen Jackenaufschlägen greifen und zerrissen mein Hemd. Ich spürte, daß ich das Bewußtsein verlor. Verzweifelt versuchte ich, mir das Gesicht meines Peinigers einzuprägen, ich kämpfte um einen letzten Rest von Klarheit. Der Atem des Mannes streifte meine Lippen und meine Nase. Mit großer Anstrengung hielt ich die Augen offen; ich drehte meinen Kopf und schaute hoch in sein aufquellendes Gesicht.

Obwohl dreißig Jahre vergangen waren, gab es etwas, das mir diesen Mann sofort und für alle Zeiten vertraut machte: das spinnenförmige, bräunlichrote Muttermal auf seiner linken Wange.

Dieses Bild erfüllte meinen Kopf, während der Gardist und die Zuschauer im Fenster in Bedeutungslosigkeit versanken. Auch meine Schmerzen versanken. Denn das sichere Wissen, daß das, was ich vollbracht hatte, kein Fehler war, spann ein Netz aus Silber für mich, bebend in der aufziehenden Dunkelheit.

Und während es dunkel wurde, verschwand eine Taube, die in einem Stück blauen Himmels zwischen den Markisen über der Straße der Schlangen geschwebt hatte; sie verschwand, ohne sich zu bewegen. Die heitere Gelassenheit alter Kathedralen war endlich mein.

EPILOG

Wie dieses Dokument beweist, haben sie mich nicht getötet. Fragen Sie mich nicht, warum nicht. Statt dessen sperrten sie mich in dieses gewaltige Gefängnis. Als ich hierher kam, waren andere Menschen hinter den Mauern. Jetzt aber bin ich der einzige, denn Jahr um Jahr ist die Zahl der Gefangenen zusammengeschrumpft, durch Begnadigungen, natürlichen Tod und schließlich dann, zum Beginn des neuen Jahrhunderts, durch eine Generalamnestie. Nur mich hat man nicht freigelassen – wenngleich ich ganz nach meinem Belieben durch die Korridore streifen und wohl auch einen Vormittag grabend im Gefängnisgarten verbringen darf.

Vom Fenster meiner Zelle aus kann ich auf Olivenbäume hinuntersehen, knorrige kleine Hartholzgewächse, die schiefe Schatten werfen. Ich schreibe und denke.

Bei der Wahl im Jahre 1992 errang der Generalissimo einen überzeugenden Sieg über seine vielen Gegner. In diesem Jahr hat er zum neunten Mal hintereinander die Frühlingswahlen gewonnen. Die Wachen halten mich auf dem laufenden. Es geschieht, dessen bin ich sicher, auf seinen Befehl, daß ich hierbleiben muß – ehrerbietig behandelt, wohlversorgt und mit allen Freiheiten versehen, die es hier geben kann, aber doch stets im Bewußtsein meines Status' als Gefangener. Sehen Sie, die Wärter erzählen mir nicht alles, sondern nur solche Nachrichten, die direkt mit Spanien zu tun haben. So berichteten sie mir beispielsweise nach der letzten Wahl Francos, daß Picasso zum Gedenken daran ein Wandgemälde mit dem Titel *Der Traum und die Wahrheit Francos* gemalt hat und daß dieses Gemälde sich jetzt im Museo del Prado befindet. Manchmal glaube ich, daß die Wärter Lügner sind, daß der Blinde ein Lügner war, daß selbst Nisei mich betrogen haben muß.

Ich weiß nicht, was sich in China ereignet hat, nachdem ich Theodor/Mao getötet hatte. Von den spontanen Reaktionen der Welt überhaupt weiß ich nicht das geringste. Sie sorgen dafür, daß dies so bleibt. Die Wärter haben sich miteinander verschworen, um sicherzugehen, daß ich weiterhin im dunkeln tappe. Ich höre täglich Artigkeiten von ihnen und ein wenig Tratsch über Franco, aber darüber hinaus äußern sie sich nicht.

Sie lassen mich schreiben und nachdenken. Infolgedessen habe ich nur noch eine kurze Episode zu berichten.

Nachdem ich vor acht Jahren eingekerkert worden war, ließen die Behörden einen Besucher zu mir. Der ältere meiner beiden Kinder, Christopher James, flog von Johannesburg herauf und trat mit einem seltsamen Zögern in meine Zelle. Er war nicht einmal einundzwanzig, und ich hatte ihn so lange nicht mehr gesehen, daß ich mit Überraschung feststellte, wie groß er war. Er setzte sich nicht, sondern starrte mich nur an, die Hände vor sich gefaltet. So jung, so jung! Sein Gesicht war von gesunder, jugendlicher Schmalheit, und sein Haar, das er mäßig lang trug, glänzte blond. Selbst die greifbare Düsternis meiner Zelle konnte diesen Glanz nicht ersticken – die Kraft und den Glanz seiner Jugend!

Über sich selbst wollte er mit mir nicht sprechen, obgleich ich ihn über sein Studium befragte und sogar scherzhaft bemerkte, daß er womöglich eines Tages mein Leibarzt werden könne. (Zu jener Zeit waren meine Wunden noch nicht völlig abgeheilt, und mein Kiefer schmerzte mich gelegentlich mit grausamer Heftigkeit.) Mein Geplänkel aber ließ ihn ungerührt. Er stand da und sah auf mich herab, und er fällte sein Urteil. Als ich ihn fragte, was es in der Welt Neues gebe, antwortete er: »Man hat mir untersagt, mit dir darüber zu reden. Und ich werde es auch nicht tun, Vater, denn es ist nicht wichtig.«

»Was hältst du dann für wichtig?«

»Deine Gründe, einem Menschen das Leben zu nehmen, ein anderes menschliches Wesen zu töten. Darüber würde ich gern etwas erfahren.«

Ich erklärte es ihm, so kurz, wie ich es fassen konnte. Mit einiger Beredsamkeit breitete ich die einzelnen Stücke des Puzzles vor ihm aus und machte mich daran, sie zu einem zusammenhängenden Muster ineinanderzufügen. Als ich fertig war, schüttelte er den Kopf und begann, auf den Steinfliesen neben meiner Pritsche auf und ab zugehen.

»Deine Familie liebt dich immer noch«, sagte er endlich. »Aber du bist nicht Moses. Dein Volk ist nicht das Auserwählte Volk.«

Darüber lachte ich ein wenig und sagte dann, ebensowenig, wie ich Moses gleiche, sei er Minos ähnlich, dem griechischen Richter der Toten. Ich würde jedoch meinen Kindern gestatten, über mich zu Gericht zu sitzen, wenn sie damit einverstanden wären, wenn ich ihnen das Taschengeld kürzte. Dieser alberne Witz – seit Jahren schon hatten sie von mir kein Taschengeld mehr bekommen – brach ganz unverhofft das Eis, und wir verfielen in ein angenehmes, wenngleich ein wenig befangenes Plaudern.

Eine Stunde verging.

Jamie wurde von einem Wärter hinausgerufen, er verabschiedete sich von mir und ließ mich trostlos auf meiner Pritsche zurück. Die Zelle füllte sich mit Dunkelheit. Die Schritte meines Sohnes verhallten. In den Jahren seither hat man keinen weiteren Besucher zu mir gelassen.

Dennoch – ich bereue nichts. Die Jahre haben mich runzlig werden lassen, wie es auch den Jüngsten widerfahren wird, und gleichwohl bereue ich nichts. Ich habe ein Monstrum getötet, für meine Frau und meine Kinder, und daran gibt es nichts zu bereuen.

ALS TOMATE IM WELTRAUM

DIE METAMORPHOSE DES PHILIP K.

Als Philip K. erwachte, stellte er fest, daß er über Nacht aus einem verhältnismäßig wohlgeformten, bilateral-symmetrischen menschlichen Wesen zu . . . einem runden, gliedlosen Planetenkörper geworden war, der einen gigantischen, dunstig-roten Stern umkreiste. Tatsächlich folgerte Philip K. aus dem simplen Gefühl, aus der totalen Aura, die sich in die Samenkörner seines Bewußtseins projizierte, daß er eine Tomate war. Eine Tomate, die hinsichtlich ihrer Dimension und Masse etwa dem Planeten Mars entsprechen mochte. Das war es, ohne Zweifel: eine Treibhaustomate. Philip K. rotierte müßig um eine vertikale Achse, die um etwa sieben, acht Grad aus der Senkrechten geneigt war, und badete im wütenden Licht des fernen roten Riesen. Während er badete, mußte er sich eingestehen, daß er verblüfft war. So etwas hatte er noch nie erlebt. Er war ein nüchternes Individuum ohne jegliche Neigung zur Trunksucht oder zu anderen Formen ausschweifenden Verhaltens, und daß man ihn ohne große Umstände in eine Tomate von der Größe des Mars verwandeln konnte, erschien ihm schroff und unfair. Warum ihn? Und wie? »Zumindest«, so sann er, »weiß ich noch, wer ich bin.« Auch wenn er jetzt in der Gestalt einer gewaltigen Tomate um eine ihm unbekannte Sonne wirbelte, war sein Bewußtsein doch das eines Menschen und sein eigenes dazu. »Ich bin Philip K., und irgendwie atme ich noch, und für all das muß es eine wissenschaftliche Erklärung geben« ist eine ziemlich präzise Zusammenfassung seiner Denkprozesse während der nächsten paar Stunden (wobei eine Stunde selbstverständlich einem Vierundzwanzigstel von Philip K.s eigener Umlaufperiode entsprach).

WÄHREND ICH LEBE UND ATME

Mehrere Philip-K.-Tage vergingen. Der Erleider der Metamorphose entdeckte, daß er eine eigene Atmosphäre besaß, außerdem eine topologische Hülle (oder *Kruste*, obgleich diese Bezeichnung für die Haut einer im Vakuum gedeihenden Abart des *Lycopersi-*

con esculentum vielleicht nicht völlig angemessen erschien), die mindestens eine Meile dick war, und Wetter. Philip K. inhalierte Kohlendioxid und exhalierte Sauerstoff, und er betrieb Photosynthese. Morgentau rann über seine sanftesten Rundungen, und auch Nachmittagstau. Einige der Tautropfen waren so groß wie Ozeane. Wolken bildeten sich über Philip K.s Äquatorialgürtel und vergossen Tonnen über Tonnen erfrischenden Regens. Winde, hervorgebracht von diesen meteorologischen Phänomenen und seiner eigenen axialen Walzerrotation, wehten vorwärts und rückwärts, auf und ab über seine straffe, reifende Haut. Es war gut zu leben, selbst angesichts dieser besorgniserregenden Morphologie. Und mehr noch, anders als bei Platons Austern, war sein Behagen nicht ein besinnungsloses. Philip K. erlebte den Wind, den Regen, seine eigene monumentale Rotation, das innerliche Aufquellen seiner Säfte, die Süße des Atmens, und er *meditierte* über alle diese Dinge. Es war zu schade, daß er nicht bewohnt war (dies war eine seiner häufigeren Meditationen), denn er sonderte wirklich Unmengen von üppigem Sauerstoff ab. Es bestand auch keine große Hoffnung auf eine demnächst bevorstehende Kolonisation. So bald würden die Menschen sich nicht zu den Sternen hinauswagen. Nur zwei Jahre vor seiner Metamorphose hatte Philip K. in Houston, Texas, im Flugzeugbau gearbeitet, aber dann hatte man ihm gekündigt, und er hatte keine neue Stelle finden können. In den letzten vier oder fünf Wochen war es schon so weit gewesen, daß Philip K. sich von einer Suppe ernährte, die aus heißem Wasser und Ketchupklecksen zubereitet wurde. Bei einigem Nachdenken war es eine positive Erleichterung, eine Tomate zu sein. Philip K. inhalierte, exhalierte, photosynthetisierte, und dabei hatte er das angenehme, existentielle Gefühl, einen Zwischenhändler ausgeschaltet zu haben.

DER PLOT VERDICKT SICH

Mehrere Philip-K.-Monate vergingen. Er umkreiste den feurigen, roten Riesen, und nach einer Weile fing er an zu befürchten, daß sein Orbit sich verkleinerte und er unausweichlich, unabänderlich in den lodernden Glast seines Sterns fiel, um dort zur Unzeit gekocht zu werden. Schließlich aber, gegen Ende seines ersten Jahres als planetare Tomate, begriff Philip K., daß sein Orbit sich nicht verkleinerte. Nein. Statt dessen war *er* es, der wuchs, üppiger wurde und die unbegrenzbare Saftigkeit des Lebens hervorbrachte. Seine orangerote Epidermis aber enthielt eine lückenlose Schicht aus optischen Zellen, und seine »Augen« oder Das-Auge-das-er-war (je nachdem, welche Art der Betrachtung man in diesem Falle vorzuziehen geneigt ist) hatten (oder hatte) ihn getäuscht, so daß er das Schlimmste befürchten mußte. Welch eine Freude war es zu erkennen, daß er lediglich auf die Größe des Uranus angewachsen war und dadurch seinen visuellen Apparat dichter an die Sonne herangebracht hatte. Holoskopisches Sehvermögen konnte, ungeachtet der vielfältigen Vorteile, die es bot (etwa die gleichzeitige Wahrnehmung von Licht und Dunkel, die 360-Grad-Rundsicht und die behagliche Illusion, der Mittelpunkt des Kosmos zu sein), gelegentlich unbestreitbar ein Handikap sein. Aber obgleich sein Orbit sich nun nicht verkleinerte, blieb doch noch eine andere Gefahr. Wieviel größer würde er noch werden? Philip K. sehnte sich nicht danach, eine totale Eklipse in einem solaren Ofen zu erleiden.

ZWISCHENMENSCHLICHE BEZIEHUNGEN

Hin und wieder dachte Philip K. an andere Dinge als daran, in seinen Stern zu stürzen, oder, als die Beschäftigung mit dieser Vorstellung ihren Reiz verlor, an die Vorzüglichkeit des Lebens als Gemüse. Er dachte an Das-Mädchen-das-er-verlassen-hatte (sie näherte sich den Wechseljahren und gehörte eigentlich nicht zu der Sorte, die manche Männer anerkennend als »Tomate« bezeichneten). In Wahrheit hatte Das-Mädchen-das-er-verlassen-hatte *ihn* verlassen, und zwar lange vor der surrealen Veränderung seines eigenen Lebens. »Ach, Lydia P.«, murmelte er nichtsdestoweniger im innersten, saftigen Kern seiner selbst, und dann noch einmal: »Ach, Lydia P.« Er verzieh dem Mädchen-das-er-verlassen-hatte, daß es von ihm gegangen war – ein Verlust, der dem seiner Arbeitsstelle hart auf den Fersen gefolgt war. Er verzieh ihr ... und schwelgte in schamlosen Phantasien, in welchen entweder Lydia P. – im Gefolge der ersten interstellaren Kolonisten der Erde – auf ihm landete oder er, (für eine Tomate) zu normaler Größe geschrumpft in ihrem engen Apartment in Houston über ihrem schlafenden Gesicht schwebte und sich ihr anbot. *Pomme d'amour.* Philip K. wühlte diese Worte aus seinem geistigen Trivialitätenspeicher ans Licht und ließ sich von ihnen trösten. So hatten die Franzosen, die sie für ein Aphrodisiakum hielten, die Tomate genannt, als sie zum erstenmal aus Südamerika zu ihnen gelangte. *Pomme d'amour.* Der Apfel der Liebe. Die Frucht vom Baume der Erkenntnis vielleicht. Aber welche sinnvolle Beziehung konnte es zwischen einer Frau aus Fleisch und Blut und einer Tomate von der Größe des Uranus geben? Immer öfter hatte Philip K. die Halluzination eines Erlebnisses, bei dem die interstellare Kolonistin Lydia P. irgendwo südlich von seinem blättrigen Stengel auf die Knie sank, ihre winzigen Zähne in seine reife Haut schlug und über seinem berückenden, köstlichen Geschmack in winzige Schreie ausbrach. Diese Vision erregte und beunruhigte Philip K. in solchem Maße, daß er tagelang ohne einen anderen Gedanken, ohne eine andere Hoffnung, ohne ein anderes Verlangen seine Kreisbahn zog.

ONTOLOGISCHE ERWÄGUNGEN

Wenn er nicht gerade eucharistische Phantasien halluzinierte, in denen seine Geliebte von ihm aß und trank, widmete Philip K. sich mit ernster Nachdenklichkeit der Frage seines Seins. »Weshalb nun eine Tomate?« war die Formel, in die er sein Problem zu fassen pflegte. Ebensogut hätte er ein Kugellager sein können, eine Metallkugel, ein Ballon, eine japanische Laterne, ein runder Kochtopf, eine Taucherkugel. Aber keines dieser Dinge atmete, keines lebte. Warum dann aber nicht eine Traube, eine Kirsche, eine Orange, eine Melone, eine Kokosnuß, ein Kürbis? Sie alle waren mehr oder weniger rund, alle waren Sonnenanbeter, alle wuchsen, alle enthielten die kraftstrotzenden Säfte und das süße Fleisch des Lebens. Aber wer oder was auch immer diese Verwandlung verursacht hatte – denn Philip K. hielt seine Veränderung für das Resultat einer intelligenten Intervention und nicht etwa für einen Zufall oder irgendeine spontane chemische Umstellung –, hatte ihn nicht zu einer dieser bewunderungswürdigen Früchte gemacht. Man hatte ihn zu einer Tomate gemacht. »Weshalb nun eine Tomate?« *Pomme d'amour.* Der Apfel der Liebe. Die Frucht vom Baum der Erkenntnis. Ah *ha*! Die Einsicht ergoß sich in ihn wie ein platzender Abszeß, und Philip K. begriff, daß seine erophagischen Phantasien über Lydia P. eine raffinierte Bedeutung für seine augenblickliche Situation besaßen. Ein Plan wurde ihm offenbart, und die, die ihn manipulierten, hatten sich der Mühe unterzogen, ihn glauben zu machen, daß die Operationen seines eigenen Bewußtseins ihm diesen Plan Stück um Stück enthüllten. Welch ein erbaulicher, welch ein lehrreicher Trug! *Pomme d'amour* war der Schlüssel. Er war eine Tomate und nicht etwas anderes, weil die Tomate die legendäre Frucht vom Baume der Erkenntnis *war.* (Davon, daß Tomaten nicht auf Bäumen wachsen, sollte man sich dabei nicht beeindrucken lassen.) Schießlich hatte Philip K., als er noch ein Mensch war, mehrmals mit Mitgliedern einer blühenden nordamerikanischen Sekte diskutiert, die die Auffassung vertraten, das biblische Eden sei in Wahrheit in der Neuen Welt angesiedelt gewesen. Nun, die Tomate war in Südamerika daheim (nicht allzu weit von dem Ort, an dem die Sektierer Eden lokalisiert hatten; sie behaupteten, es habe irgendwo in den Ozarks gelegen), und er, Philip K., *war* eine neue Welt. Obgleich die Sache weiterhin verschwommen, fern und fragmentarisch blieb, begann er doch zu spüren, daß er der Frage seiner persönlichen Ontologie näherkam. »Weshalb nun eine Tomate?« Sicher würde er bald mehr wissen, sicher würde er seine Antwort bekommen . . .

EINE KURZE ANDEUTUNG VON STERBLICHKEIT

Als er den abgeschiedenen roten Riesen schon fast zwei Jahre umkreist hatte, kam Philip K. zu dem Schluß, daß sein Wachstum aufgehört hatte; er hatte eine füllige, kraftstrotzende Reife erlangt, die durch weitere Gaben von Regen und Sonnenschein nicht mehr gesteigert werden konnte. Eine neue Sorge befiel ihn. Was hatte er jetzt noch zu erwarten? Würde er fleckig werden und allmählich verfaulen? Würde er platzen, schleimige, narbenhafte Wunden entwickeln und schließlich, an der unsichtbaren Leine seines Orbits, verenden? Gewiß hatte er doch diese Metamorphose nicht durchlaufen, um dann ein so schmähliches Ende zu nehmen. Und doch – als er so auf dem schwarzen Velours des Weltraums rotierte und mit einem einzigen, kreisförmigen Blick den ganzen Himmel und alles, was er enthielt, in sich aufnahm (die Sonnen, die Nebel, Galaxien, Kohlensäcke, den namenlosen

Schutt der Leere), da konnte Philip K. sich keine Alternative vorstellen. Er würde verfaulen, und das wars. Er würde verfaulen. Weshalb nun die Frucht vom Baume der Erkenntnis, wenn sie dann bloß verfaulte? Er erwog Selbstmord. Er konnte die Axialrotation mit einer Willensanstrengung stoppen; eine seiner Hemisphären würde sich dann schwärzen und zu kochen beginnen, die andere würde sich mit einem Spitzenbesatz von Reif überziehen und schließlich vereisen bis in den Kern. Oder er konnte den Atem anhalten und die Photosynthese einstellen. Beide Aussichten besaßen eine ungleich größere Faszination für Philip K. als die Vorstellung, zu einer verfaulenden, übelriechenden Breikugel zu werden. Und so war es denn, daß er, auf dem Höhepunkt seiner natürlichen Reife, im Geiste mit diversen Methoden der Selbsttötung spielte, groß und prächtig, wie er war. Dies zeigt, wie unsere eigene Sterblichkeit uns stets dazu drängt, den absoluten Beweis ihrer selbst zu erbringen.

DIE ANKUNFT DER MYRMIDOPTERER
(oder: *Per Plot verdickt sich noch einmal*)

Inmitten dieser morbiden Spekulationen erhielt Philip K. während einer schönen Tag-und-Nacht- oder Nacht-und-Tag-Periode von den optischen Zellen in seiner Haut (»die Saatkörner des Bewußtseins«, sehen Sie, war mehr als eine Metapher) die Information, daß sich aus allen Teilen des Universums eine Vielzahl von anscheinend metallischen Körpern seinem Sonnensystem näherte. Er sah diese Körper. Er sah, wie sie glitzerten, im verblassenden Licht von Papa (welches der Name war, den Philip K. dem roten Riesen, den er umkreiste, gegeben hatte, weil es gleichermaßen praktisch und tröstlich war, in den Kategorien anthropomorpher Bezeichnungen zu denken), aber sie waren so weit entfernt, daß er sich keine rechte Vorstellung von ihrer Form oder Größe machen konnte. Die meisten dieser fremden Körper waren unterdessen etwa ebenso nah wie Papas nächstgelegene stellare Nachbarn, drei Sterne, die ein gleichseitiges Dreieck bildeten, mit Papa etwa in ihrer Mitte. Zunächst hielt Philip K. diese Invasoren für Raumschiffe, und er murmelte »Lydia P., Lydia P.«, immer wieder – bis ihm die Lächerlichkeit seines Benehmens jäh zu Bewußtsein kam. Keine Expeditionsmacht der Erde würde so viele

Schiffe aussenden. Aus den Tiefen der allgegenwärtigen Nacht schwebten diese metallenen Formen auf ihn zu, kamen näher und näher, und sie blitzten silbern oder golden in den blassen Fluten von Papas Strahlung. Als acht oder neun Philip-K.-Tage vergangen waren, konnte er die Eindringlinge gut genug erkennen, um etwas über sie sagen zu können. Jeder dieser Körper besaß ein Paar gekrümmter Schwingen, die den darunter hängenden Torso/Schiffsrumpf wie Segel überragten, Segel, so groß wie die höchsten Wolkenkratzer auf der Erde. Die Flügel waren entweder silbern oder golden; sie flatterten nicht, sondern neigten sich sanft, wann immer es erforderlich war, um die Strahlen der Sonne aufzufangen und in Antriebsenergie umzuwandeln. Sie waren wunderschön anzusehen, diese leuchtenden Geschöpfe – denn sie waren keine Artefakte, sondern lebende Wesen –, wie sie auf den zarten Winden des Kosmos' heranwehten. Es war Herbst geworden in Philip K.s Sonnensystem. Gold und Silber, poliertes Kupfer, singendes Chrom. Und von überall her kamen diese großartigen Wesen, diese göttlich-metallischen Monarchen, und ihre Flügel erfüllten das Gewölbe des Himmels wie kostbare Blätter oder eine Kaskade von gehämmerten Münzen. »Ah«, murmelte Philip K. »Ah ... Myrmidopterer.« Der Name explodierte in ihm mit der Gewalt eines wiederauferstehenden Mythos – eine Kombination aus Myrmidonen und Lepidopterern. Und in der Tat, wie eine solche, unwahrscheinliche Kombination erschienen ihm diese gewaltigen, gelassenen Besucher.

ANGRIFF

Endlich drangen die Myrmidopterer, besser gesagt, die erste Welle, sanft in Philip K.s Atmosphäre ein. Jetzt schlugen sie mit ihren riesigen, silbernen oder goldfarbenen Schwingen, oder sie reckten sie zum Gleitflug in die Aufwinde über seiner ungleichmäßig erwärmten Oberfläche. Die Myrmidopterer senkten sich auf ihn herab. Philip K. hatte das Gefühl, jemand schleudere Metallspäne und Goldstaub roh in Das-Auge-das-er-war, denn die Invasoren verdunkelten den Himmel und verfinsterten sogar den zornigen, fetten Papa, so daß er nur noch als rotes Glühen, nicht aber als monumentale Kugel zu sehen war. Überall war scharfes Licht, spiegelnde Pracht, prasselnde Verwirrung. Wie würde diese

Invasion enden? Philip K. schaute auf – rings um sich herum – und studierte die herabsinkenden Myrmidopterer. Wie der erste Teil des Namens, den er ihnen gegeben hatte, implizierte, glichen ihre Torsi/Rümpfe den Körpern von Ameisen. Feuerameisen, um genau zu sein. Auf der Erde waren solche Ameisen in der Lage, ihren Opfern giftige Stiche beizubringen, und diese Alienwesen hatten Mundwerkzeuge, bösartige Kieferzangen, golden oder silbern (immer im Kontrast zur Farbe ihrer Flügel). Waren sie gekommen, um ihn zu verspeisen? Würde er Schmerz empfinden, wenn sie anfingen, von ihm zu fressen? »Nein, geht fort!« wollte er rufen, aber außer einem Erschauern und ein paar müden Hautbeben auf seiner südlichen Hemisphäre brachte er nichts hervor. Sie aber kehrten sich nicht an das Beben. Die Myrmidopterer senkten sich herab. Dunkelheit überzog Philip K. von einem Pol zum andern, denn eben dies taten auch die Myrmidopterer. Und zum ersten Mal in seinem Leben, als Tomate oder als Mensch, war er ganz und gar blind.

DAS TEIRESIAS-SYNDROM

Kaum daß er sein physisches Augenlicht verloren hatte, verspürte Philip K., daß seine metaphysischen und geistigen Scheuklappen von ihm abgefallen waren. (In Wahrheit war dies eine Illusion, hervorgebracht durch die unterbewußte Idee vom Blinden Seher; Teiresias, Ödipus, Homer und, mit Vorbehalten, John Milton sind gute Analogien zu dieser archetypischen Figur. Aber bei Philip K. überwältigte und versenkte die *Illusion* neuer Einsicht sein Gefühl für Perspektive.) In weltweiter, selbstweiter Dunkelheit erkannte er, daß es seine ethische Pflicht war, sein Leben zu bewahren, sich dem Verschlungenwerden zu widersetzen. »Schließlich«, sagte er sich, »könnte ich ja in dieser neuen Inkarnation – oder wie immer man den Zustand der Existenz als Tomate benennen möchte – meine eigene Spezies vor umfassenden Hungersnöten bewahren; dies setzt freilich voraus, daß es mir gelänge, mich irgendwo in meinem eigenen Sonnensystem, in raketengemäßer Entfernung von der Erde, zu materialisieren.« Vor seinem geistigen Auge sah er Shuttles von der Erde, Bergbauanlagen auf und unter seiner Oberfläche, Schiffsladungen seines nahrhaften Selbst (in Tiefkühlmodulen) auf dem Rückweg zum Heimatplaneten, und schließlich die glorreiche Verteilung seiner Essenz unter den unterernährten und verhungernden Bewohnern der Erde. Der fortgesetzte Abbau würde natürlich schließlich zu seinem Tode führen, aber immerhin hätte er das befriedigende Wissen, daß er der Retter der Menschheit war. Zudem würde er *vielleicht*, ebenso wie Osiris, Christus, der Grüne Ritter und andere Repräsentanten der Errettung und/oder Fruchtbarkeit, wiederauferstehen, vor allem, wenn jemand vorausschauend genug wäre, außer Fleisch und Saft auch Ableger mit nach Hause zu nehmen. Aber dies waren eitle Spekulationen. Philip K. war kein Prophet, weder blind noch sonstwie, und die Myrmidopterer hatten rücksichtslos begonnen, ihn zu verzehren. »Ach, Lydia P.«, murmelte er, als die ersten Regimenter simultan in ihn hineinbissen. »Ach, Menschheit.«

NICHT WIE EIN SÜCHTIGER (oder: *Die Speichel der Ekstase*)

Und so wurde Philip K. gefressen. Die Myrmidopterer bedeckten seinen planetengroßen Körper mit ihren Schwingen und schmausten. Naschhaft verspeisten sie ihn. Und . . . schmerzlos. Tatsächlich erkannte Philip K. mit wachsendem Erstaunen, daß ihre Bisse, ihr Nagen, die grimmigen Machenschaften ihrer Maulwerkzeuge, ihm nicht Gift injizierten, sondern einen Speichel, der Volt und Abervolt von Elektrizität in seine rudimentären (ihm aus den Tagen seines Menschendaseins verbliebenen) Lustzentren strömen ließ. Gott, es war nicht zu glauben! Der Genuß, den ihm ihr stetiges Nagen verschaffte, war mit keinem Genuß vergleichbar, den er je auf der Erde empfunden hatte. Es war ein Genuß, der weder zum Tier- noch zum Pflanzenreich gehörte, der weder rational noch irrational war. Wohlgemerkt: Philip K. konnte daran denken, wie gut er sich fühlte, ohne dabei die Wirkung der ekstase-auslösenden Bisse der Myrmidopterer im mindestens zu verringern. Und dann, allzu früh, ließen sie von ihm ab. Sie hatten sich nur wenige hundert Meter tief in seine orangerote Haut hineingefressen (ein Prozeß übrigens, der einen ganzen Philip-K.-Monat in Anspruch nahm, wenngleich er wegen seiner Blindheit nicht sagen konnte, wie lange es gedauert hatte). Aber kaum waren die, die von ihm gezehrt hatten, zurück in die Leere des Alls geflogen (wobei er einen kurzen Blick auf Papa, ein paar Sterne und die üppigen Leiber der Ameisen-Motten erhaschte), zog eine zweite Welle von Myrmidopterern aus dem Raum heran, landete auf seiner verwüsteten Oberfläche und begann, mit noch größerem Genuß, noch größerer Gier von ihm zu fressen. Dies setzte sich über mehrere Jahre hinweg fort, die beiden Wellen von Myrmidopterern fielen abwechselnd über ihn her, und schließlich war Philip K. wieder eine Tomate, die kaum größer war als der Mars, wenn auch nun eine matschige, von Motten zerfressene Tomate. Was kümmerte es ihn? Zeit bedeutete ihm nichts mehr und ebensowenig die Angst vor dem Tode. Wenn er sterben sollte, dann wäre dies der Wille von Wesen, deren Metallschwingen er anbetete, deren Kiefer er willkommen hieß, ja, nach deren Speichel er lechzte – nicht wie ein Süchtiger lechzt, sondern wie ein frommer Kommunikant nach Wein und Hostie verlangt. So vergingen Jahrzehnte, und Philip K. ließ sie verstreichen.

SOMEWHERE OVER THE SPACE/TIME BOW

Woher kamen die Myrmidopterer? Wer waren sie? Dies waren Fragen, über die Philip K. auch inmitten seines unaussprechlichen Glücksgefühls nachsann. Während sie ihn verspeisten, wurde sein Bewußtsein schärfer, wacher, beinahe unheimlich in seiner Extrapolationsfähigkeit. Und er fand eine Antwort . . . auf die erste Frage jedenfalls. Die Myrmidopterer kamen von jenseits des figurativen Horizonts des Universums, von der *anderen Seite* jener letzten Kurve, mit der der Raum sich auf sich selbst zurückkrümmte. Philip K. wußte, daß hier ein Paradoxon im Spiel war, vielleicht gar eine Verwirrung, die sich mit Worten, Zahlen und Ideogrammen womöglich niemals würde zu einer Erklärung bündeln lassen, die klarer Wirklichkeit entspräche. Unwichtig. Es hatte so ausgesehen, als näherten sich die Myrmidopterer Philip K. aus jeder nur vorstellbaren Richtung, von jedem denkbaren Punkt im Plenum. Diese Tatsache war signifikant. Sie symbolisierte die diesen Geschöpfen eigentümliche *Unabhängigkeit* von dem Raum/Zeit-Kontinuum, zu welchem unser Universum gehört. »Jawohl«, räumte Philip K. bei sich ein, »sie operieren im physikalischen Universum, sie haben sogar körperliche Bedürfnisse, die sie befriedigen müssen – wie die Tatsache beweist, daß sie mich fressen. Aber sie gehören zu den . . . Äußeren Domänen der Schöpfung, zu einem Nicht-Ort, wo sie ein ätherisches Dasein führen, welches in diesem Kontinuum (in das sie sich hin und wieder begeben müssen) stets vergröbert wird.« Woher Philip K. dies wußte? Er wußte es. Die Myrmidopterer fraßen, also wußte er es.

AUFBRUCH

Dann hörten sie endgültig auf zu schmausen. Eine Welle dieser Wesen erhob sich von seinem zerfetzten Körper, entzog sich mühelos dem Zug seiner Gravitation und zerstreute sich an . . . nun, an den äußersten Grenzen der Nacht. Golden und silbern, silbern und golden – bis Philip K. sie nicht mehr sah. Wie rasch sie verschwanden! Schneller, als er es für möglich gehalten hätte. Jetzt waren sie noch da, und im nächsten Augenblick waren sie verschwunden. Von der zweiten Welle der Myrmidopterer, deren Landung er jetzt erwartete, blieben nur zwölf, die an verschiedenen Punkten im Raum über ihm verharrten. Er konnte sie deutlich erkennen, denn seine optischen Zellen erfüllten, wie er erkannte, seinen ganzen Körper und nicht nur seine längst verzehrte ursprüngliche Oberfläche – ein Umstand, den er dem wundersamen Speichel seiner Gäste und ihren sorgfältigen Bestrebungen, ihn schrittweise in Das Mysterium einzuführen, zu verdanken hatte. Diese zwölf Erzengel nun begannen, ihre Schwingen so zu neigen, daß sie ihn, Philip K., aus seinem Orbit um den wütend expandierenden Papa manövrierten. »Papa wird kollabieren«, sprach er zu sich. »Er wird eine Serie von Kollapsen durchlaufen, allesamt so plötzlich, daß es fast wirkt, als ereigneten sie sich gleichzeitig.« (Wiederum wußte Philip K. dies. Er wußte es einfach.) Während sie ihn mittels einer arkanischen Technologie, von deren Geheimnissen er nur eine trübe Vorstellung hatte, immer weiter hinausbewegten, benutzten die Myrmidopterer ihre großen Flügel, um die wärmenden Strahlen des Riesen auf jeden Quadratzoll seiner Oberfläche zu reflektieren. Sie würden nicht zulassen, daß er zerschmettert würde, noch mußte er befürchten, daß sie ihn erfrieren ließen. In mehr als einem Sinne des Wortes fühlte Philip K. sich bewegt. Aber was würde ihre verzweifelte Taktik ihnen einbringen? Wenn Papa zur Nova wurde, schließlich explodierte und die in seinem Hundert-Milliarden-Grad-Hochofen produzierten Elemente wie Schlacke ins All schleuderte, würde keiner von ihnen davonkommen, weder er noch die zwölf Schutzengel, die ihn immer weiter hinaustrieben. War er vor dem Verfaulen bewahrt, war sein Fleisch, gleich dem des Osiris, wiederhergestellt worden (denn Philip K. war wieder unversehrt, wenn auch immer noch nur etwa marsgroß), um jetzt in einem Blitz zu verdampfen oder, sollte er dies überleben, von Papas Schrapnell zu Tomatenmark püriert zu werden? Nein. Das würden die Myrmidopterer nicht zulassen. Das würden sie ganz gewiß nicht.

DER NOVA-EXRESS

Papa flog auseinander. Aber ehe Philip K.s alter und in vieler Hinsicht geliebter Stern ihn und seine Eskorte mit tödlichem Schutt oder tödlicher Strahlung bombardieren konnte, lösten sich die Myrmidopterer von ihm und sammelten sich zu einem haloartigen Ring über seinem Nordpol (wo der Stiel saß). Sie neigten ihre Flügel, und mit der reflektierten Energie der tobenden Sonnenwinde und ihres eigenen Geistes *stießen* sie Philip K. in einen unsichtbaren Schlitz im Raum. Bevor er aber völlig darin verschwinden konnte, schaute er zurück, und er sah, wie die zwölf Erzengel ihre blendenden Schwingen spreizten ... und sich *ins Nichts auflösten.* Zumindest, soweit es unser physikalisches Universum betraf. Dann befand sich Philip K. selbst in einem anderen Kontinuum, einer anderen Realität, und er fühlte, wie er dort hindurchfiel gleich einem gewaltigen Newtonschen *pomme d'amour.* Unmittelbar nach dem Verschwinden der zwölf Myrmidopterer explodierte Papa, und selbst in dieser neuen Realität wurde Philip K. zum Teil von der kolossalen Erschütterung vorangetrieben, die aus diesem Ereignis resultierte. Er hatte, nicht ohne beträchtliche Unterstützung, einen Platz im Nova-Expreß errungen. Aber wohin mochte die Reise gehen? Und warum das alles?

SPECIAL EFFECTS SIND DO-IT-YOURSELF-UNTERNEHMUNGEN

Im Transit zwischen dem Sonnensystem seines verendeten roten Riesen und seinem neuen Ziel, wo immer es auch liegen mochte, beobachtete Philip K. – unter anderem – die vorbeiströmenden

Farben. Farben, Lichter, langgestreckte Sterne; feurige Gerüche, brennende Gongschläge, plätscherndes Wasser, Flächen von sinnlicher Zeit. Dieser Katalog ergibt, sprachlich ausgedrückt, keinen oder nur sehr wenig Sinn. Man stelle sich deshalb irgendein nonverbales Erlebnis vor, bei dem man einige der genannten Dinge erfahren kann, und dadurch mag sich diesem Katalog vielleicht doch noch ein Sinn entnehmen lassen. Light Shows, Moog-Musik und filmische Special Effects sind gute Ausgangspunkte. Verlangen Sie nicht von mir, daß ich jetzt noch weiter spezifiziere, auch wenn ich es vielleicht könnte; Anspielungen auf andere Werke, andere Medien sind bestenfalls eine riskante Angelegenheit, und für Sie wird es eine gute Übung Ihrer Vorstellungskraft sein, wenn Sie sich ein geistiges Bild der transfiniten Realität heraufbeschwören, durch welche Philip K. jetzt fiel. Nennen Sie es die Allee hinter einem Sternentor. Nennen Sie es das Innere eines chronosynklastischen Infundibulums. Nennen Sie es den enigmatischen, subjektiven Schacht, in den man durch ein Schwarzes Loch gelangen kann. Nennen Sie es Sub-, Para-, Krümmungs-, Anti-, Kontra- oder gar *id*-Raum. Viele tun das. Die Nomenklatur jedoch wird der transfiniten Realität selbst nicht gerecht werden, der nämlich, in welcher Philip K. entdeckte, daß er das Mysterium verstand, das er, als Tomate, nach der Absicht der Myrmidopterer *in toto* hatte verstehen sollen. Denn während er fiel oder vorangetrieben wurde oder einfach an Ort und Stelle verharrte, dieweil das neue Kontinuum ungestüm an ihm vorbeiraste, badete er in dem gleichen unaussprechlichen Wohlbehagen, das er auch während der zahllosen Mahlzeiten der goldenen und silbernen Ameisen-Motten verspürt hatte. Im selben Augenblick erkannte er (1) die Identität dieser Wesen, (2) sein Reiseziel, (3) die Art seiner Mission und (4) die glorreiche, schreckliche Bedeutung seiner bizarren Metamorphose. Alles war ihm mit einem Schlage wahrhaft klar. Alles. Und diesmal war seine Erleuchtung keine Illusion, kein metaphysischer *Roter Faden* wie das Teiresias-Syndrom. Denn, sehen Sie, Philip K. hatte sich über sich selbst, über die Illusion, über die Grenzen der Raum/Zeit hinaus entwickelt – hinaus eigentlich über alles außer seiner entarteten Riesen-Tomatenschaft.

WIE DIE MANDALA SICH DREHTE (oder: *Was Philip K. lernte*)

Obgleich man nicht vergessen sollte, daß sein Lernprozeß mit dem ersten Schmaus der Ameisen-Motten begonnen hatte, ist es doch dies, was Philip K. im Transit zwischen zwei Realitäten lernte: Nicht indem man die Furcht vom Baume der Erkenntnis aß, erlangte man die Allwissenheit und die sanfte Ekstase der Götter, sondern indem man die Furcht selbst *wurde* – in Gestalt einer bewußten, sich entwickelnden Welt – und sodann von den seraphisch beflügelten, seligmachend silbernen, messianisch goldenen Myrmidopterern *gegessen wurde*. Sie waren natürlich die (sozusagen) fleischgewordenen Boten der obersten Gottheit des Universums. Indem man verzehrt wurde, wurde man gerettet, verklärt und zum Omegapunkt der menschlichen Evolution erhoben. Dies war das Schicksal der Menschheit, und er, Philip K., noch vor kurzem – nach einem absoluten, extra-universalen Maßstab – ein unbedeutender Mann mit wenigen Begabungen und geringen Mitteln, war von den Myrmidopterern auserwählt worden, um den ächzenden Massen seiner eigenen Spezies ihre unentrinnbare Bestimmung zu offenbaren. Wieder fühlte Philip K. sich zutiefst bewegt, und die Himmel rings um ihn her hallten wider von tosenden Hosiannarufen: Die ganze Schöpfung schien sich für ihn zu öffnen wie eine blutigrote Knospe. Und so kam es, daß Philip K., erfüllt von strahlender Ehrfurcht und seinem eigenen, stechend süßen Götterblut, übergangslos in unser physikalisches Universum zurücksprang, und zwar in die unmittelbare Nachbarschaft der Erde (zufällig stahl er dabei den Mond seinem rechtmäßigen Besitzer). Und dann hing er am Himmel über einem staunenden Nordamerika, als hätte er schon immer dort gehangen. Millionen starben in den Wogen der Flutkatastrophen, die er unglücklicherweise hervorrief, aber dieses alles gehörte zum evolutionären Spielplan der obersten Gottheit, und Philip K. empfand Frohlokken, nicht Reue. (Allerdings fragte er sich kurz, ob Houston wohl überschwemmt worden und Lydia P. ertrunken war.) Er war eine entartete Tomate, ja, aber kein Unglücksbringer. Er war der Bote der Neuen Verkündigung, und er war gekommen, sein Volk davon in Kenntnis zu setzen. Er schwebte dreihundertfünfzigtausend Meilen hoch über der Erde, und er hatte keine Ahnung, wie er diese Botschaft verkünden sollte, die Kunde, daß die Mandala von Dummheit, Wissen und letzter Erkenntnis sich anschickte, ihre erste Runde zu beenden. Überhaupt keine Ahnung. Nicht die geringste. Keine.

CODA

Aber, wie man so sagt, er würde sich etwas einfallen lassen.

RAUMFAHRER UND STERNZIGEUNER

Weil mein Haus am Rande einer Wüste steht, kann ich durch die Terrassentüren hinausschauen und die nackten Dünen sehen, die im Mondlicht fluoreszieren wie Wasser. Diese Nacht war besonders eigenartig, und mein Kopf schmerzte vom trockenen Murmeln des Sandes. Ich war in die Wüste gekommen, um der Schlaflosigkeit zu entrinnen, um das Trauma eines kürzlich erlittenen Verlustes zu lindern. Aber meine Schlaflosigkeit dauerte an, und der Verlust schwärte weiter in mir, eine brennende Wunde.

Ich ging durch das dunkle Haus und schaute durch die gläserne Fassade hinaus über die Terrasse aus eingefaßten Marmorfliesen. Normalerweise geht mein säuberlich strukturierter Garten mit kunstreicher Lautlosigkeit in die Wüste über, so daß man die Unterschiede zwischen Menschenwerk und Natur vergißt. Aber in dieser Nacht war es nicht so.

Mein Blick auf die unaufhaltsam rollenden Dünen war versperrt.

Das buttergelbe Mondlicht fiel nicht auf die Wüste, sondern auf das Durcheinander grellbunter Wagen, die ohne mein Wissen zwischen dem Marmormosaik meiner Terrasse und dem schroffen Rand der Wüste ein Lager gebildet hatten.

Sehen Sie, es waren nämlich Zigeuner hinter meinem Haus.

Ich sah die Larven ihrer schlummernden Körper, die dunklen Erhebungen ihrer Wolldecken, Schatten unter den buntbemalten hölzernen Wohnwagen.

Aber ein Zigeuner hielt Wache. Seine Gestalt war gebeugt, grotesk in den Kniehosen und mit der Mütze. Seine Aufmerksamkeit aber richtete sich nicht auf die Umgebung, sondern auf den indigoblauen Himmel; er starrte zum orangegelben Vollmond hinauf, der wiegend und schaukelnd, schaukelnd und wiegend in der furchteinflößenden Nacht hing. Ich wollte ihn ansprechen und schob die Terrassentür zur Seite. Obgleich die Tür keinen Laut von sich gab, den ich wahrnehmen konnte, wandte der Zigeuner doch den Kopf und beobachtete mich, wie ich, in meinen Hausmantel gehüllt, ins Freie trat und, behutsam meine bloßen Füße auf den kalten Marmorboden setzend, auf ihn zukam.

Die Augen des Zigeuners reflektierten einen mondhellen Schimmer, wie harte, dunkle Obsidiane. Während der langen Minute, in der ich mich ihm näherte, wurde seine Perspektive zu meiner. Ich sah, daß mein Kommen ihn überhaupt nicht beunruhigte.

Ruhig begrüßte er mich, und leise plaudernd redeten wir miteinander, sorgsam darauf bedacht, die anderen nicht zu wecken.

Der Name des Mannes war Lazarescu. Als ich mit ihm sprach, konnte ich sehen, daß sein Leben mehr Jahre zählte als Marmorfliesen auf meiner Terrasse lagen. Das lederartige Fleisch seines Gesichtes war von häßlicher, unterhöhlter Beschaffenheit, als wäre es aus dem Inneren seines Mundes heraus tätowiert worden. Seine Hände umklammerten einander und lösten sich wieder, wie zwei Taranteln im Liebesspiel. Sie faszinierten mich, als Lazarescu mir die folgende Geschichte erzählte; und ich lauschte ihm, weder ungeduldig noch verwirrt, während rings um uns her Wüste und Wind sich miteinander verbündeten, um meine Wege und meinen Garten mit Sand zu bedecken.

Lazarescus Stimme klang alt, und sein Englisch hatte nur einen leichten Akzent. Tatsächlich sprach er wie ein gelehrter Scholar, der seine Akademie erst kürzlich verlassen hatte.

Ja, ich bin ein alter Mann. Ein alter Mann mit trüben Augen und einem Gedächtnis, das mich immer öfter im Stich läßt. Aber ich weiß, was wir hier in dieser winddurchwehten Wüste tun und weshalb mein Volk mich dazu auserwählt hat, Wache zu halten. Sie hingegen, Sie sind ein Mensch. Sie wollen Antworten. Nun, ich habe die Stimme, um sie Ihnen zu geben, die Augen, um durch Ihr Staunen zu sehen, und das Gedächtnis, um über dieses letzte unserer Leiden zu berichten.

Mein Name ist Lazarescu.

In vergangenen Zeiten taten die Leute, was ich sie zu tun hieß, sie folgten mir, wohin ich sie führte, und sie hörten auf meinen Rat. Aber seit geraumer Zeit bin ich selbst einer, der folgt, ein alter Mann, der nickend auf dem Wagen sitzt und geht, wohin der nomadische Geist des jungen Zigeunerblutes drängt. Aber heute nacht schlummert das neue Blut, die jungen Männer ruhen, und Lazarescu – müden Auges, aber ehrenwert – hält die Wacht. Ich habe mich behauptet.

Aber Sie wollen wissen, warum wir unser Lager neben Ihrem Hause aufgeschlagen haben.

Es begab sich so. In dem April, der nun hinter uns liegt, krochen unsere Wagen durch den Balkan. Wir kamen herunter aus dem Hochlandnebel, der uns nach schwereren Mänteln, dickeren Schals, trockenerem Klima verlangen ließ. Es war Tauwetter, und nur mühsam kamen wir voran. Wagen stürzten um. Wir stellten sie wieder auf. Zwei Kinder wurden geboren, und wir sangen, während wir talwärts zogen, mit der Kraft und der Freude dieses neuen, noch freien Blutes. Im Mai erreichten wir die Adria. Der Himmel loderte in einem so wütenden Blau, daß die Luft wie brennender Alkohol war. Unsere Wagen knarrten auf ihren wieder durstigen Rädern, und unsere Münder wurden schwarz von der Hitze und dem Verlangen nach Wasser. Dennoch frohlockten wir. Wir schwelgten in dem Durst, den wir uns erwählt hatten, und im Genuß der Straße. Im letzten Wagen fuhr Zoga, der Bärenbändiger, mit seiner jungen Frau Selena.

Zoga bildete den Schluß unseres schwerfälligen Zuges, weil an seinem Wagen, als zusätzliche Last für seine glänzend gestriegelten Pferde, der Bärenkarren hing. Nur ein einziges Tier saß in dem Bärenkarren, aber dieses war so nervös und leicht erregbar, daß es am Ende unserer Prozession fahren mußte, weil es sich sonst gnadenlos an den Gittern seines Käfigs blutig schinden würde – wütend würde es immer wieder mit den Tatzen nach den Pferden schlagen, die den nachfolgenden Wagen zogen. Deshalb fuhren Zoga und seine Frau am Schluß.

Aber Pferdewagen sind nicht geschaffen für solche Straßen, wie sie die *gago* mit ihren Automobilen befahren. Menschen brüllten aus vorüberjagenden Fenstern und schüttelten die Fäuste. Wenn sie sich hinter unserer klappernden Karawane stauten, riefen sie uns Obszönitäten über Kesselflicker und Langfinger zu. Wir blieben auf der Straße. Wir blieben auf der Landstraße neben dem heißen, blauen, strahlenden Meer und achteten nicht auf die plärrenden Hupen. Aber sie wurden immer lauter. Unsere Pferde blieben stehen, erschreckt wiehernd, während ringsumher der Lärm aufwallte: Wiehern und Fluchen, Pferde und Autos – so viele Geräusche, daß ich erbebte auf meinem Wagen. Zogas Bär knurrte wild.

Bevor die Beamten eintrafen, stieg ein sehniger Mann aus einem der Autos hinter uns, lief am Bärenkarren vorbei zu Zoga und zerrte ihn vom Bock seines Wagens. Mit seinen harten roten Händen zerschlug der sehnige Mann Zoga das Gesicht und zerriß ihm Halstuch und Jacke. Vorgebeugt sah ich es mit an. Zogas Bär heulte erbittert. Rasend vor Wut tobte das zottige schwarze Ungeheuer gegen den rothaarigen Mann, und der wacklige Holzkäfig schaukelte hin und her. Ich stieg von meinem Wagen und lief recht lahm und reichlich spät, Zoga zu helfen. Ich sah die Peitschenschnüre vom Speichel des Bären, seinen verfilzten schwarzen Bart, und weiter unten auf der Straße öffneten sich die Türen der kleinen Fiats und Lieferwagen, und rotgesichtige Leute stiegen aus, um den Kampf zu sehen. Einige wollten sich offenbar auch daran beteiligen.

Es traf sich glücklich, daß die Polizei erschien, denn ich bin kein Kämpfer. Regierungsbeamte und Polizisten kamen just in dem Augenblick, da der sehnige Mann im Begriff war, Zoga zu töten, und sie befahlen uns, mit unserer Karawane die Straße zu verlassen. Was mit dem Mann geschah, weiß ich nicht.

Sie verhörten uns. Sie wollten nicht glauben, daß wir den weiten Weg von der Stara Planina, den hohen Bergen, bis zu dieser Landstraße an der Adria in so kurzer Zeit zurückgelegt hatten. Aber so war es. Wir waren nicht einmal vierhundert Kilometer von Triest entfernt, und unser Blut drängte uns nach Norden, längs der sich westwärts windenden See. Aber sie wollten uns nicht gestatten, den ungeschützten Lagerplatz zu verlassen, auf den sie uns von der Straße der Regierung gebracht hatten.

Am späten Nachmittag erschien ein grollender Lastwagen in unserer Mitte. Der Fahrer trug einen schweren Revolver an der Hüfte, und seine beiden Begleiter waren mit langen, spitzen Stökken bewaffnet. Wir konnten nichts tun, als diese uniformierten Männer, alle Romani verfluchend, mit ihren Stöcken Zogas Bären aus seinem zerbrechlichen Karren in den mit Kuhmist besudelten Pferch ihres Lastwagens trieben. Es sei Vorschrift, sagten sie. Eine so gefährliche Bestie dürfe nicht in einem einfachen Karren durch ein zivilisiertes Land gefahren werden. Grollend verließen uns der Lastwagen und Zogas Bär für immer.

Ich war froh, daß der verwundete Bändiger darniederlag und nichts wußte von dieser neuen Doppelzüngigkeit.

Die Nacht senkte sich auf unsere Wagen.

Zoga lag in seinem Wagen auf einer Strohschütte, und wenn er stöhnte, lag in seiner Stimme das Klagen der Adria, der Schmerz eines grenzenlos alten Volkes. Selena kauerte über ihrem Gatten und versorgte seine Wunden. Alles dies wußte ich einfach deshalb, weil ich mich verstohlen durch das Lager bewegte, verstohlen eben wie ein alter Mann. Zogas Stöhnen wollte nicht aufhören. Als ich es nicht länger ertragen konnte, schritt ich zur Tat.

Mit meinem Halstuch erwürgte ich den Regierungsbeamten, den man angewiesen hatte, bei uns zu bleiben. Einen einzelnen Regierungsbeamten. Unbewaffnet schlief er in seinem Auto, und ich glaube, er ist überhaupt nicht mehr wachgeworden. Aber seine Dummheit war die der Regierung, oder besser gesagt, eine Fortsetzung davon, und es war mir unmöglich, Reue zu empfinden.

Der Mond war, wie auch heute nacht, voll und hell. Ich vergeudete keine Zeit.

Aus den alten Tagen erinnerte ich mich daran, wie das Blut in einem Manne strömte, der die Führung seines Volkes ergriff. So strömte das Blut jetzt in mir. Ich weckte Rudolfo im ersten Wagen und sagte ihm, daß wir eine Reise anzutreten hätten. Zusammen weckten wir die anderen. In wenigen, kurzen Minuten hatten wir alle klappernden Löffel, Töpfe, Kessel und Pfannen, die an unseren Wagen hingen, festgezurrt. Lautlos verließen wir den Platz unseres Zwangslagers und machten uns auf den Weg nach Norden, wahrlich nach Norden, jener Art von Wagenspur folgend, die nur ein Zigeuner zu finden weiß. Hinter uns stöhnte das adriatische Meer wie eine verlassene Frau.

Lange Zeit waren wir unterwegs. Es war eine Zeit, die nichts mit den Markierungen von Tag und Nacht zu tun hatte. Die Luft wurde unglaublich dünn, und wir hüllten uns fest in Mäntel und Schals, um uns vor der Kälte zu schützen.

Endlich rollten wir von den nackten grauen Bergen hinunter zum Mare Crisium, dem tiefsten aller wasserlosen Meere des Mondes, wo die Kälte nicht gar so durchdringend war.

Unsere Pferde fühlen sich stets wohl in den niederen Regionen von Mutter Luna, denn ihre Hufe berühren den makellosen, pulverzarten Boden nur leicht. Und für uns hängt natürlich die Erde am Himmel wie eine blaue Kristallkugel, verschleiert von den Wolken möglichen Mißgeschicks. Es tut immer wieder gut, zum Mond zurückzukehren. Sie, der Sie dieses wunderbare Glashaus besitzen, wissen, was es dem Reisenden bedeutet, heimzukehren. Sehen Sie, Mensch, unser Volk hat kein Zuhause außer Mutter Luna, und in ihren Meeren zu verweilen ist alles, was wir wissen über die Heimkehr des Seßhaften.

Wir hatten beschlossen, das Mare Crisium zu durchqueren und gemächlich von der Vorderseite des Mondes in die Dunkelheit zu fahren. In jener Finsternis voller Sterne und Kraterschatten würden wir unsere Körper von der abstoßenden Erde reinigen. Unsere rot und gelb bemalte Karawane würde sich durch die Pässe der drei Bergketten winden, die das östliche Meer umsäumen. Das war der Hafen, dem wir zustrebten. Die Dunkelheit ist heilsam. Wir bedurften der Heilung, und Zoga, der noch immer die Narben seiner Begegnung mit dem viehischen Jugoslawen trug, hatte verlangt, daß wir einen Zufluchtsort auf der dunklen Seite aufsuchten. Da er immer noch um seinen Bären trauerte, widersprach ihm niemand. Und so zogen wir, umspült von hartem Erdlicht, durch das Meer der Krisen.

Aber wir hatten böse Ahnungen, und unsere Befürchtungen trugen Früchte.

Sehen Sie, als unsere Vorfahren die Meere des Mondes bereisten, da fürchteten sie nichts – nicht die Kälte, nicht die Finsternis, nicht die Leere und nicht den unaufhörlichen Hunger. Man brauchte diese Dinge nur hinzunehmen, und Mutter Luna gewährte einem dafür ihre ganze trostlose Einsamkeit, die Großartigkeit ihrer Einöde. Und bis heute hat sie dieses Geschenk auch nicht von uns genommen. Aber jetzt läßt sie es auch anderen zuteil werden, deren Geburtsrecht weder von unserem Hunger noch von unserem Blut etwas in sich birgt.

Und ein Zigeuner ist ein eifersüchtiges Geschöpf.

Wir hatten das Meer beinahe zur Hälfte durchquert, als die Krise über uns hereinbrach. Im Meeresboden fanden wir eine tiefe Grube, eine weite Höhle, die uns besser beherbergen würde als unsere Wohnwagen, und so schlugen wir hier unser Lager auf. In jener Nacht auf dem Mond hielt niemand Wache. Es war nicht erforderlich. Aber ich bin ein alter Mann, der nur schwer Schlaf findet, und als das Ding, das Sie ein *Modul* nennen würden, aus dem pechschwarzen Himmel herniedersank, beobachtete ich seinen Abstieg in beinahe allen Phasen. Riesig und gedrungen. Kleine Feuerzungen ausspeiend. Nicht anmutiger sich herabsenkend als ein schwerfälliger, silberner Oktopus.

Ich erklomm den Rand unserer Grube und stand in der betäubenden Kälte zwischen den Pferden.

Nur ein paar Kilometer weit vor unserem Lager landete das Modul. Drei Stunden lang stand ich am Rand unseres Schlupfwinkels und starrte in die schwarze Leere – bis endlich ein silberner Punkt in die Mulde des Meeresgrundes heruntergerollt kam. Und dieser Punkt war nicht im mindesten hübsch. Denn die *gago* hatten ein Automobil für den Mond erfunden. Es rollte wie die Panzerwagen, die vor vielen Jahren grollend über die Hänge der Apenninen gekreuzt waren. Solche Dinge haben mein Volk schon immer mit Furcht erfüllt, und so weckte ich alle, damit wir fliehen könnten.

Unsere Wagen mühten sich auf dem Meeresgrund hinaus. Die Pferde schnaubten empört, weil sie schon nach so kurzer Rast wieder ihre schwere Last ziehen sollten. Aber der Mond ist ein lautloser Ort (wir reden zueinander mit Zeichen, frei von Stimmen wie diesem uralten Gekrächze, welches jetzt auf Sie eindringt), ein Ort, an dem Holz, das über Stein rollt, sich nicht durch seine eigenen Laute selbst verrät. Gleichwohl, mein Freund, schauten wir zurück und sahen, daß das Automobil der Raumfahrer uns verfolgte wie ein Wolf, der hofft, man möge ihn für einen streuenden Hund halten und ihm etwas zu fressen geben. *Einen Happen nur,* bittet der Wolf. *Einen herabgefallenen Brosamen.* Und wenn er ihn nicht erhält, läuft der Wolf voraus und schnappt nach den Fesseln des Pferdes.

So war es auch mit dem Mondauto. Es verfolgte und überholte uns schließlich, ließ unsere Karawane anhalten und versperrte uns metallisch vibrierend den Weg. Die Pferde schrien ohne ihre Stimmen.

Ich war mit Rudolfo im ersten Wagen, und der Staub vom Getrappel der Pferde rieselte mir auf Hände und Schenkel. Das Auto der Raumfahrer war groß. Es hockte wie ein Felsblock mitten auf unserem Weg, wie ein Felsblock freilich, der im nächsten Augenblick aufbrechen und körperlose Dämonen ausspeien würde. Rudolfos Gesicht war aschgrau in dem blauen Licht, das die Erde ausstrahlt, und ich berührte sein Knie.

Beruhigt Euch, sagte ich ihm mit einem Zeichen.

Denn die Dämonen, die den flügelähnlichen Türen des Automobils entstiegen, hatten nichts gefährlich Wirkendes an sich. Beide Männer trugen unförmige Anzüge und Helme – und unwillkürlich mußte ich an müde Beamte denken, die, mit Mänteln und weichen Filzhüten bekleidet, durch den Schnee von Warschau oder Budapest stapften. Aber die Anzüge, die sie trugen, waren sauber und weiß wie frische Seife, und ich schämte mich meiner Furcht. Manchmal jedoch ist es eben nicht leicht, seine Lektion über Mutter Lunas Großzügigkeit anzunehmen und die Tatsache zu akzeptieren, daß sie nun Zigeuner und Gentiles gleichermaßen empfängt.

Welch ein Zusammentreffen, mein Freund.

Es war eine philosophische Sache, wie die Raumfahrer in ihren phosphoreszierenden weißen Anzügen Rudolfo und mich anstarrten. Wie kann ich die Ereignisse, die nun folgten, erklären, wenn nicht, indem ich die Feindseligkeit betone, die zwischen uns hin- und herfloß? Wie soll ich berichten, was wir vier empfanden, nackt auf dem nackten Meer des Mondes? Nach und nach beruhigten sich unsere Pferde.

Aber die Raumfahrer stritten miteinander.

Es war klar, daß ihre Auseinandersetzung im Innern ihrer Helme hastig vonstatten ging, wie eine Wespe, die zwischen zwei Marmeladengläsern hin- und hersummt. Es war eine unsichtbare Wespe, denn Rudolfo und ich hörten nichts. Dann hörten die Raumfahrer auf, mit ihren großen Handschuhpfoten zu gestikulieren, und einer der beiden kam zu unserem Wagen, blieb unter uns stehen und sah zu uns herauf. Ich hatte große Angst.

Das Gesicht des Raumfahrers in dem schweren Helm schimmerte blau wie bei einem moslemischen Nomaden, der sich mit Indigo geschminkt hatte. Aber als der Mann den Kopf bewegte und ich den Schweiß auf seiner Stirn sah, verblaßte das tröstliche Blau.

Der Mann berührte Rudolfos Fußknöchel. Rudolfo bewegte sich nicht. Der andere weißverhüllte Mann kam ein paar Schritte näher.

Die Wespe flog zwischen ihren beiden Helmen hin und her.

Obgleich die Raumfahrer sich nun sehr langsam bewegten, um ihre schweren, kantigen Waffen aus den Gürteln zu ziehen, konnten weder Rudolfo noch ich etwas tun. Unsere Pferde begannen in ihren Geschirren seitwärts zu tänzeln, und instinktiv zog ich die Zügel straff. Es hätte uns vielleicht einen Vorteil gebracht, wenn ich die Pferde hätte tänzeln lassen, doch ich war blutlos, kalt und zu verängstigt, um über Strategien nachzudenken.

Absteigen! Absteigen! signalisierte der näherstehende der beiden Raumfahrer. Noch nie war ein Zigeuner auf Mutter Luna herumkommandiert worden. Infolgedessen war es nur die Gewohnheit von der Erde, die Rudolfo und mich bewog, von unserem hohen Bock zu steigen und uns ihren Befehlen zu unterwerfen. Die Gewohnheit von der Erde und die stets sublimierte Angst eines sterbenden Volkes. Aber, mein Freund, selbst ein sterbendes Volk darf auf die Auferstehung seines Geistes vertrauen, und als der eine der beiden Raumfahrer Rudolfo mit der Waffe auf den Kopf schlug, wallte ein ebensolcher, unbezähmbarer Glaube in mir auf. In mir, Lazarescu, dem ziegenbärtigen alten Wanderer! Obgleich ich selbst gar nichts tat ...

Es geschah nämlich wie in einem Ballett.

Plötzlich – just in dem Augenblick, da Rudolfo in den schiefergrauen Staub sank – erschien mein Volk in wirbelnden Pirouetten aus den Wagen hinter uns, Männer und Frauen zusammen. Ihre blütenbunten Ärmel flatterten, und karminrote Tücher wehten in ihren sehnig geschmeidigen Händen. Keine Ballettgruppe irgendeines Staates hat ihrem Publikum je eine graziösere Vorstellung gegeben als die Leute unserer Karawane. Sie umkreisten die beiden Raumfahrer und tanzten wie ein fließendes Seil zwischen ihnen hindurch. Solche gleitenden Sprünge wird man auf der Erde niemals sehen können!

Erfüllt von Schrecken und Entzücken zugleich standen diese Raumfahrer wie gebannt inmitten unserer Pantomime. Ihre Waffen waren nutzlos gegen uns, denn die Hirne, die sie lenken sollten, waren durchgebrannt wie Sicherungen in den gläsernen Tempeln, in denen alle solche *gago* hausen. Selbst Sie, mein Freund.

Je furioser der Tanz wurde, desto ruhiger wurden unsere Pferde. Hier waren die ausgelassenen Zigeuner, und sie wurden immer zahmer, und sanft vibrierten ihre Flanken. Die Stille war ohrenbetäubend.

Dann traten Zoga und Selena in die Schar der Tanzenden. Als Mann und Frau feierten sie unser Blut mit einem bunten *pas de deux* zwischen den beiden Raumfahrern. Ich stand nicht weit von ihnen entfernt, und ich schaute durch die Helmscheibe des Mannes, der Rudolfo geschlagen hatte. Das Gesicht dieses Mannes war weiß, weiß wie eine Made, und seine Augen verblaßten angesichts des Tanzes, als sehe er Geister, wo festes Fleisch hätte sein müssen. Seine Männlichkeit war beinahe vollständig aus ihm gewichen, und der verbliebene Rest stand in seinem dicken, faltigen Anzug, steif und ungläubig. Dann sah ich Zogas Gesicht; er war wieder genesen, aber sein Gesichtsausdruck – selbst während er tanzte – war verbittert.

Die lautlose Musik verhallte.

Selena kniete nieder und küßte Rudolfo auf die Stirn, aber Zoga trat verachtungsvoll an die beiden Raumfahrer heran und nahm ihnen die Waffen aus den dicken, isolierten Händen. Er schob sie unter den Kutschbock unseres Wagens und kehrte zu seiner Frau zurück. Sie kniete noch immer neben Rudolfo. Niemand tanzte jetzt mehr. Alle standen neben unserem roten Wagen in der unermeßlichen Kälte des Mondes und warteten. Sie warteten, daß Selena ihnen ein Zeichen gäbe. Endlich blickte sie auf.

Im indifferenten Äther machte sie das Zeichen des Totenschädels. Wie zum Gebet hielt sie die gewölbten Hände vor sich. Mein Freund, Sie müssen versuchen, sich die vielfältigen Tiefen von Mutter Lunas Schweigen vorzustellen, denn diese winzige Gruppe von Menschen auf dem Boden des Mare Crisium wußte in der Tat, was tiefes Schweigen war. Keine Wespen summten in unseren Köpfen, aber dennoch lauschten wir.

Es dauerte nicht lange. Dann verfiel Zoga in Raserei, in einen Sturm von Grimassen und Gebärden. An der Adria mag man einen Zigeuner ungestraft schlagen, aber nicht auf dem Urmeer der Krisen. Den eher zurückhaltenden der beiden Raumfahrer tötete Zoga ohne weitere Umstände; er riß ihm die Schläuche aus dem Tornister und schlitzte die schwammigen Ärmel seines Anzugs mit einem Häutemesser auf. Niemand versuchte ihn daran zu hindern. Es mag ein diabolisches Eingeständnis sein, aber wir empfanden nichts als ruhige Befriedigung beim Anblick des sterbenden Raumfahrers. Zogas Ungestüm sprach im Namen aller, und das Ergebnis seiner Wut war ein reinigendes.

Mit dem aggressiveren der beiden verfuhr er anders. Der Bärenkäfig am Ende unseres Zuges war noch immer leer, und Zoga gedachte diesen unglücklichen Zustand zu beenden, indem er den Raumfahrer in eine Welt von Stroh, hölzernen Latten und mühseligem Schaukeln einführte. Wie sehr der Mann schon jetzt einem Bären glich! Ein großer, weißer Bär mit einem gläsernen Kopf und einem buckligen Rücken. Zoga stieß den Mann mit seinem Messer umher, stieß es ihm drohend in die gepolsterten Rippen und lächelte wie Satan. Jawohl, wie Satan selbst, denn auch der Lichtträger schlug ja zurück, als er gedemütigt worden war.

Wir lachten bitterlich, und unser Lachen war Schweigen.

Dann verließen wir den Kreis, in dessen Mittelpunkt die beiden toten Männer lagen, und sahen zu, wie Zoga den einem aufrecht stehenden Automobil gleichenden Mann zum Tanzen zwang. Ein wenig widerwillig nur bequemte der Mann sich dazu, doch wir waren nicht enttäuscht. So wie Zogas alter Bär, den man uns auf der Erde gestohlen hatte, mit melancholischer Schwerfälligkeit um unser Lagerfeuer getappt war, so tappte jetzt der *gago* umher. Ohne Eleganz drehte er sich im Walzertakt, hob erst den einen Fuß, dann den anderen, und seine Tatzen ließ er herunterbaumeln wie die Arme einer Marionette. Die ganze Zeit blies Zoga auf seiner hölzernen Flöte und schwenkte ein Halstuch vor dem großen Fernsehgerät, dem Kopf des Raumfahrers. Aber der Mann ließ sich nicht provozieren oder ablenken; zum ersten Mal in seinem Leben verstand dieses vom Donner gerührte Geschöpf – und das schwöre ich Ihnen – wahre Spontaneität in der Disziplin eines gefangenen Bären. Er hob einen seiner großen Füße und setzte ihn wieder auf den Boden. Er verbeugte sich und drehte sich um sich selbst. Er schleppte seinen schwerfälligen Körper im Takt von Zogas lautloser Flötenmusik im Kreise herum.

Welch eine formelle Spontaneität.

Am Ende applaudierten alle, sogar der alte Lazarescu. Und dabei hatte ich entdeckt, daß die Natürlichkeit des Tänzers zum Teil etwas Künstliches ist; unter Hypnose ist jedermann ehrlich. Als wir dem Tanz applaudiert hatten, packte Zoga den Raumfahrer und steckte ihn in den Bärenkäfig.

Erst sehr viel später begannen wir zu befürchten, daß andere das Summen der Wespenstimmen auf dem Mond vermissen und unserer Reise ein jähes Ende bereiten könnten. Und um diese Zeit hatten wir die haarfeine Schattengrenze zwischen Licht und Dunkel schon fast erreicht.

Wir waren guter Dinge. Die Wagen liefen gut. Unsere Pferde legten sich frohgemut in ihr Geschirr, so wie die blaue See auf der Erde frohgemut in ihrem Bette rollt. Wir ließen das Mondauto gelähmt zurück, mit weit offenen Türen in der Mitte eines leblosen Meeres. Und darüber sprachen wir mit Handzeichen zueinander, lautlos formten wir mit den Lippen scherzhafte Obszönitäten. Ein Zigeuner trauert nicht lange, denn er weiß, daß die Toten zurückkommen. Sie kommen immer zurück. Selbst die Toten der Abgeschliffenen, Zivilisierten.

Rudolfo saß leblos neben mir auf dem Kutschbock. Bei Mutter Luna ist es nicht erforderlich, daß man die Toten mehrere Meter tief in der Erde vergräbt, um sie zu bewahren, und viele Male hatte Rudolfo davon gesprochen, die Ewigkeit hindurch auf einem Gipfel der dunklen Seite zu sitzen, aufrecht gehalten von Mondgestein, auf daß er für alle Zeiten den Lauf der Gestirne beobachten könne. Sie würde ihm gewährt werden, diese Gunst, und da unser Volk das wußte, hatten wir noch weniger Grund, seinen Tod zu betrauern.

Aber mit dem Raumfahrer gingen wir allzu sorglos um.

Er starb. Der Sauerstoff in seinem Tornister verströmte in seine Lungen und war fort. Erst viele Stunden später fanden wir ihn an den Gitterstäben des Zwingers zusammengesunken, wie einen Haufen weißer Laken. Wir durchquerten eben das schreckliche Gebirge der Cordillera, und als wir in einem tiefen Graben Rast machten, ging Zoga nach hinten zu seinem Käfig, um seinen tanzenden Gefangenen zu verspotten. Jetzt erst entdeckten wir unsere Nachlässigkeit, mein Freund, und alle empfanden Reue, nur der Bärenbändiger nicht.

Gleichviel – der Mann war tot. Zoga kam zu mir, verächtlich grinsend, um mir über den Zwischenfall zu berichten, aber er ging nicht mit mir zurück.

Im gnadenlosen Licht der Sterne stieg ich in den Zwinger und ließ den Mann rückwärts auf den strohbedeckten Boden sinken. Dann nahm ich ihm den Helm ab, ich drehte ihn, schraubte ihn herunter wie einen Flaschenverschluß. Als ich das Gesicht des Mannes erblickte, empfand ich ein brennendes Mitleid – denn er war sehr jung, sommersprossig wie ein Bauernmädchen, und sein dichtes rotes Haar leuchtete heller als Feuer. Niemand war mit mir im Zwinger, auch nicht Zoga, der Bärenwärter. Ich setzte dem Jungen den Helm wieder auf den Kopf und ging, um Hilfe zu holen.

Die anderen kamen. Zusammen trugen wir den Leichnam in eine Mulde am Grunde des Grabens. Innerhalb weniger Augenblicke installierten wir ihn dort wie einen Apparat. Zoga nahm ihm noch einmal den Helm ab, und als er das flammende Haar des Jungen sah, geriet er in Wut. Mit vielen Gebärden forderte er beharrlich, daß wir den Raumfahrer mit Felsbrocken, Steinen und Staub bedeckten – nur um seinen Leichnam des Anblicks der Himmel zu berauben. Am Ende taten wir ihm den Willen, denn Widerspruch ließ er sich nicht gefallen, nicht einmal von seiner Frau Selena, der er einen bösen Schlag auf den Mund versetzte, als sie vorschlug, der Grabstatt des Jungen wenigstens ein kleines Mal zu gewähren.

Als wir schließlich unsere Reise zum Mare Orientale fortsetzten, war der Bärenzwinger wieder leer, und Zoga trug den fremdartigen Helm des Toten über seiner eigenen Mütze. Es war eine Kriegsbeute, der Lohn der Schlacht. Ich sah es mit Sorge im Herzen, denn unser Vater hat sein Volk schon vor langer, langer Zeit ermahnt, nicht Krieg zu führen mit anderen Nationen.

Zoga benahm sich unnatürlich. In jeder Sekunde seines Wachseins trug er den Helm. Hinter der Sichtscheibe verzerrte sich sein Antlitz zu einer sinistren Travestie seiner selbst, und Selena weigerte sich, weiter den Wagen mit ihm zu teilen. Getanzt und gesungen wurde nun gar nicht mehr.

Sieben Tage waren wir im Mare Orientale gewesen, da fanden wir Zoga tot. Er lag in seinem Bärenkäfig, in den er seit kurzem immer öfter gestiegen war, um sich dort seiner Bitternis hinzugeben. Seine blau-roten Finger krallten sich in den Rand des Helms. Sosehr wir uns auch gemeinsam mühten, es gelang uns nicht, Zoga den Helm vom Kopf zu ziehen. Aber ein Zigeuner findet sich mit solchen Geheimnissen ab, mein Freund, und es drängt ihn nicht, Fragen zu stellen.

Es war eine geziemende Vergeltung.

Dann fingen wir an, Lichter zu sehen, die den Himmel über unserem geschützten Lagerplatz durchquerten: feurige Punkte. Ein gutes Volk kommt, seine Toten zu versorgen, und es liegt ihm daran, daß Unrecht gesühnt werde. Woher sollten diese Leute wissen, daß das Unrecht, das ihren eigenen, närrischen Raumfahrern widerfahren war, bereits seine Vergeltung gefunden hatte? Daß Zoga, der Bärenbändiger, tot am Boden lag? Trotz ihrer kostbaren Radios wußten sie es nicht. Und deshalb waren sie gekommen, mit blitzenden Maschinen und feuergestähltem Willen.

Kalt war mein Blut, als ich dies alles sah. Ich verlangte, daß wir fortzogen, zur Erde zurückkehrten, um den Kameraaugen und den Waffen dieser unnachgiebigen Gegner zu entrinnen. Zu meiner Verwunderung stimmte mein Volk zu; alle zeigten sich bereit, meinen Anweisungen zu folgen. Alle bis auf eine, mein Freund, und diese eine war Selena. Sie weigerte sich, mit uns zu ziehen; sie erklärte, ein Bündnis kette sie an den Geist des Mannes, der sie verraten hatte – ein Bündnis, im Tode noch verpflichtender als im Leben. Sie würde durch die Krater und Täler von Mutter Luna wandern, so sagte sie uns in Zeichensprache, solange Zigeuner in einem lautlosen Universum lebten. Sie würde ihre Klagen an die Sterne richten.

Und so verließen wir sie und machten uns auf, die Leere

zu durchfahren.

Gestern nun gelangten wir in Ihre Wüste, ein Volk, das stirbt unter dem Stiefel der Veränderung. Am Abend schlugen wir unser Lager neben Ihrem Hause auf, und jetzt erbitten wir nicht mehr als ein wenig Platz in diesem weiten, neuen Lande, so unfruchtbar es auch sein mag. Das ist unser einziger Wunsch.

Dies, mein Freund, ist unsere Geschichte.

Der Mond war nicht mehr da.

Lazarescu verstummte. Ein- oder zweimal während seiner Erzählung hatte ich ihn unterbrochen, um ihm eine Frage zu stellen, aber die meiste Zeit über hatte er einen Monolog gehalten. Was Sie eben gelesen haben, hielt sich, soweit möglich, an den Klang seiner eigenen Worte, aber an vielen Punkten sind Lazarescus Stimme und meine eigene miteinander verschmolzen. Das ist nicht verwunderlich.

Denn, sehen Sie, als Lazarescu seine Erzählung beendete, bückte ich mich mit großer Gelassenheit nieder, ergriff einen Felsbrocken, der als Bremse vor einem der Räder unter dem Wagen des Alten lag, und versetzte ihm einen furchtbaren Schlag gegen die Stirn. Ich fing den Körper des alten Mannes auf und ließ ihn sanft in den Sand sinken, um die anderen nicht zu wecken. Mit glasigen, aber nicht protestierenden Augen sah er mich an.

»Warum?« fragte er. Die Frage war keine Anklage.

»Weil diese Männer meine Freunde waren«, antwortete ich. »Weil ich das bin, was du einen *Raumfahrer* nennst: ein Astronaut wie die anderen. Es ist mir nicht möglich, euch das Furchtbare ihres Todes zu verzeihen. Heute – zum ersten Mal seit vielen Wochen – werde ich vielleicht wieder schlafen können. Aber nur, weil ich dies getan habe.«

Lazarescu sagte: »Du hast einen Teil deiner selbst getötet.« Dann schloß er die Augen und starb.

Ich stahl mich durch die schlafende Karawane und ging zurück ins Haus. Aber ich schlief nicht. Die ganze Nacht hindurch starrte ich an die Decke. Seltsame Veränderungen durchwirkten meinen Körper. Am Morgen schaute ich durch die breiten Glastüren hinaus und sah, daß die Karawane weitergezogen war. Vom Nachtlager der Zigeuner war keine Spur mehr zu sehen. Der Wind hatte eine feine Schicht von Wüstenstaub über Garten und Terrasse gelegt, und es sah aus, als rückten die Dünen immer näher und näher an mein Haus heran.

Drei Tage sind seither vergangen. Mein Telephon ist tot.

Soeben habe ich in den Spiegel im Bad geblickt und entdeckt, daß mein Gesicht nicht mehr das eines jungen Mannes ist. Braun und ledrig preßt sich die Haut mit einschnürender Kraft an den Schädel. Aber dies ist es nicht, was mich am meisten erschreckt. Immer wieder erinnere ich mich an Lazarescus Worte: »Die Toten kommen zurück. Sie kommen immer zurück.« Denn in den letzten beiden Nächten ist ein monströser weißer Bär aus den Dünen gekommen, der sich vor den gläsernen Terrassentüren auf die Hinterbeine stellte. Das Tier ist nicht schwerfällig. Es ist zottig, geschmeidig, beharrlich. Und seine Augen, in denen kleine Feuerräder rotieren, sind hart wie Obsidian, dunkel wie rauchiger Marmor.

Mein Geist indessen – mein Geist paßt nicht zu diesem alten Gesicht.

DIE WEISSEN OTTER DER KINDHEIT

1

Ein Wind wehte über das Meer, und er trieb eine Wolke von feiner, weißer Asche vor sich her. Die Asche fiel ins Meer und in die Wogen. Die Wogen schwemmten mit dem Treibholz tote Krabben an den Strand. Dann schwemmten sie den weißen Schlamm an. Der Hai schwamm hinaus in die tiefsten Gewässer und durchstreifte brütend die kalten, klaren Strömungen. Er war sehr hungrig in jener Zeit.

WALTER M. MILLER, Jr.

Dies ist das Jahr Unseres Verlorenen Herrn 5309. Zumindest glauben wir das. Aus dem Meer sind wir gekommen, und ins Meer werden wir zurückkehren.

Ich schreibe die Chronik der Umwälzungen in unserer herrschenden Ordnung hier in Windfall Last und zugleich die der Umwälzungen meines eigenen Geistes. Ich nehme meine Zuflucht zu Büchern. Außer den zwei Millionen, die hier auf dieser Insel leben, gibt es keine Menschen mehr, aber alles Wissen der Vergangenheit liegt in der großen Versunkenen Bibliothek auf dem Grunde des Lieblichen Kohlensacks, der Bucht, auf die unsere Stadt hinausblickt. Schließlich war ich Erster Literarischer Rat der Versunkenen Bibliothek und zudem einer der höchsten Ratsherren des Navarchen von Windfall Last. Die Versunkene Bibliothek enthält Manuskripte, die nicht einmal den ersten der Alten – denen, die vor mehr als dreitausend Jahren Holocaust A auslösten – zur Verfügung standen; viele dieser Aufzeichnungen haben wir natürlich der Archäologie und der Beharrlichkeit der Parfekten zu verdanken. Infolgedessen eröffnen sich Bücher mir beinahe von allein. Ich kenne mehrere der Dialekte, die vor dem ersten Holocaust gesprochen wurden, und mehrere auch von denen, die vor dem zweiten Feuerregen lebten, beinahe fünfzehnhundert Jahre später. Insgesamt, denke ich, bin ich der menschlichen Wege nicht ganz unkundig.

Noch einmal fünfzehnhundert Jahre sind seit dem Holocaust B vergangen, seit die Wolken der alles niederdrückenden Asche über die Welt wehten, seit der Zeit, da der Hai hungerte. Haie gedeihen noch immer in der Welt, obgleich die meisten von uns vergessen haben, wie sie aussehen mit ihren glatten Flanken, dem mörderischen Einschnitt ihres Rachens und ihren bestialischen Schweinsäuglein. Wir haben es vergessen, weil die Haie selbst die Gewässer meiden, die unsere (sogenannte) Heimatinsel Wächters Schlinge hier in den Antillen umspülen. Wahrscheinlich wittern sie, daß der letzte Rest der Menschheit hier lebt, im Banne einer Bestialität, die schrecklicher ist als jeder Hai.

Aber die Haie gibt es noch. In einem offenen Boot draußen auf dem Meer habe ich das Privileg genossen, ihre Rückenflossen zu sehen, wie sie durch das saphirblaue Wasser schnitten wie Messerklingen durch Fleisch.

Mein Name ist Markrufer Rains. Ich bin das schlechte Gewissen einer Spezies, die zweimal versucht hat, sich selbst zu vernichten.

Ich bin Markrufer Rains: Dichter, Reiter, Seefahrer, Antiquar, Philologe, Mystiker, Diplomat, Naturkundler, Ratsherr, Verbannter, Liebhaber, Ehemann, Hahnrei, Witwer, Erbärmlicher, und schließlich Rächer.

Achtundvierzig Jahre lang lebte ich, als wäre Integrität das einzige Mittel zu dem kaum erreichbaren Zweck, den glänzend schwarzen Krebs, der unsere kollektive Seele befallen hatte, zu besiegen. In diesem letzten Jahr nun, meinem neunundvierzigsten (einem der weniger kritischen, wenn Sie an Numerologie glauben), schob ich mir die Integrität arschwärts und ließ jene tiefsitzende Seelenwunde zu etwas unbestreitbar Animalischem aufschwären. Meine Rache war süß; meine Reue ist bittersüß wie die Liebe. Und in diesem Jahr Unseres Verlorenen Herrn 5309 lege ich, Markrufer Rains, die Beichte ab im Angesicht derjenigen Gottheit, welcher die Parfekten (die die Erde geerbt haben) ihre unschuldigen, unbefleckten Seelen anvertrauen. Die Parfekten sind nicht gefallen, und sie vermehren sich auf den Kontinenten, beherrschen jeden Archipel und genießen die Fülle der Ozeane. Wir haben nur Wächters Schlinge, und deshalb beichte ich jener verschleierten Gottheit, die sie von der Bestie befreit hat.

Lesen Sie also meine Beichte:

Ich gehe jetzt zum letzten Dezember vor der Wende zum neuen Jahrhundert zurück, also um neun Jahre, bis zum letzten Weihnachtsfest jenes dahingegangenen Zeitalters. Es war das Jahr Unseres Verlorenen Herrn 5299.

Ich war eben von einem zehnmonatigen Aufenthalt unter den Parfekten in Azteca Nueva zurückgekehrt, von jenem Ort also, zweitausend Meilen jenseits der Karibischen See, an dem diese transzendentalen menschlichen Wesen mir gestatteten, mich unter ihnen zu bewegen – so wie wir einem kleinen Hund gestatten, bei einer der sakramentalen Strandhochzeiten zwischen unseren Füßen umherzuspringen. Die Parfekten, die die Verbannung der Menschen hier auf Wächters Schlinge, dieser geflügelten Insel, aufrechterhalten, weigern sich, zu uns zu kommen, aber gelegentlich verlangen sie nach genauer Kunde über unsere Stimmungen, unsere Zahl, unsere intramuralen Repressionen. Zu solchen Anlässen obliegt es dann dem Navarchen, ihnen einen Gesandten zu schicken. Bei den letzten beiden Malen erwählte unser Navarch, Furchtmut Serenos, mich als Vertreter der zwei Millionen sterbenden und zum Untergang verurteilten Menschen von Windfall Last. Und mit Freuden erfüllte ich den Willen des Navarchen und der Parfekten.

Aber am Weihnachtsfest meiner zweiten (und, wie ich hoffte, letzten) Rückkehr war ich ein ganz und gar erschöpfter und niedergeschlagener Mann. Kein menschliches Wesen kann zehn Monate lang unter den Parfekten leben, ohne sich selbst schließlich als abgrundtief verachtungswürdige Kreatur zu fühlen, der es an allem mangelt, an Sinn und Verstand und an der letzten, wirklichen Anmut. Es ist eine entmutigende, vernichtende Erfahrung. Auch der Weiseste, kehrt er nach Wächters Schlinge zurück, erstickt fast in dem Gestank seiner eigenen Menschlichkeit, der das Wiedersehen mit den alten Freunden, die seine Heimkehr zu feiern trachten, besudelt. Das Bedürfnis nach Zeit wird ebenso groß wie das nach Nahrung oder Unterkunft. Man muß sich erholen. Man muß das Elend abschütteln, das man empfindet, wenn man dreihundert Tage unter den großen, nackten Mutanten verbracht hat, die ohne Strafen oder Gesetz ihre goldene Erde regieren. Denn ich war ein Gesandter auf einem anderen Planeten, und in jedem Augenblick war mir bewußt, daß meine Gastgeber zu einer Rasse gehörten, die der meinen überlegen war. Mit einundvierzig Jahren brauchte ich Zeit, um wieder in mich selbst und in mein eigenes Volk hineinzuwachsen. Die, die mir nah waren, verstanden dies und bemühten sich, meine Genesung zu unterstützen.

Ich verließ Windfall Last. Frische Winde wehten über die Wasser des Lieblichen Kohlensacks, und Schaum überschwemmte wie weiße Spitze immer wieder die Korallenbarriere vor der Bucht. Der Himmel schimmerte im bläulichen Weiß des Mittags.

Ich ritt am Strand entlang, trieb mein Pferd mit unglaublicher Wildheit auf unser Ziel zu. Bald – selbst wenn ich das Pferd gezügelt und gewendet hätte – konnte ich die Tumorformen von Kuppeln, Türmen und Aluminiumminaretten, die Skyline von Windfall Last, nicht mehr sehen. Palmenwedel und die Krümmung des Strandes ließen diese Skyline ebenso endgültig verschwinden, als ob eine Fissionsbombe auf Furchtmut Serenos Verwaltungsbunker gefallen wäre. Wie ich so dahingaloppierte und den Wind in meinem Mund spürte, war ich frei von der Menschheit und ihrem Irrsinn.

Das Pferd gehörte Dr. Yves Prendick. Ich gab ihm die Sporen und lenkte es am Rande des Wassers entlang, und hin und wieder zwang ich des guten Doktors zahmes Tier, den Strand mit seinem Sand und den zerbrochenen Muschelschalen zu verlassen und durch das feuchte, grünglänzende Laubwerk zu galoppieren, das sich landeinwärts erstreckte. Ich war unterwegs zu einem Rendezvous mit Prendicks sechsundzwanzig Jahre alter Tochter. Ich war seit vier Tagen zurück, es war Heiligabend, und Prendick hatte mir das Pferd gegeben und mir vorgeschlagen, Marina zu suchen, die sich bei dem gestrandeten Segelschiff aufhielt; es war ein Schiff, das ein Hurrikan vor langer Zeit an Land geschleudert und mehrere hundert Meter hoch auf das Ufer geworfen hatte – eine unverwechselbare Landmarke.

»Marina kampiert dort«, hatte er mir gesagt. »Sie studiert die Vegetation und die wandernden Wasservögel.«

»Mein Gott, Prendick, ist sie ganz allein da draußen?« Unsere Jahrhunderte alte Navarchie hatte bestimmt, daß niemand Windfall Last verlassen dürfe, wenn er nicht zu den hierzu Befugten und ausdrücklich Autorisierten gehörte (zu denen Prendick, ich und andere Berater Furchtmut Serenos' sich zählten), aber eine solche Bestimmung bei zwei Millionen unvollkommenen Untertanen auch durchzusetzen, bringt besondere Probleme mit sich. Ich fürchtete um Marina.

»Keine Sorge, Mark. Sie hat eine Pistole, und sie kann damit umgehen. Nimm dir Paris, reite hinunter zum Strand und suche sie. Bleib eine Weile draußen, wenn du Lust hast. Du brauchst ruhige Gesellschaft, die Stimme einer Frau.«

Und so trieb ich Paris, Prendicks gefleckten Wallach, mir bei der Suche nach Marina zu helfen. Im prachtvollen Licht des weißen Nachmittags wallte Paris' Mähne wie seidiges Gras.

Ich fand Marina, als die Sonne sich schon nach Westen zu neigen begann. (Vielleicht war unsere erste Begegnung nach meiner Rückkehr eine Metapher; wer kann das sagen?) Das alte Schiff, die *Galeone der Hesperiden,* wie Marina und ich sie getauft hatten, lag zerschmettert und verrottet an der Flanke einer kleinen Anhöhe, und dem Meer war es gelungen, einen Kanal – einen kleinen Kanal – durch den Sand und dann durch die ungestüme Vegetation zu schneiden, so daß jetzt Wasser in dem eingestürzten Hohlraum unter dem Vorschiff der Galeone schwappend widerhallte. Der Kanal wurde teilweise auch von einem Süßwasserquell gespeist, der landeinwärts entsprang.

Das Schiff stammte aus der Zeit um 5100; die Parfekten hatten es gebaut, höchstwahrscheinlich als restauratives Experiment, und dann hatten sie es in ihrer charakteristischen Launenhaftigkeit den Elementen überlassen. Aus irgendeinem Grunde war das Holz nicht völlig vermodert, trotz der Vegetation und der Nässe. Die Oberdecks ächzten unter der trunkenen Last dieser Vegetation, und so kam es, daß die *Galeone der Hesperiden* aussah wie ein großer Blumenkorb: Aschenkraut wuchs hier in verblüffender Vielfalt, aber auch Bärenklau, Steinklee, Malven und *Faenum Graecum,* Pflanzen also, die man in den westindischen Tropen nicht vermutet hätte.

Dort auf dem Oberdeck sah ich Marina; dunkel, schlank, und ohne mein Herannahen zu bemerken, beugte sie sich über einen Strauß von üppigen, blauen Blüten. Sie hatte einen Skizzenblock in der Hand und zeichnete. Sie trug Khakishorts, eine Art ärmelloses Kettenhemd aus einem Netzgewebe und, natürlich, eine Pistole. Ich zügelte Paris auf dem Hang oberhalb der Galeone und beobachtete sie mit den Augen und dem Herzen eines Mannes, der sich selbst allzu gut kennt. Meine Augen und mein Herz schmerzten. Der Wind wehte von ihr zu mir herauf, und mit sich brachte er einen Hauch vertrauter Düfte.

Dann wieherte Paris und machte sie auf uns aufmerksam. Er tänzelte ein Stück weit seitwärts über den Hang, und ich mußte die Zügel straffen, um ihn zu bändigen.

Unten auf dem Schiffsdeck ließ Marina ihr Skizzenbuch fallen, richtete sich zwischen den blauen Blumen zu voller Größe auf und zog die Pistole – alles scheinbar in einer einzigen Bewegung. Ihr linker Arm hob sich, um ihre Augen zu beschirmen, und was ich während meiner zehn Monate bei den Parfekten vergessen hatte, kehrte mit herzzerreißender Grausamkeit zurück.

Marina war mit einem linken Arm zur Welt gekommen, der knapp unterhalb des Ellbogens in einem auswärts gekrümmten Fleischpaddel endete. Es war eine grausame, herzzerreißende Erinnerung an die Kunst der Kriegsverhinderung, die unsere Vorfahren beherrscht hatten: Die Asche war immer bei uns.

Wann immer ich an Marina dachte, dachte ich nicht an ihre Verkrüppelung. Es war, als extrapolierten meine Gedanken unbewußt aus ihrer zarten Natur und gäben ihr die makellose körperliche Schönheit, die sie verdiente. Ich *sah* die flache, leicht gebogene Klinge am Ende ihres Armes, ja, aber für mich war sie nicht echt und wirklich – oder gerade wirklich genug, um mein Herz und meine Augen in einer anderen Weise schmerzen zu lassen als dann, wenn ich nur ihr Gesicht sah. Deshalb reichte diese Wirklichkeit vermutlich aus.

Ihr Vater, ein Chirurg, hätte die harte Grausamkeit ihrer »Hand« vielleicht mildern können, als sie größer geworden war. Aber als sie erwachsen war, wollte sie mit seiner Neuformerei und seiner Plastikkosmetik nichts zu tun haben. »Ich bin, wie ich bin«, sagte sie zu ihrem Vater. »Ich akzeptiere mich, wie ich bin. Außerdem dient mir meine Seeschwinge« – Furchtmut Serenos, unser Navarch, war der erste gewesen, der ihre deformierte Hand eine *Seeschwinge* genannt hatte – »als Erinnerung daran, woher wir kamen und was wir einander angetan haben.« Außerdem – auch Serenos, dessen Gesicht und Hände von einem glänzenden atavistischen Fell bedeckt waren, betrachtete solche chirurgischen Ausbesserungsarbeiten mit Mißbilligung.

Die Folge all dessen war, daß Prendick seiner Tochter gehorchte; und er vermied es, seinen zottigen, bestialisch-skrupellosen Herrn zu erzürnen.

Und eine weitere Folge war, daß Marina ihre Augen jetzt mit dem Stumpf ihrer Seeschwinge beschirmte; in ihrer unversehrten Hand hielt sie die Pistole, die auf mein Herz zielte. Hinter ihr glitzerte die See im weißen Mittagssonnenschein, und der ferne Strand badete in Gischt. Die Pistole schimmerte blau.

»Nicht schießen«, rief ich. »Wenn du mich verfehlst, tötest du vielleicht das Pferd deines Vaters. Du weißt, wie dein Vater mit seinen Pferden ist.«

»Markrufer!« Sie lächelte und schob die Waffe zurück in den Halfter. »Markrufer, komm herunter. Laß Paris oben am Hügel.«

»Damit er wegläuft? Das wäre ein schönes Weihnachtsgeschenk für deinen Vater.«

»Paris läuft nicht weg. Wenn du absteigst und ihm das Zaumzeug abnimmst, wird er grasen und dir für diese Gelegenheit dankbar sein.«

Ich tat, was Marina sagte, und stieg dann hinab zur Galeone. An Bord des aufgelaufenen Schiffes fühlte ich mich wie ein Pirat, der um Dublonen gekämpft hat und nun herausfindet, daß die Seekisten seiner Gefangenen allesamt nichts als Rosen enthalten. Aber ich bin ein schlechter Pirat. Ich war nicht enttäuscht. Marina verströmte den Duft von Rosen und nicht den metallisch scharfen Hauch alter Münzen, und ich küßte sie. Mit einiger Glut preßte sie ihre Lippen gegen die meinen. Der Strand badete in Gischt.

Das Ausmaß von Marinas Glut überraschte mich ein wenig.

Wir kannten uns beinahe schon ihr ganzes Leben lang, denn Yves Prendick hatte ich 5278 kennengelernt, als er in den Rat erhoben und zum Leibarzt des Navarchen ernannt wurde. Marina war damals fünf Jahre alt gewesen, und ich altkluge zwanzig. Aber schon in jenen Tagen hatte Serenos mir tiefer vertraut als den schmeichlerischen alten Magiern, die zwei- oder dreimal so alt waren wie ich. Ich beachtete jedoch die Kinder derer, die mit mir im Rate saßen, nicht, und erst, als ich von meiner ersten diplomatischen Mission zu den Parfekten zurückkehrte, elf Jahre später also, nahm ich Marina zur Kenntnis.

Sie war eine selbstbewußte junge Dame, und die Beziehung zwischen uns entwickelte sich zu etwas Subtilem und Bedeutsamem – wenngleich ich mich weigerte einzugestehen, daß dies womöglich das Vorspiel zur Ehe sein könnte. Der erotische Aspekt fehlte. Es gab nicht einmal die ersten Anzeichen für eine scheue Verliebtheit. Marina hatte andere Interessen, und ich ebenfalls. Als sie zwanzig wurde und ich sie allmählich als mögliche Ehefrau sah, entfernte ein politischer Zwischenfall mich aus dem Rat und dem Kreise meiner engsten Freunde.

Furchtmut Serenos nahm Anstoß an einer halb-sardonischen Bemerkung, die ich während einer Ratssitzung äußerte (und ich schwöre, daß ich mich an diese Bemerkung nicht einmal mehr erinnern kann), und er befahl mir, seine Gemächer zu verlassen. Ich begegnete diesem Irrtum, indem ich mich widersetzte und seinen Geisteszustand in Frage stellte. Wie konnte eine solche Kleinigkeit, fragte ich, eine so unverhältnismäßige Reaktion hervorrufen? Hätte der Navarch mich nicht geliebt, es hätte mich das Leben kosten können.

Statt dessen verbannte man mich für fast vierzehn Monate unter die Fischer, die in der lizenzierten Kolonie Barbos auf der Insel Marigold im Süden von Wächters Schlinge leben. Man hatte diese Leute zu Fischern gemacht und nach Barbos gebracht, weil sie Mutanten waren, aber – anders als die meisten von uns – Mutanten, die entweder wegen ihrer Erscheinung oder wegen ihrer widerwärtigen Ausdünstungen Abscheu erregten (der Gestank war übrigens das Resultat eines aus dem Gleichgewicht geratenen Stoffwechsels). Viele von ihnen sahen aus und rochen wie triefäugige Tiere, aber sie behandelten mich gut, und ich wurde einer der ihren und arbeitete während der ganzen Zeit meiner Verbannung mit Booten und Netzen. Serenos erbarmte sich erst, als ich ihm durch einen Boten hatte versprechen lassen, daß ich ihm in allen Dingen gehorsam sein würde. Nach meiner Rückkehr stellte ich fest, daß ich wenig Zeit hatte, an Marina oder an Heirat zu denken. Meine Pflichten hatten sich, seltsam genug, vervielfacht. Ich erfüllte zahllose administrative Funktionen für den Navarchen im Palast der Navarchie und verbrachte viele Tage hintereinander in den Druckluft-Sakristeien der Versunkenen Bibliothek. Auf dem Grunde des Lieblichen Kohlensacks arbeitete ich mit Männern zusammen, die in mönchischer Tradition das gesammelte Wissen der Menschheit bewahrten. Technisch war jedermann auf Wächters Schlinge, ungeachtet irgendwelcher Gelübde, entweder Mönch oder Nonne unter der obersten Autorität unseres Abtes, des Navarchen. Aber der allmähliche – der wundersam allmähliche – Verfall unseres Glaubens hatte Windfall Last in eine säkulare Gesellschaft verwandelt, straff regiert und mit Schichten, die rigide voneinander abgegrenzt waren. Die Mönchsarbeit in der Versunkenen Bibliothek wurde nur weitergeführt, weil die Parfekten die Bibliothek für uns gebaut und von uns verlangt hatten, daß wir auch künftig die Leistungen des menschlichen Geistes transkribierten und katalogisierten. Also taten wir es. Und Furchtmut Serenos beanspruchte meine gesamte Zeit, indem er mich mit der Aufsicht über diese Arbeiten und über unzählige andere in der

Stadt betraute.

Marina und ich sahen einander sehr selten.

Schließlich gab ich zu bedenken, daß ich bald vor Erschöpfung zusammenbrechen würde, wenn man mir nicht eine Erholungspause, die Möglichkeit, mit anderen Menschen zu kommunizieren, gewährte. Der Navarch erinnerte mich an mein Versprechen. Von da an schwieg ich still, bis Serenos mir eines Tages seinen schweren Arm auf die Schulter legte und mir mitteilte, daß er mir nach meinem nächsten Aufenthalt in Azteca Nueva unter dem toten Vulkan gestatten werde, mich aus seinen Diensten zurückzuziehen und mich bei voller Bezahlung zur Ruhe zu setzen – vorausgesetzt, er könne hin und wieder auf meinen kameradschaftlichen Rat zurückgreifen.

Ich erklärte mich einverstanden.

Aber bis zum Tage meiner Abreise verringerte sich meine Arbeit nicht um einen Deut. Selten sah ich irgend jemanden außer denen, die mit denselben Aktivitäten und Projekten beschäftigt waren wie ich selbst. Zum Reiten blieb mir keine Zeit und keine Zeit zum Dichten.

Am Abend vor meinem Aufbruch zum Lande der Parfekten aber kam Marina heimlich zu mir in mein Büro/Apartment, und wir sprachen über andere Zeiten. Wir sprachen mehrere Stunden lang, und dabei nippten wir Rum aus kristallenen Gläsern. Als sie fortging, bat Marina mich, achtsam zu sein, und gab mir einen keuschen, mädchenhaften Kuß auf die Nasenspitze: ein Lebewohl für ihren zweiten Vater.

Und jetzt küßte sie mich mit dem Begrüßungskuß, den eine Frau ihrem Liebhaber gibt, und um so hingebungsvoller gab ich das Kompliment – denn als ein Kompliment hatte ich es erkannt – an sie zurück, und meine Zunge ertastete die Wärme zwischen ihren Lippen. Endlich hielten wir inne. Sie trat einen Schritt zurück und schaute mich an.

»Hallo«, sagte ich. Die Sonne wütete klein und weiß am Himmel.

»Hallo, Markrufer.«

»Solche Begrüßungen bin ich nicht gewohnt. Der Navarch hat mir bloß die Hand geschüttelt, und dann hat er mich dem Rat zu einer dreißigstündigen Konferenz übergeben. Und in den ganzen drei Tagen hat nicht einer der Saukerle mich geküßt.«

»Nicht mal Vater?«

»Nein. Als wir fertig waren, gab er mir ein Pferd und meinte, ich solle verschwinden.«

»Und jetzt bist du verschwunden?«

»Vielleicht doch nicht. Zeig mir, was du hier tust und wo du dein Lager hast. Ist die alte *Galeone der Hesperiden* noch stabil genug, um eine Botanikerlady zu beherbergen?« Ich deutete auf den Kanal, den die See unter dem Schiff gegraben hatte. »Das sieht nicht ungefährlich aus.«

»Ist es aber«, sagte sie. »Komm.«

Wir überquerten das Deck. Unsere Beine streiften und bewegten die Blütendolden, Stiele und schimmernden Blätter, die aus der auf den Decksplanken aufgehäuften Erde wuchsen. Als wir vorübergegangen waren, wurden die Pflanzen von der salzigen Brise neubelebt, und die Luft war getränkt von ihrem Parfüm.

Wir stiegen ins Vorderkastell hinunter.

Im Licht, das durch die Decksplanken hereinfiel, sah ich, daß Marina die Kajüte ausgefegt und in Beschlag genommen hatte. Zwischen zwei Ecken des Raumes spannte sich eine Hängematte, und daneben stapelten sich einige Bücher und Skizzenblocks. Aber in der Nähe des Schiffsbugs war der schräggeneigte Fußboden zum Teil eingebrochen, und wenn man durch das ausgezackte Loch nach unten blickte, sah man das dunkle Wasser, das die Galeone unterspülte. Dort unten war es heller, und millionenfach blühten Blumen auf dem klumpigen Boden zu beiden Seiten des kleinen Wasserlaufes. Das Wasser hier war von nur geringem Salzgehalt, denn der Regen schien in der letzten Regenzeit das Meer einige Male in sich selbst zurückgeschwemmt zu haben. Während wir dastanden und in die Blütengrube hinunterschauten, weckte der hohle Klang von Wasser, das gegen Holz plätscherte, urzeitliche Echos in unseren Ohren. Nach einer Weile wandten wir uns zurück in das roh gestaltete Boudoir.

»Sehr gut«, sagte ich. »Aber wie bist du hergekommen?«

»Oh, mit Hector. Ich habe ihn gestern laufen lassen. Wahrscheinlich ist er den Strand hinaufgetrottet und knabbert an den grünen Sprößlingen, die in der Senke hinter der Küste wachsen.«

»Ja, Hector. Der gute alte Hector. Kommt er von allein zurück?«

»Mit nassen Fesseln und zerzauster Brust. Mach dir keine Sorgen.«

»Ich mache mir keine Sorgen. Ich bin hungrig.«

»Ich auch.«

Mit gekreuzten Beinen setzten wir uns auf die schiefen Planken, und Marina gab mir zu essen. Wir aßen Kekse und gedörrte Früchte und saugten die Stiele einer rohrförmigen Pflanze aus, von der Marina versicherte, daß sie nicht giftig sei.

»Bist du froh, wieder hier zu sein?«

»Jetzt ja.«

»Markrufer?« Sie ließ meinen Namen im Klang des widerhallenden Plätscherns hängen.

»Ja?«

»Wie ist es, wenn man so lange unter den Parfekten lebt?«

»Als wäre man wieder fünf Jahre alt. Als müßte man sich ständig schämen, weil man ins Bett gepinkelt hat. Als wäre man dabei erwischt worden, wie man einem allzu lebendigen Grashüpfer die Beine ausreißt. Ich weiß es nicht, Marina. Es gibt keine vergleichbare Erfahrung.«

»Wie haben sie sich dir gegenüber benommen? Waren sie geringschätzig?«

»Nein, nein, überhaupt nicht. Sie waren freundlich, aber ... *fern. Fern* charakterisiert sie am besten, denn selbst wenn sie mit mir sprachen, blieb ein Teil ihres Intellektes immer ... abwesend, unbeteiligt. Vermutlich einfach, weil sie es nicht nötig hatten, diesen zurückgehaltenen Teil zu beteiligen. Aber sie waren immer freundlich.«

»Waren sie immer« – ihre Stimme nahm einen scherzhaft anzüglichen Unterton an – *»nackt?«*

»Immer. Es überrascht mich, daß dich das interessiert.«

»Wieso? Jeder hat eine lüsterne Ader.« Marina reichte mir noch einen Keks und spie eine Faser von dem Pflanzenstiel aus, an dem sie kaute. »Was ich eigentlich wissen will, ist, ob sie das ganze Jahr über nackt herumlaufen. Auch wenn es kalt ist?«

»Jeden Tag, bei Regen und bei Sonnenschein.«

»Wie können sie das?«

»Keine Moral.«

»Nein, das meine ich nicht. Ich meine, wie ertragen sie die Kälte?«

»Weiß ich nicht. Es schien ihnen nie etwas auszumachen.«

»Und du? Bist du ...?« Sie brach ab.

»Ob ich auch nackt gegangen bin?«

»Ja.«

»Das fragst du mich? Ein Mitglied des Rates des Navarchen?«

»Ja. Bist du?«

»Nein«, antwortete ich. »Sie haben es auch nicht von mir erwartet. Außerdem wäre mir die Diskrepanz zwischen meiner eigenen Erscheinung und den Parfekten peinlich gewesen. Kein pubertierender Knabe duscht gern mit den großen Jungs.«

»Oh, ich verstehe. Es war also nicht einfach ein physisches, sondern auch ein sexuelles Problem.«

»Nein, nein.«

»Na gut. Aber wie sind sie?«

»Ich weiß nicht ... Wie wir, aber eleganter.«

»*Elegant* ist ein nichtssagender Ausdruck. Markrufer, du machst Ausflüchte. Du willst mich auf den Arm nehmen.«

»Nein. Aber deine Neugier ist zuviel für mich. Und das Wort *elegant* sagt alles, es umfaßt die Essenz der Parfekten. Du schwankst am Rande eines Abgrundes, junge Frau, wenn du einen, der bisweilen dichtet, in seiner Diktion korrigierst.«

»Tut mir sehr leid. Wirklich. Aber ich will wissen, wie sie sind.«

»Sie sind Schnösel, wenn du die Wahrheit wissen willst. Sie lieben einander in aller Öffentlichkeit, sie halten dir keine Moralpredigten, sie sagen, was sie denken – aber irgendwie, und ich kann es dir nicht weiter erklären, sind sie Schnösel. Von der ganzen Zeit, die ich im Schatten des Popocatepetl verbracht habe, waren neun Monate und zwei Wochen angefüllt mit gähnender Langeweile. Alle Knochen taten mir weh, so fade war es.«

»Das glaube ich dir nicht.«

»Nach den ersten beiden Wochen beachteten sie mich kaum noch. Und wenn sie es taten, traf ihre Freundlichkeit mich wie ein Schlag mit dem Rohrstock.«

»Hast du dann Gedichte geschrieben? Während der Zeit, in der du allein warst?«

»Nein.«

»Warum nicht? Du hast dich doch sonst immer über mangelnde Zeit beklagt.«

»Marina, die Poesie erfüllt ein geistiges Bedürfnis. Viele von uns hier in Windfall Last haben sich der Poesie zugewandt, als wir das Vertrauen in die Mythologien unserer immer noch sterbenden Kirche verloren. Aber es ist unmöglich, seinen Geist auszudrükken, wenn der Geist untergetaucht wird. Unter den Parfekten habe ich nicht mehr Göttliches in mir als ein Teredo, ein Schiffsplanken zerfressender Bohrwurm. Nicht eine einzige Zeile hätte ich schreiben können.«

»Dann glaubst du wirklich, daß sie Wesen ohne Erbsünde sind?«

»Marina, ich leugne die Erbsünde – aber ich gebe zu, daß der Mensch ein kannibalisches Raubtier ist, im geistigen Sinne.«

»Aber die Parfekten sind anders, das hast du schon gesagt.«

»Anders, ja. Ihnen fehlen die offensichtlicheren der menschlichen Laster – diejenigen, die wir als evolutionäres Vermächtnis in uns tragen. Aber zweifellos haben sie ihre eigenen Laster.«

»Zum Beispiel?«

»Du kannst unangenehm bohrende Fragen stellen, nicht wahr?«

»Ja. Was für Laster?«

Ich mußte eine Pause einlegen. Das Schiff schien an alten Leinen, unter altem Druck, zu knarren – ein Wrack der Vergangenheit. Schließlich sagte ich vorsichtig: »Wie wär's damit, daß sie unerträglich langweilig sind?«

Marina lachte, und unbewußt rieb sie ihre Seeschwinge mit der unversehrten Hand und tappte mit den bloßen Füßen auf die rauhen Planken. Ich grinste sie an. In gewisser Weise hatte sie mich dazu gebracht, innerhalb von vier Tagen zum zweiten Mal Bericht zu erstatten, und ich glaube, sie erkannte, daß ich jetzt nicht länger über die Parfekten reden konnte, ohne meine Erzählungen mit unkontrollierter und vielleicht subhysterischer Frivolität zu garnieren. Sie muß gespürt haben, daß ich mich in einem prekären Geisteszustand befand. Jedenfalls lachte sie mich ohne Bosheit an und stellte mir keine weiteren Fragen über meinen Aufenthalt auf dem Festland.

Wir beendeten unser improvisiertes Mahl und gingen hinunter zum Strand.

Die gesamte Menschheit auf zwei Inseln in der Karibischen See. Dieser Gedanke pochte unablässig in meinem Kopf, auch als ich Marina bei der Hand nahm und mit ihr am Wasser entlangspazierte. Widersinnig. War nicht jeder Mensch ein Stück des Kontinents, ein Teil des Ganzen? Anscheinend nicht – nicht mehr – trotz allem, was der längst verstorbene Dekan von St. Paul einst geschrieben hatte.

Paris graste zufrieden, und wir wanderten den Strand hinauf, um Hector zu finden; während wir gingen, gestattete Marina mir nicht, über die Metaphysik der Generalverbannung der Menschheit nachzugrübeln.

»Mit dem Rat bist du jetzt fertig, nicht?« sagte sie. »Jetzt, da du vom Festland zurück bist, bekommst du eine Pension und genug Zeit, zu tun, was du willst. Ist es nicht so, Markrufer?«

»Deshalb also diese Begrüßung. Du bist auf mein Geld aus.«

»Es stimmt also?«

»Ich weiß es noch nicht. Serenos hat die Angelegenheit noch nicht erwähnt, seit ich wieder hier bin. Woher weißt du überhaupt davon?«

»Kannst du dir das nicht denken?«

»Von deinem Vater?«

Sie nickte. »Ich frage nur, weil ich mir wünsche, daß es stimmt. Um deinetwillen, Markrufer – nicht, weil es mich in irgendeiner Weise betreffen könnte.«

Darauf hatte ich nichts zu sagen. Die See rollte herauf und bedeckte unsere Füße, und dann glitt sie wieder zurück wie über nasse Dachpfannen, auf denen sie keinen Halt finden konnte. Auch ich war jetzt barfüßig, und ich fragte mich, wie viele bloße Füße und wie viele Strände diese Welle wohl umspült haben mochte, diese Welle seit Troja.

»Mein Vater und ich haben Furchtmut Serenos viele Male gesehen, seit du fort warst. Wir waren oft in seiner Gesellschaft, Markrufer.«

Ich sah sie an. »Weshalb?«

»Einladungen. Immer Einladungen.«

»Nur für dich und deinen Vater? Nie für Melantha? Nie auch für deine Mutter?«

»Nie.«

Ich bieb stehen und faßte sie bei den Schultern. »Ein durchsichtiges Arrangement.«

»Ja«, sagte sie. »Aber in den letzten beiden Monaten habe ich ihn mir vom Leibe halten können. Er war beschäftigt, und ich habe viel Zeit damit verbracht, zu zeichnen und zu sammeln – mit der *Galeone der Hesperiden* als Basis.«

»Hat der Navarch dir oder deinem Vater gegenüber schon von Heirat gesprochen?«

»Nein. Ich nehme an, das würde einen Gesichtsverlust bedeuten. Er will, daß wir das erste Wort sprechen, mein Vater oder ich.«

»Dank sei Gott für aufgeblasene Skrupel.«

Wir schauten einander an, ohne etwas zu sagen. Es war nicht nötig zu reden. Wir gingen weiter, Hand in Hand.

Schließlich verließen wir den Strand und drangen in das grüne Unterholz ein. Marina lief voran, und ich folgte ihr. Wir fanden Hector, ein großes, braunes Tier, genauso schlammverschmiert, wie Marina vorausgesagt hatte, auf einer Lichtung neben einem Teich. Seine Lippen bearbeiteten methodisch das Grün in seinem Maul, und seine Augen blinzelten unbeteiligt. Marina kraulte ihn auf der flachen Stirn und hinter den Ohren. Wir tranken selbst ein wenig aus dem Teich, und dann ritten wir auf Hector zurück zur *Galeone der Hesperiden.* Hector trug kein Zaumzeug, aber er reagierte auf den Druck von Marinas Knien und trug uns sicher heimwärts.

Am Nachmittag zwischen vier und fünf Uhr waren wir zurück. Die weißglühende Sonne hatte sich nach Westen über das Meer gesenkt, und das Licht war zu beängstigender Fahlheit verblaßt.

Am Fuße der Anhöhe, auf der Paris noch immer weidete, ließen wir Hector frei, und das schwere, schlamm- und salzverkrustete Tier trottete den Hang hinauf und gesellte sich zu seinem Stallgenossen. Paris, erfreut über die Gesellschaft, schleuderte seine Mähne umher, stampfte und wieherte. Zwei frohgestimmte Wallache auf dem Gipfel der Welt erzählten einander Anekdoten mit unermüdlich murmelnden Lippen.

»Komm«, sagte ich zu Marina.

»Wohin? Wir sind zu Hause.«

»In den eingebrochenen Teil des Rumpfes. Wo die Blumen sind.«

Sie erhob keine Einwände. Sie folgte mir. Wir wateten in den langen, schmalen Kanal, der sich vom Meer aus den Strand heraufschlängelte; durch das knöcheltiefe Wasser planschten wir auf das Schiff zu. An der Pforte, die die See aufgerissen hatte, mußten wir die Köpfe einziehen, aber wir gelangten hindurch, ohne uns die Haut aufzuschürfen, ohne zu kriechen. Der Geruch im Schiffsbauch, das Aroma von moderndem Holz, gefärbt vom Duft von Malven und tropischen Rosen, war nicht unangenehm. Obgleich das Nachmittagslicht hier noch blasser war, schreckte es mich nicht mehr; es legte einen warmen, weißen Dunst über die gerippten Innenwände und auf den Klee, der auf den schlammigen Ufern zu beiden Seiten des Bächleins sproß. Marina und ich standen einander gegenüber. Ebensogut hätten wir in einem Ballsaal stehen können, so geräumig und warm wirkte die vordere Bilge der *Galeone der Hesperiden.*

»Wir hätten draußen bleiben können«, sagte Marina ohne Vorwurf. »Ich habe an diesem Strand noch keine Menschenseele gesehen, seit ich hier wohne und arbeite.«

»Ich wollte es aber nicht so. Ich wollte einen Unterschlupf und nur dich neben mir in der Geborgenheit dieses Unterschlupfes.«

»Das hast du nun, Markrufer.«

Ich nahm ihr Gesicht in beide Hände und küßte sie. Wir stiegen, uns immer noch küssend, aus dem Bachlauf und sanken am kleebewachsenen Ufer auf die Knie, sanken mit unendlicher Sanftheit und Behutsamkeit zu Boden. Die See sprach uns zu. Wir knieten und entkleideten einander. Ich streifte das ärmellose Hemd von ihren Schultern und ließ es hinter ihr auf den Boden fallen. Sie band meine Tunika auf, schob sie zurück und preßte eine makellose Hand gegen meine Brust. Ihre Augen lösten sich nicht von den meinen.

»Ein Kind, Markrufer – hast du Angst vor einem Kind?«

»Nein«, antwortete ich. Ich hatte keine Zeit, etwas anderes zu sagen.

»Ich habe keine Angst vor einem Kind, selbst wenn wir niemals heiraten würden. Aber wenn der Gedanke, meine Verunstaltung zu vererben, dir mißfiele, und wenn du mich für unmoralisch halten solltest, weil ich dieses Risiko eingehe . . .«

»Es wird kein Kind geben«, sagte ich.

Sie schaute mich an, erwartungsvoll, neugierig, einer Erklärung harrend.

»Es wird kein Kind geben, weil ich nicht die Fähigkeit habe, eines zu zeugen, Marina. Die Asche hat uns beide heimgesucht, aber meine Strafe ist in gewisser Hinsicht die grausamere: Sterilität. Unsichtbar, aber niederträchtig.«

Sie schwieg einen Moment und sagte dann: »Bist du sicher?«

»Ich bin einundvierzig Jahre alt.« Und ich wußte ein wenig über die Medusa des menschlichen Herzens. »Macht das für dich einen Unterschied?«

Sie beugte sich vor, küßte mich rasch. »Nein. Ich hätte deine Kinder gern geboren, aber wenn sie nicht . . . *richtig* gewesen wären . . . wie ich . . . Ich hätte mich dafür gehaßt, weil ich ihnen das angetan habe.«

Ich deckte ihren Mund mit meinem zu. Dann lösten wir uns voneinander, und unbeholfen legten wir unsere restlichen Kleider ab. Obwohl wir beide erwachsen waren und einander die menschlichen Schwächen nachsahen, machte uns diese Unbeholfenheit verlegen. Marina wandte sich zur Seite und glättete ihr zerknüllt am Boden liegendes Hemd zu einer Lagerstatt. Auch diese Verzögerung machte uns unsicher, aber dann umarmten wir einander wieder und schmiegten unsere nackten Körper aneinander, ließen uns sanft rückwärts auf Marinas Gewand sinken, bis wir in langsam wachsender Leidenschaft taub waren für unseren eigenen Atem und das Plätschern von Wasser auf dem Holz.

Ohne daß es mir auch nur bewußt war, bewegte ich mich langsam und mit rhythmischer Leichtigkeit; mit einer seidenweichen Hand streichelte Marina meinen Rücken, während ihre Seeschwinge – das Geschenk der Asche – meine Seite hielt. Als ich kam, waren wir nicht zusammen, aber Marina hielt mich fest, als sei ich ein Teil ihrer selbst, und ohne uns voneinander zu lösen, blieben wir liegen, bis das bleiche Licht des Nachmittags verschwunden war.

Der Vulvageruch des Meeres wurde intensiver, als das Licht schwand, und bald schliefen wir engumschlungen in einem Bett, welches (wie hätte es auch anders sein sollen?) umweht war von den Düften der See. Am nächsten Tag war Weihnachten. Wir sahen weiße Otter im Sande herumtollen.

2

Es gibt kein Leben, welches nicht gegen das Gebot »Du sollst nicht unruhig besorgt sein« verstieße. Das ist die Tragödie menschlicher Sünde. Es ist die Tragödie des Menschen, der abhängig ist von Gott, aber danach strebt, sich unabhängig und selbstgenügsam zu machen.

REINHOLD NIEBUHR

Wir heirateten am ersten Tag des neuen Jahrhunderts.

Die Trauungszeremonie fand am Ufer des Lieblichen Kohlensacks statt, und der Himmel pulsierte mit der blauweißen Intensität eines Natternauges. Eine sanfte Brise wehte; die Segel der

Schiffe im Hafen blähten sich, schwanger vom Wind.

Und obwohl der Navarch unter den Gästen war, übernahm er nicht den Vorsitz bei unserer kurzen Hochzeitsfeier, wie wir ihn gebeten hatten. Statt dessen sprach er nach den Gelübden geistesabwesend ein paar Minuten lang mit mir, und dann küßte er Marina auf die Wange und wünschte ihr Glück. Marina versuchte, ihn aus seiner Reserve zu locken; sie erzählte ihm von den weißen Ottern, die wir gesehen hatten, und sie neckte ihn wegen seiner übertriebenen Hochzeits-Feierlichkeit. »Dies ist keine Totenwache«, sagte sie. »Es ist gestattet, daß man lächelt.« »Oh, ich lächle, Marina, ich lächle auf meine eigene, innerliche Weise.« Dann verneigte er sich und ließ uns stehen. Während der nächsten zwanzig Minuten besprach er sich mit zwei älteren Ratsherren, die am Rande des Kreises unserer Hochzeitsgäste standen.

Ich nippte an meinem Rum und erwiderte hier und dort flüchtiges Geplänkel, aber immer wieder mußte ich zu ihm hinüberblikken. Seine Gegenwart erzwang meine Aufmerksamkeit. Zudem hatte Serenos es geflissentlich vermieden, auch nur ein einziges Wort mit Yves Prendick zu sprechen; diese Tatsache und seine konspirative Konferenz mit meinen beiden ehemaligen Kollegen warfen einen Schatten über alles andere. Ich vermochte mir nicht einzureden, daß diese drei ehrenwerten Männer lediglich eines der zahllosen gesellschaftlichen Probleme von Windfall Last besprachen.

Die Folge davon war, daß die sieben Büchsenträger, die zum Schutze des Navarchen gekommen waren, aussahen wie ein Haufen gedungener Meuchelmörder. Diese Männer hatten an zwei Stellen der Steinmauer, die den Strandaltar zum Teil umgab, Aufstellung genommen und beschützten uns alle mit gekrümmten, scheinbar stupiden Rücken vor Überfällen. Einer oder zwei starrten mit verkniffenen Mündern zu uns herunter. Im vergangenen Jahr hatte es nämlich eine bemerkenswert hohe Zahl von blutigen Zusammenstößen zwischen der Gendarmerie des Navarchen und den desorganisierten, aber bisweilen gleichwohl mörderischen Horden von Prol-Armen gegeben, die seit einiger Zeit in der Hafenregion herumstreunten. Als Serenos aufbrach, beorderte er zwei seiner Schützen zu unserem Schutz gegen die Prol-Armen. Ich hatte keine besonders große Angst vor diesen heruntergekommenen menschlichen Kreaturen, aber die knauserige Zuteilung von nur zwei Gendarmen war ein nicht zu übersehendes Anzeichen von ungnädigem Mißvergnügen beim Navarchen. Und ein ungnädiger Furchtmut Serenos ängstigte mich weit mehr als eine streunende Rotte von Prol-Armen.

Die Schroffheit des Navarchen hatte ich nicht erwartet. Am Tag nach Weihnachten war ich zu ihm gegangen und hatte ihn an sein Versprechen erinnert, mich aus dem formellen Staatsdienst zu entlassen. Er hatte sein Versprechen bestätigt und mir bedeutet, daß er weiterhin beabsichtige, es zu halten.

»Wann, Mylord?« hatte ich gefragt.

»Unverzüglich. Abgesehen von einem einzigen Fehltritt, Markrufer, haben Sie mir mehr als zwanzig Jahre lang treu gedient – nicht zuletzt auch zweimal unter den räudigen Parfekten. Sie verdienen alles, was ich Ihnen gewähren kann: eine Pension, ein Leben in Komfort, Zugang zu meiner Person, den permanenten Status eines Mitglieds der Navarchie.«

»Und Heirat, wenn ich es wünsche?«

»Heirat«, wiederholte er langsam, und die Haare auf seinen Wangen kräuselten sich in einer unwillkürlichen Grimasse. »Wenn Sie es wünschen.« Er sah mich an. »Ich sehe, daß Sie sich für jemanden entschieden haben und daß Sie meine Genehmigung erbitten. Ist es nicht so, Markrufer?«

»Jawohl, Mylord.«

»Und die Frau ist Marina Prendick. Auch das trifft zu, nicht wahr?«

Ich gab zu, was er bereits erraten hatte.

Serenos ging im Raum auf und ab, die brutalen Hände vor sich verschränkt. Ich sah plötzlich, daß das fein gestreifte Fell im Gesicht des Mannes, dieser Pelz, der alles außer seinen harten Rattenaugen verbarg, es unmöglich machte, sein Alter zu bestimmen. Wie alt war er? Wie lange hatte er schon in Windfall Last geherrscht, bevor ich ein Mitglied seines privilegierten Rates wurde?

Serenos blieb stehen. Er machte eine unglückliche Gebärde mit einer seiner brutalen Hände. »Sie haben meine Erlaubnis, Markrufer – aber nur, weil Sie es sind, der mich darum gebeten hat. Ich stelle Ihnen eine Bedingung. Wollen Sie sie hören?«

Mir blieb nichts anderes übrig. »Ich will sie hören, Navarch.«

»Sie sind noch ein junger Mann. Eines Tages werde ich Sie auffordern, Windfall Last einen letzten Dienst zu erweisen. Wenn dieser Tag kommt, werden Sie tun, was ich verlange.«

»Einen legitimen Dienst am Volke, Navarch?« Meine Frage bewegte sich hart an der Grenze des Schicklichen, sie verletzte die Distanz zwischen Diener und Herrn. Aber ich wollte mich nicht von einem Mann in die Falle locken lassen, dessen Motiven ich nicht trauen konnte.

»Etwas anderes würde ich nicht von Ihnen verlangen«, versetzte er nicht ohne Schärfe. »Einen legitimen Dienst an Ihrem Volk. Einverstanden?«

»Jawohl, Navarch.«

Und daraufhin hatte Furchtmut Serenos gelächelt wie ein Wasserspaniel, der die Zunge aus der Schnauze baumeln läßt. Damit waren meine Befürchtungen beschwichtigt, denn der Navarch lächelte nur, wenn er ehrlich erfreut war, niemals aber, um Verachtung oder Sarkasmus zum Ausdruck zu bringen. Deshalb glaubte ich, daß meiner Heirat mit Marina kein Stigma anhaften würde, daß die Gefahren, die wir uns vorgestellt hatten, tatsächlich nur in unserer Vorstellung existierten. Es stimmt schon, daß Serenos meine Einladung, bei unserer Hochzeit den Vorsitz zu führen, ablehnte, aber dies hatte er mit charmanter Bescheidenheit getan, indem er vorgab, die Abfolge des Rituals längst vergessen zu haben, und behauptete, er wolle uns mit seiner Tolpatschigkeit nicht in Verlegenheit bringen. Eine solche Erklärung hatte ich erwartet, und so verließ ich seine Gemächer als glücklicher Mann.

Und dann, am Tage unserer Hochzeit, dem ersten Tag des neuen Jahrhunderts, stand ich auf den Steinplatten des Hafens und schaute Serenos nach, wie er die Steintreppe erstieg, die ihn hinauf in das Verwaltungsviertel von Windfall Last und zu den Gipfelbastionen des Palastes der Navarchie führte. Fünf prachtvoll uniformierte Schützen begleiteten ihn, zwei blieben zurück.

Obgleich niemand außer Marinas Vater und mir es bemerkt zu haben schien, waren wir gemaßregelt worden. Ich wußte, daß eine Abrechnung bevorstand. Ich ging unter unseren zahlreichen Gästen umher, trank Rum in kleinen Schlucken, aß Organenscheiben, redete – aber die ganze Zeit über versuchte ich mir vorzustellen, welche Gestalt das Mißvergnügen des Navarchen wohl annehmen würde. Niemand, nahm ich an, verdiente es, sein Leben völlig frei von Angst und Unruhe zu führen (die Natur hat den Menschen nicht zu einem Dasein in Sorglosigkeit bestimmt), aber ebensowenig sollte ein Mensch alle Tage mit irgendwelchen beliebigen, konturlosen Bedrohungen seiner geistigen Gesundheit ringen müssen. Die beiden Büchsenträger auf der Hafenmauer wurden zu Symbolen des Unheils, welches weder Yves Prendick noch ich zu beeinflussen vermochte. In diesem Augenblick hätte ich einen Überfall der Prol-Armen der Ungewißheit vorgezogen, die Serenos in uns nährte – auch wenn nur die zwei Gendarmen auf der Mauer uns würden verteidigen können.

Gedankenverloren starrte ich auf das Meer hinaus und fragte mich, in welche Gewässer sich die raubgierigen Haie begeben haben mochten, um ihren ewigen Hunger zu stillen. Ich muß abweisend ausgesehen haben, denn niemand störte mich.

Am selben Nachmittag kehrten Marina und ich zur *Galeone der Hesperiden* zurück. Wir blieben eine Woche dort. Die weißen Otter sahen wir nicht noch einmal, aber es kam auch niemand aus Windfall Last, um uns zurückzurufen. Dennoch erwartete ich jeden Augenblick einen Boten des Navarchen (manchmal stellte ich mir ein ganzes Kontingent bewaffneter Wachen vor), der uns verhaften und in die Stadt zurückeskortieren würde. Die weiße Sonne der Karibik konnte diese Angst nicht fortbrennen, und Marina begann mein Unbehagen zu bemerken. Ich mußte ihr von meinen Befürchtungen erzählen. Sie lauschte meinem Bericht mit drolligem Stoizismus und küßte mich. Unsere Woche neigte sich dem Ende zu. Zu meiner großen Überraschung ermordete uns niemand im Schlaf.

Wir kehrten nach Windfall Last zurück und bezogen ein hochragendes Freiformgebäude auf Dr. Prendicks Grundstück, welches den Namen »Obstgarten« trug. Gras und Bäume umgaben uns, und unser weißes Haus, erbaut aus einem Plastikschaum, der zu stuckhafter Körnigkeit erstarrt war, umhüllte den Stamm einer gigantischen Magnolienpalme. Die Parfekten hatten den Baum und das Haus geschaffen, lange bevor die Menschheit gewaltsam auf diese Insel gebracht wurde, wie sie auch beinahe alles andere auf Wächters Schlinge erbaut hatten.

Wie die tentakelbewehrten Teufelsfische, die die Behausungen anderer, verschwundener Seetiere übernehmen, bezogen Marina und ich dieses prachtvoll verschlungene Haus. Ihr Vater nannte es »Pythonhaut«. Während unserer ersten Jahre dort benutzten wir diesen Namen selten, aber das Haus umhüllte uns in der Tat ebenso behaglich, wie die letzte, frische Haut eine Schlange umschließt.

Ich wartete weiter. Man ließ uns in Ruhe. Marina zeichnete,

malte Aquarelle, beschäftigte sich mit dem Anlegen eines Gemüsegartens in einem von der Sonne bestrahlten Teil des Rasens. Ich unternahm Ausflüge zur Versunkenen Bibliothek. Dort sammelte ich Material zu einer vergleichenden Literaturgeschichte der interessantesten Perioden vor Holocaust A. Abends besuchten wir hin und wieder Marinas Eltern. Yves erzählte mir manches von dem, was in den Ratsversammlungen vor sich ging; Melantha schwatzte mit ihrer Tochter, als gäbe es keinen Altersunterschied zwischen den beiden. Ich schrieb auch Gedichte, viele davon nicht schlechter als alles, was ich bisher geschrieben hatte. Und natürlich verfielen Marina und ich in die nicht unangenehme Routine eines Ehepaares. Kinder entsprangen unserer Liebe nicht, aber das hatten wir auch nicht erwartet.

Gleichwohl hörte ich nicht auf zu warten. Nicht auf ein Kind, sondern auf die Abrechnung, die sicherlich kommen würde.

Gelegentlich sah ich den Navarchen. Er erkundigte sich nach meiner Arbeit, richtete seine besten Empfehlungen an Marina aus und vermied es sorgsam, die Angelegenheiten von Windfall Last zu erwähnen. Obgleich ich weiterhin auf die unausweichliche Abrechnung wartete, begann meine Erinnerung im Nebel zu versinken. Ich konnte mir den Ursprung meiner bohrenden, unterschwelligen Besorgnis nicht mehr erklären. Woher war sie noch gekommen?

Die Jahre vergingen. Nichts ereignete sich, was darauf hingedeutet hätte, daß Furchtmut Serenos seinen verzögerten Zorn gegen uns richten wollte. Waren Marina und ich verschont geblieben? Hatte der Navarch etwa ein Gewissen und eine verzeihende Natur?

Andere Ereignisse veranlaßten mich, die Eitelkeit solcher Hoffnungen zu erkennen.

Im Jahre 5306 besetzte die Gendarmerie auf Befehl der Verwaltung die Straßen. Am ersten Tag metzelten sie eine Horde von Prol-Armen nieder; die Kämpfe (Gewehrschützen gegen Steinwerfer, Flaschenträger und Schleuderkünstler) dauerten drei Stunden und resultierten im Tod von zweiundachtzig analphabetischen, in Lumpen gekleideten Yahus, von denen keiner seine Lage begriffen hatte, als er starb. Noch fast ein Jahr später sah man das Blut dieser Schlacht auf den Steinplatten am Hafen, rotbraune Flecken, die nach und nach unter der natürlichen Verwitterung durch Seewasser und Taubenkot verblaßten. In den folgenden Tagen tötete die Gendarmerie in einem weniger spektakulären Ausmaß, aber indem sie auf ihren Pferden am Wasser entlangritten und jeden erwachsenen Mann niederschossen, der das Doppelkennzeichen von Zerlumptheit und stieräugiger Idiotie aufwies, brachten sie doch immerhin dreißig oder vierzig zur Strecke. Schließlich hatten sogar die schwachsinnigsten der Prol-Armen begriffen, daß sie sich von den Patrouillenbereichen am besten fernhielten, und die erstmals bösartigen Horden, die ohnehin nur in Augenblicken besinnungslosen Wütens wahrhaft zusammengehalten hatten, zerfielen zu einer verstreuten Schar verängstigter, erbarmungswürdiger Halbmenschen. Die Gendarmen wurden von Mitleid ergriffen und verhafteten diese Streuner, statt sie zu erschießen.

Öffentliche Hinrichtungen fanden statt. Um Gewehr- und Pistolenmunition (die die Regierung nur in begrenzten Mengen für den eigenen Bedarf herstellte) zu sparen, erließ Serenos die Verfügung, die gefangenen Prol-Armen zu enthaupten. Auf mehreren Schafotten, die längs der Bucht errichtet wurden, fiel die Klinge so häufig, daß außer den Sadisten im Rat des Navarchen niemand mehr Lust hatte, die Köpfe zu zählen. Bei jeder neuen dieser köstlichen Veranstaltungen brachen Zuschauermengen in Ausrufe des Entzückens aus, während das Blut, das hier strömte, noch eine andere Art von Begeisterten anlockte: Aasfliegen, die in blaugrün irisierenden Wolken über den feuchten Richtblöcken schwebten.

Die Mehrheit der Bevölkerung von Windfall Last akzeptierte dieses Verfahren mit freudiger Zustimmung. Hatte der Navarch dieser ärgerlichen sozialen Bedrohung damit etwa nicht einen entscheidenden Schlag versetzt? Die freudige Zustimmung hielt selbst dann noch unvermindert an, als die Gendarmerie anfing, die abgeschlagenen Köpfe auf Stangen zu spießen und diese Stangen in Abständen von vier Metern entlang der Hafenmauer aufzustellen.

Ich erinnerte mich, daß ich Serenos gegenüber einmal die elisabethanische Sitte erwähnt hatte, London Bridge in dieser Weise zu schmücken. Wie oft mußte ich entdecken, daß ich, ohne es zu wollen, der Barbarei dieses Mannes Nahrung gegeben hatte! Diese Erkenntnis verursachte mir beklemmende Pein.

Marina und ich verbrachten fast unsere gesamte Zeit im Obstgarten. Pythonhaut war sicher, abgelegen, isoliert. Keinen von uns verlangte es danach, durch Windfall Last zu laufen und die groteske Realität von Menschenköpfen auf eisernen Spießen zu sehen, die in verständnisloser Scheußlichkeit landeinwärts starrten. Außerdem lag mir auch nichts daran, mir immer wieder ins Gedächtnis rufen zu lassen, daß ich unfähig war, in irgendeiner Weise einzuschreiten – und auch an die möglichen Konsequenzen einer solchen Intervention wollte ich mich nicht gern erinnern. Schließlich dachte der Navarch doch zweifellos noch immer, daß ich eine Schuld noch nicht beglichen hätte, eine Schuld, die einzutreiben er bislang mit Bedacht gezögert hatte. Meine Besorgnis war schon zu groß, um jetzt noch eine zweite Schuld zu riskieren. Mit solchen Argumenten versuchte ich rational zu begründen, weshalb ich mich nicht bereitfand zu handeln.

Das einzige, was ich im Jahre 5307 vom Navarchen hörte, kam von Yves Prendick, der seinen Status als Serenos' Leibarzt und als Mitglied im Rat der Navarchie behalten hatte. Prendick erzählte, daß Serenos Marina oder mich niemals erwähnte und daß der Gesundheitszustand des alten Kopfabschlägers mit dem Wort »exzellent« am besten charakterisiert sei. Ebenso wie ich wußte auch Prendick nicht, wie alt der Navarch war; anscheinend regierte er Windfall Last seit einer Ewigkeit, und wir waren Narren, daß wir darauf hofften, er möge bald sterben.

Es war etwa um diese Zeit, daß Marina und ich an ihrem Vater etwas Sonderbares bemerkten. Zwar erwähnte er häufig voller Bewunderung die physische Kondition seines Hauptpatienten, aber zugleich begann er ein Übermaß an Zeit damit zu verbringen, ihm seine medizinische Fürsorge angedeihen zu lassen oder aber in dem Operationsgebäude zu arbeiten, in welchem er (Prendick) als junger Mann seine Ausbildung genossen hatte. Über seine langen Aufenthalte fern vom Obstgarten redete Prendick nicht, er bestritt lediglich, daß Serenos krank sei. »Ich bin mit einigen schwierigen Experimenten beschäftigt, die ich auf Geheiß des Navarchen durchführe. Mehr kann ich nicht sagen. Und mehr werde ich auch nicht sagen.« Nach solchen Worten verfiel er regelmäßig in Schweigen oder verließ den Raum. Nach drei Monaten war er reizbar, bleich und geistesabwesend geworden. Und ich für meinen Teil hatte derweilen gegen Marinas Vater ein so großes Mißtrauen entwickelt, wie man es gegen jemanden, den man noch immer achtet und liebt, nur haben kann. Was war mit Prendick geschehen? Was hatte er im Sinn? Was meinte er mit »schwierigen Experimenten«?

Besessen von diesen Fragen und einer nebelhaften Furcht, die fast acht Jahre alt war, kam ich zu dem Schluß, daß Prendick für den Navarchen das Instrument seiner Rache sein sollte. Furchtmut Serenos hatte Marinas Vater zu einem hinterhältigen Verrat gezwungen. Wie ihm dies gelungen sein konnte, vermochte ich nicht einmal zu erraten.

Aber ich irrte mich ohnehin. Der Navarch brauchte keine Helfershelfer neben seiner eigenen Verschlagenheit und Treulosigkeit. Damals war es mir zwar noch nicht klar, aber der Tag der Abrechnung nahte mit Riesenschritten.

An unserem Hochzeitstag, am Neujahrstag des Jahres 5308, erreichte mich in Pythonhaut die Nachricht, Seine Exzellenz Furchtmut Serenos erbitte meine Anwesenheit in den Räumen der Navarchie im eben renovierten Palast der Verwaltung. Sofort. Ohne Verzug. Dieser Rokoko-Komplex aus Türmchen und Rundbögen überblickte ganz Windfall Last von einem Hügel aus, den die Parfekten nicht weit von der Bucht landeinwärts errichtet hatten, und ich wußte, daß ich von Dr. Prendicks am Stadtrand gelegenen Grundstück fast zwanzig Minuten brauchen würde, um zum Palast zu gelangen. Inzwischen würde es Mittag sein, just die Stunde, zu der Marina und ich unser Ehegelübde abgelegt hatten.

Jetzt, da der langerwartete Augenblick endlich gekommen war, fand ich mich in einer eigenartigen Verfassung: Ich war betäubt und resigniert, resigniert und betäubt. Nicht einmal Marinas Tränen vermochten die Plastikhaut der Gleichgültigkeit zu durchdringen, in die ich mich zurückzog. Sieben ganze Jahre hatten wir miteinander verbracht, Marina und ich. Wieviel mehr konnten zwei vergängliche, parasitische Kreaturen erwarten? Die Erde war nicht für den Menschen gemacht, aber sieben fruchtbare Jahre lang hatten wir sie an der Nase herumführen können.

Ich hätte Prendicks Autowagen nehmen sollen, aber das tat ich nicht. Ich wußte, daß ich für den Weg so fast eine Stunde mehr brauchen würde, aber ich sattelte Hector, inzwischen eine müde, schwerfällig Mähre, und verließ den Obstgarten zu Pferde. Die weiße Sonne brannte am Himmel, und in meiner Betäubung vergaß ich fast, daß ich weder Gewehr noch Pistole bei mir trug Wozu auch? Von aufständischen Prol-Armen zerrissen den, ehe ich den Palast des Navarchen erreiche eine köstliche Ironie.

Und für Ironie hatte Serenos kein Verständnis.

Möge es so geschehen, betete ich zu niemandem im besonderen.

Die Privatgemächer des Navarchen atmeten die feuchte Pflanzenluft eines Gartens. Als man mich über einen dicken, scharlachroten Teppich in dieses geschlossene Treibhaus geleitete, verursachte die satte Luft mir Schwindelgefühle. Ranken wallten an den Wänden herab, dahinter schimmerte rauher Stein, und in einer laubgrünen Ecke wuchs der obere Teil eines Baumes durch den Fußboden. Zwei Türen waren mit Teppichen verhängt. Ein Drittel der gegenüberliegenden Wand wurde von einem großen, gläsernen Aquarium beansprucht, und goldene Fische schwammen dort durch farngrünes Wasser – goldene Fische, allesamt golden. *(Aber wo waren die silbergrauen Haie: die dummen Hundefische mit ihren heimtückischen Schweinsaugen?)* Und dann sah ich den mahagonirot schimmernden Schreibtisch des Navarchen und dahinter die erlauchte Person des Furchtmut Serenos selbst. Seit mehr als zwei Jahren hatte ich ihn nicht mehr von Angesicht zu Angesicht gesehen.

»Sie kommen spät, Markrufer«, sagte er. »Treten Sie näher.«

Ich näherte mich. Im ganzen Raum gab es keinen Stuhl außer dem des Navarchen. Ich blieb vor dem Manne stehen und wartete, daß er etwas sagte. Er aber hatte keine Eile, meine dumpfe Neugier zu stillen; er lehnte sich zurück und streckte seine Arme in den weiten Ärmeln der kanariengelben Seidenrobe, die das Emblem seines Amtes trug – ein stilisiertes, scharlachrot gesticktes Schiff – vor seiner Brust von sich. Dann verschränkte er die Finger, ließ die Hände in den Schoß sinken und betrachtete mich, als wäre ich ein exotisches Objekt aus Azteca Nueva, das die Wellen an Land geschwemmt hatten. Vor meinen Augen spielte das Bild eines boshaften Pavians, der eben die Garderobe eines Prinzen geplündert hatte. Ich mußte dieses Bild niederkämpfen.

»Ich bin froh, Sie zu sehen, Markrufer. Ich bin froh, zu sehen, daß Sie ein Mann sind, der seine Verpflichtungen erfüllt – auch wenn er es versäumt, pünktlich zu sein.«

»Ich gehorche meinem Navarchen, Mylord.«

»In allem?«

»In allem, was von einem Manne vernünftigerweise verlangt werden kann.«

Seine Stimme bekam einen heiseren Unterton. »Sie machen Ausflüchte.«

Ich schwieg.

»Aber Sie erinnern sich doch, nicht wahr, Monsieur Rains, an die Zusage, die Sie mir vor sieben Jahren gemacht haben? An das Versprechen, das Sie mir haargenau am Vorabend Ihrer Hochzeit gegeben haben?«

»Ich habe es nicht vergessen können.«

»Ja, das weiß ich. Die Anspannung hat Sie altern lassen, Markrufer.«

Ich sagte ihm, wie ich sein Aussehen empfand. »Sie, Mylord, haben sich nicht verändert. Sie haben die Sorgen der letzten Jahre ertragen, ohne sich im geringsten zu wandeln.«

Der Navarch nickte. »Ganz recht.« Er sah mir gerade in die Augen. »Aber wenn Sie auch gealtert sind, Markrufer – gelitten haben Sie nicht. Ihr Dasein auf Wächters Schlinge war idyllisch. Muße zum Schreiben. Ein Heim in angenehmer Distanz von zwei Millionen Bürgern, die nicht so glücklich sind wie Sie. Und« – er schwieg einen Moment – »eine schöne Frau.«

Ich hätte mich gern hingesetzt. Meine Handflächen fingen an zu schwitzen, und diese Anspielung auf Marina hatte ein wenig Email von meiner Schale der Gleichgültigkeit abspringen lassen. Ich sagte: »Nein, ich habe nicht gelitten.«

»In der Tat, das haben Sie nicht. Aber, Monsieur Rains, Sie haben alle diese Dinge, von denen ich eben gesprochen habe, verdient, und niemand mißgönnt sie Ihnen.«

»Darüber bin ich froh, Navarch.«

»Jedoch – man kann nicht erwarten, sein ganzes Leben lang von den Verdiensten der Vergangenheit zehren zu können, ohne sie irgendwann zu erschöpfen. Meinen Sie nicht auch?«

»Ich fürchte, ich verstehe nicht ganz«, sagte ich, nicht ganz verstehend.

»Nun, ich hatte es Ihnen angekündigt: Ich möchte jetzt, daß Sie Windfall Last noch einen weiteren Dienst erweisen.«

»Ich möchte mich setzen«, sagte ich. Es dauerte drei oder vier unbehagliche Minuten, während derer Serenos mich mit arroganter Gleichgültigkeit betrachtete, aber endlich brachte jemand einen Stuhl. Ich setzte mich. Die Fische im Aquarium schienen knapp außerhalb meiner Reichweite zu schweben, und mir war, als schwämme ich unter ihnen.

»Was verlangen Sie von mir?« fragte ich, als wir wieder allein waren.

»Gehen Sie noch einmal zu den Parfekten. Sie wollen nicht

mehr, daß zwischen den Besuchen unserer Botschafter zehn Jahre vergehen. Irgend etwas scheint sie zu drängen.«

Ich umklammerte die Armlehnen meines Stuhles und grub meine Fingernägel in das Holz.

»Sie bitte ich um diesen Dienst«, fuhr Serenos fort, »weil Sie noch immer kein alter Mann sind und weil Sie so viel mehr über die Parfekten wissen als wir anderen.« Seine Stimme klang geradezu beleidigend ölig, als wüßte er bereits, wie meine Antwort lauten würde.

»Nein«, sagte ich. »Sie haben nicht das Recht, dies von mir zu verlangen.«

»Ich kann von Ihnen verlangen, was ich will. Mehr noch, ich kann Sie zwingen, zu tun, was immer ich verlange. Verstehen Sie das, Monsieur Rains?«

Ich sprach aus einer tiefen Betäubung, einer Betäubung, die nichts zu tun hatte mit den Worten, die aus meinem Munde fielen. »Nein, Mylord. Hierzu können Sie mich nicht zwingen.«

»Tatsächlich nicht?«

»Nein, Mylord.«

»Aber ich könnte es, Markrufer. Ich könnte es leicht.«

Mit seinen Lefzen erinnerte er mich an einen großen, gestreiften Hund. »Und wissen Sie auch, wie?«

»Ich habe die Köpfe auf den Stangen gesehen.«

»Prols, jeder einzelne. Die haben nichts mit Ihnen zu tun, Markrufer.«

»Nichtsdestoweniger habe ich etwas mit ihnen zu tun. Aber auch wenn Sie mir mit der Folter drohen, Navarch, werde ich nicht noch einmal zu den Parfekten gehen. Sie selbst haben mir vor sieben Jahren versprochen, mir eine solche Aufgabe zu ersparen.«

»Ihr Nein ist also endgültig?«

»Ich zögere nicht einen Augenblick lang, einen Auftrag abzulehnen, den mir zu geben Sie nicht das Recht haben.«

»Sie beharren auf einer ausgesprochen beschränkten Vorstellung von dem, was mein Recht ausmacht, Monsieur Rains. In Wirklichkeit existieren für mich keine Schranken. Ich könnte Sie in diesem Augenblick töten, ohne Hemmungen, ohne Gewissensbisse, einfach weil Sie sich weigern, mir zu gehorchen. Aber ich werde es nicht tun. Die eigentliche Prüfung Ihrer Loyalität gegen mich haben Sie schon nicht bestanden – als ich Ihnen alles gegeben habe, was ein Mann für ein behagliches Leben braucht.«

Furchtmut Serenos stand auf und ging in seinem wehenden gelben Gewand über den scharlachroten Teppich hinüber zu dem Baum, der durch den Boden emporwuchs. Seine Hand berührte etwas an der Wand, und die Decke öffnete sich wie eine riesige Jalousie, die unsichtbar wurde. Weißes Licht drang herein und ließ das rankende Blattwerk erbleichen.

Serenos sagte: »Ich will Ihnen die Gelegenheit geben, eine geringere Mission zu übernehmen, so daß Sie sowohl Ihr Wort halten als auch mich dafür bezahlen können, daß ich Ihnen Ihren gegenwärtigen Komfort erhalte. Werden Sie diese zweite Mission, geringfügig, wie sie ist, ausführen, ohne mir weitere Fragen zu stellen?«

»Wird sie zum Wohle von Windfall Last sein?«

»Ohne mir weitere Fragen zu stellen!« brüllte er, und dabei schüttelte er eine Faust. Wutentbrannt stapfte er eine volle Minute lang auf und ab. Dann beruhigte er sich und starrte mich wieder an. »Antworten Sie mir, Markrufer: Werden Sie tun, was ich von Ihnen verlange, oder nicht? Rasch.«

Ich stand auf. Ich besaß nicht mehr die Kühnheit, einen weiteren Befehl des Navarchen zurückzuweisen. Selbst wenn die Falle jetzt über mir zuschnappen würde, die Falle, auf die ich so lange gewartet hatte, konnte ich nichts weiter sagen als das, was der Navarch erwartete. »Ja, ich werde Ihre *geringfügige* Mission ausführen. Was ist es?«

»Ein Besuch bei alten Freunden.«

Da war es wieder, das Schreckgespenst der Verbannung. Unvermittelt ahnte ich, wer meine »alten Freunde« sein würden. Meine Hände zitterten.

»Ich meine die Fischer auf Marigold«, sagte Serenos, ohne daß diese Erläuterung notwendig gewesen wäre. »Die, bei denen Sie schon einmal vierzehn Monate verbracht haben.«

»Und wie lange werde ich sie diesmal besuchen?«

Serenos lachte. »Fürchten Sie mich nicht, Markrufer. Wie gesagt, es ist eine bescheidene Mission, und Sie werden dafür nur sehr kurze Zeit von Ihrem Heim und Ihrer Frau getrennt sein. Eine bescheidene Mission. Sie haben sie sich verdient, indem Sie die wichtigere verwirkten.« Wieder lachte er finster.

»Wen werden Sie dann zu den Parfekten schicken?«

»Aber, aber, Monsieur Rains, nun fangen Sie nicht an, sich Sorgen über die verpaßte Gelegenheit zu machen. Ich denke, ich kann die Parfekten noch eine Weile vertrösten.«

»Gut, und was soll ich auf Marigold für Sie tun?«

»Es gibt dort einen alten Mann, den Sie, glaube ich, recht gut kennen. Einen alten Fischer. Sein Name ist Huerta.« Serenos wartete darauf, daß ich etwas sagte.

»Ich kenne ihn«, bestätigte ich.

»Sehr gut. Grüßen Sie diesen Mann von mir, sagen Sie ihm, daß ich den Bann von seiner Kolonie nehme, so daß diejenigen, die nach Windfall Last zurückzukehren wünschen, dies tun mögen. Und dann bringen Sie ihn hierher. Wenn es möglich ist, werde ich mit ihm reden, von einem Herrscher zum anderen.« Der Navarch kam über den Teppich heran und blieb vor mir stehen. Ich hatte vergessen, wie groß der Mann war. Er war nicht kleiner als einer der zierlicheren Parfekten. »Können Sie diese bescheidene Aufgabe für mich übernehmen, Markrufer?«

»Jawohl, Mylord.«

»Dann tun Sie es. Morgen früh wird ein Schiff Sie erwarten. Seien Sie bei Sonnenaufgang am Kai des Navarchen.« Er wandte mir den Rücken zu und betrachtete die monströs vergrößerten Fische in seinem Aquarium.

»Jawohl, Mylord.«

Und ohne sich umzuwenden sagte er: »Ich werde nie wieder etwas von Ihnen verlangen, Markrufer.«

Mit dieser geheimnisvollen Ankündigung zog ich mich zurück.

Am nächsten Morgen stach ich in See und nahm Kurs auf die Fischerkolonie Barbos auf der Insel Marigold. Die Menschheit hatte immer noch Schiffe, fuhr immer noch aufs Meer hinaus in diesen schlanken Gefäßen, deren schmale Rümpfe ein Abbild der weiblichen Gestalt waren. Marina war ein solches Gefäß, sie trug die Fracht unserer gemeinsamen Nächte, und ihre Liebe war mir Schutz gegen den Tod. Ein Schiff war die Liebe, eine Frau war die Liebe. Und vielleicht, weil sie dies wußten, hatten die Parfekten sich bereit gefunden, uns ungehindert über das Meer fahren zu lassen. Landfahrzeuge und Flugmaschinen hatten sie uns verweigert (mit Ausnahme von kleinen Balsaholzgleitern und batteriegetriebenen Wagen). In den Anfangstagen der Navarchie auf Wächters Schlinge hatten viele Seeleute gehofft, sie könnten ihre Schiffe benutzen, um Männern wie Furchtmut Serenos zu entkommen. Aber es gab nichts, wohin sie hätten fliehen können. Die

Parfekten ließen diese Schiffe keinen Hafen der Welt anlaufen – außer Windfall Last. So kam es, daß jedes Schiff, das den Hafen verließ, entweder zurückkehrte oder aber den ozeanischen Tod von Geschöpfen starb, die unendlich viel älter waren als der Mensch. Aber die See existierte weiterhin für unsere Liebe, und Schiffe glitten darüber hin, Schiffe, die ein Abbild der weiblichen Gestalt waren.

Huerta begrüßte mich mit Wärme. Er erinnerte sich an die vierzehn Monate meiner Verbannung auf der Insel Marigold. Und ich erinnerte mich an ihn.

Er war ein unglaublich häßlicher alter Mann mit krummen Beinen und einem Kinn, das durch Knochen und Fleisch mit seinem Brustbein verbunden war. Einen Hals hatte er nicht, und so reckte er die Schultern beim Gehen übertrieben weit nach hinten, um den erdwärts gerichteten Winkel seines Kopfes und seiner Augen auszugleichen. Sein Brustkorb ragte nach vorn. Seine massigen Lippen waren ständig wie schmollend zusammengepreßt. Zum Glück roch er nur nach Salzwasser und Fischöl und verströmte nicht den Galle- und Schwefelgestank eines aus dem Gleichgewicht geratenen Stoffwechsels.

Mit Huerta am Strand zu stehen, erweckte in mir eine Reihe von bemerkenswerten Erinnerungen, fünfzehn Jahre alte Bilder von Huertas Volk und von einem verwirrten jungen Ratsherrn, der sich die Hände mit körperlicher Arbeit besudelte und unter dem Gestank und der Nähe einer Menschensorte litt, an deren Existenz er bis dahin eigentlich nicht so recht geglaubt hatte. Und nun war ich wieder hier. Aber diesmal nur für drei Tage.

Nachdem er mich mit unbeholfen arrangierten Festgelagen und sentimentalen Ausflügen zu anderen Siedlungen unterhalten hatte, delegierte Huerta seine Autorität schließlich an einen einäugigen Mann von etwa zwanzig Jahren (wo das zweite Auge hätte sein müssen, war nicht einmal eine Höhle – nur glattes, ebenmäßiges Fleisch). Am Nachmittag des dritten Tages verließen wir die Insel Marigold.

In der Abenddämmerung schaute ich einmal über die Steuerbordreling, und mir war, als sehe ich die dreieckigen Rückenflossen von vier oder fünf kleinen Haien. Aber das türkisblaue Glitzern des Meeres erschwerte die Sicht, und niemand stand neben mir, der hätte bestätigen können, was ich gesehen hatte. Zuletzt hatte ich Haie gesehen, als Huerta und ich zusammen in seinem hölzernen Ruderboot draußen waren (das erste und einzige Mal, daß sie mir ihr grausames Ballett dargeboten hatten). Das lag fünfzehn Jahre zurück. Konnte es sein, daß diese schlanken Fische in die Gewässer des Menschen zurückkehrten? Ohne den mindesten Grund dachte ich plötzlich an Furchtmut Serenos. Als die Sonne schließlich unterging und das Meer mit ihren letzten Strahlen blutrot färbte, überkam mich eine tiefe Depression, und ich begab mich unter Deck, um Gesellschaft zu suchen.

Zwischen Mitternacht und Morgengrauen erreichten wir Windfall Last – die genaue Zeit wußte ich nicht. Drei uniformierte, in Mäntel gehüllte Männer nahmen Huerta aus meiner Obhut. Seit dem vergangenen Mittag warteten sie dort, sagten sie mir, und sie versicherten, daß man Huerta unversehrt zum Palast des Navarchen geleiten werde. Ein Bett erwarte ihn dort, und am nächsten Morgen werde der alte Mann eine Audienz bei Serenos bekommen. Ich verabschiedete mich von meinem alten Freund und schlug die Einladung der Gendarmen, mit zum Palast zu kommen, aus. Ich hatte beschlossen, in meinem eigenen Bett zu schlafen, neben Marina.

Da wir jedoch zu solch nächtlicher Stunde zurückgekehrt waren, gab es nichts, was mich nach Hause hätte bringen können. Dennoch ging ich nicht wieder an Bord, sondern schritt neben dem gleichmütigen Schiffsrumpf auf und ab. Die Sterne brannten dunstige Lichtkreise in das Antlitz der Nacht, und bei jedem meiner Schritte hallte das *tlak* meiner Absätze über das Pflaster.

Die gepfählten Schädel der letzthin niedergemetzelten Prol-Armen hingen zu beiden Seiten wie eine Kette über der Hafenmauer, ein grotesker Anblick im Licht der Sterne. Ich wollte sie nicht ansehen.

Fast schon war ich entschlossen, jemanden zu wecken (vielleicht sogar den Navarchen selbst, obgleich es ein weiter Weg zu ihm war und ich eine Einladung, im Palast zu nächtigen, bereits abgelehnt hatte), als plötzlich ein Pferdewagen auf der Straße heranrumpelte. Es zeigte sich, daß dieser Wagen dem Schiffsmeister gehörte, einem schweigsamen Mann, der auf der ganzen Reise nicht mehr als vier Worte mit mir gewechselt hatte. Er kam über die Planke von seinem Schiff ans Ufer, fast im gleichen Augenblick, da der Wagen stehenblieb und sein hölzernes Stöhnen erstarb. Ich bat, forderte und befahl schließlich widerwillig, er möge mich nach Hause fahren. Pythonhaut lag ein ganzes Stück außerhalb seines Weges, und er unternahm nicht den geringsten Versuch, sich zu benehmen, als wäre er nicht verärgert. Er mißbilligte, daß der Navarch den Bann aufgehoben hatte, er mochte mich nicht, und Huerta hielt er (wenn ich richtig interpretierte, wie er den Fischer an Bord des Schiffes gemieden hatte) für die widerlichste, ekelerregendste Kreatur, die ihm jemals begegnet war. Merkwürdig genug nur, daß der Kutscher des Schiffsmeisters selbst aussah wie eine lebende Fehlgeburt – er hatte weder Arme noch Zunge, und er roch nach getrockneten Exkrementen. Beim Kutschieren hielt er die Zügel mit den Füßen fest.

Als Dr. Prendicks Grundstück, der Obstgarten, endlich in Sicht kam und grünlichschwarze Bäume verflochten vor einem heller werdenden Himmel standen, stieg ich froh vom Karren herunter und verließ meine beiden bezaubernden Reisegefährten ohne ein weiteres Wort.

Pythonhaut war nicht dunkel. Ein Licht brannte hinter dem bunten Glas im Eingangsportal am Fuße der Palme. Ein Licht für den Heimkehrer? Mein Herz schlug schneller, denn das glaubte ich nicht. Die Stille, die über dem Rasen lag, war nicht die Stille der zarten Stunden vor Sonnenaufgang. Es war eine völlig andere Art von Stille.

Ich rannte auf das Haus zu, den Geschmack von Kupfer giftig in meinem Mund wie schmutzige alte Münzen.

Yves Prendick saß in dem aus Treibholz geschnitzten Sessel im Empfangsraum und starrte mich mit wunden Augen an, als ich hereinstürzte. Sein schütteres graues Haar stand ulkig von seinem Kopf ab, als sei er eben aus dem Bett gekommen. Aber weil er den Kopf ein wenig zurückgeneigt hielt, sah ich seine bloße Kehle und das wütende Rot eines langen Schnittes knapp über seinem Adamsapfel. Einen Augenblick lang – so reglos saß Marinas Vater da – glaubte ich, er sei tot. Aber der Schnitt war nicht tief, und Prendick sah mich blinzelnd an, richtete sich auf und hob eine kraftlose Hand.

Es klang fast, als komme seine Stimme aus der Wunde in seiner Kehle. »Markrufer, Markrufer!« Er sah mich flehentlich an. »Geh nicht hinauf. Für eine Weile wird sie dich ohnehin nicht erkennen, also geh nicht hinauf, Markrufer, bitte!«

»Prendick!« Ich packte ihn bei den Schultern. »Was heißt das: ›Sie wird mich nicht erkennen?‹ Weshalb, zum Teufel, soll sie mich nicht erkennen?«

Ich drehte mich um und wollte die Treppe hinaufgehen, aber Prendick beugte sich vor, ergriff den Saum meiner Tunika und riß mich mit überraschender Kraft auf die Knie. Seine Augen schimmerten unter einem wilden, trotzigen Tränenfilm. »Nein«, sagte er. »Tu's nicht. Ihre Mutter ist jetzt bei ihr. Melantha ist oben, und es wird alles wieder gut, wenn du dich jetzt zusammenreißt.«

»Prendick! Prendick, sag mir, was passiert ist!«

Und Marinas Vater hielt mich mit beiden Händen fest, hielt mich vor sich auf den Knien, wie ein Priester einen Betenden hält, und erzählte mir, was sich ereignet hatte. Ich starrte unablässig auf die Wunde an seinem Hals, auf diese karminroten Lippen, die sich kräuselten, während er redete. Ich dachte: *Die Geschichte, die du mir da erzählst, ist eine häßliche Geschichte, sie gefällt mir nicht, sie muß aus diesem häßlichen, halbentwickelten Mund unter deinem Kinn kommen, aus diesem schmalen, boshaften Mund, es ist eine Geschichte, die nichts zu tun hat mit dem Meer und mit Schiffen, es ist eine mörderische Erzählung aus einem bösen Mund, der aussieht wie der blutrünstige Rachenschlitz eines Haies, obwohl ich nicht glaube, daß das Meer etwas zu tun hat mit den bösartigen Worten, die sich aus deiner Kehle hervorwinden.* Ich lag vor Prendick auf den Knien und lauschte.

»Gestern, am frühen Nachmittag, hat Furchtmut Serenos deine Frau vergewaltigt, Markrufer«, sagte der Vater meiner Frau.

»Mit drei Soldaten der Gendarmerie kam er zum Obstgarten, er fand mich im Haupthaus und lud mich ein, ihn zum Hause Pythonhaut zu begleiten. Er war überaus herzlich, er redete von der Arbeit, die ich für ihn geleistet hatte, und er meinte, Marina verdiene ein Wort der Erklärung hinsichtlich der Störung an eurem Hochzeitstag. Er wollte sich entschuldigen, ihr alles erklären. Er hielt große Stücke auf Marina. Er sagte: ›Sie wissen, was ich von Ihrer Tochter halte, Yves. Ich glaube, Sie haben es immer gewußt. Sie beide verdienen einen Beweis meiner Schätzung‹ oder etwas sehr Ähnliches. Zusammen gingen wir zu eurem Haus; die Gendarmen in ihren Mänteln folgten uns, und sie lachten miteinander, wie es Soldaten tun, weil sie irgend etwas spaßig finden. Ich erwartete, daß Serenos ihnen befehlen würde, auf dem Rasen auf uns zu warten. Aber das tat er nicht; er ließ sie Pythonhaut betreten, mit ihren lehmigen Stiefeln und den ölverschmierten Gewehren.

Marina kam von der dritten Ebene herunter. Der Navarch plauderte weiter liebenswürdig mit mir, und die Soldaten flüsterten untereinander. Ich empfand keinerlei Argwohn – obgleich die Anwesenheit der Gendarmen mich störte.

Als Marina ihn erreicht hatte und ihm zum Gruß den Arm entgegenstreckte, riß Serenos sie an sich, küßte sie wild und schlug sie dann mit jeder Hand einmal ins Gesicht. ›Das ist für deinen Vater‹, sagte er. ›Und das für deinen Mann.‹ Die Soldaten lachten.

Ich sprang auf ihn zu, aber einer der Gendarmen schlug mir den Gewehrkolben gegen den Fuß, und ein anderer stieß mich an die Wand und preßte mich mit seinem Unterarm dagegen, so daß er mir die Luft abschnürte. Marina schrie, aber Serenos legte ihr die Hand auf den Mund und zerkratzte ihr mit den Fingernägeln die Wange. Ich sah das Blut, Markrufer, wie es zwischen seinen Fingern hervorquoll, und der Anblick ließ mich noch einmal vorwärtsdrängen. Wieder der Gewehrkolben. Wieder der Gendarm, der mich an die Wand drückte. Diesmal hielt er mir die Klinge eines langen, sichelförmigen Messers unters Kinn, so daß ich den Kopf nicht mehr bewegen konnte.

›Einen Laut‹, flüsterte er, ›und ich schneide dir die Gurgel durch.‹

Der dritte Soldat zerfetzte Marinas Gewand, er riß es ihr mit einer einzigen Bewegung herunter und entblößte sie für ihre geifernden Blicke. Dann packte der Navarch den Saum und zog ihn bis über die Taille hoch. Er drängte sein Knie zwischen ihre Beine. Als ihr Mund frei war, fing sie wieder an zu schreien, und er schlug ihr mit der flachen Hand ins Gesicht. Ich drängte nach vorn, aber der Gendarm, der mich festhielt, hob das Messer ein wenig, und ich spürte, wie die Klinge meine Haut durchschnitt.

Ich war hilflos, Markrufer; ich hätte vermutlich sterben können, aber dazu fehlte mir der Mut. Sie zwangen mich zuzusehen, wie Serenos meine Tochter besinnungslos prügelte, sie zwangen mich zuzusehen, wie er sie vergewaltigte, bösartig vergewaltigte, unter dem Gelächter seiner Soldaten. Er schleuderte sie umher wie eine Gliederpuppe, wieder und wieder, mit seinen Händen und mit seinem Körper, er biß ihr in die Lippen, bis sie bluteten. Ich mußte die Augen schließen, Markrufer, ich konnte es nicht ertragen. Aber an dem Gelächter und an dem Lärm erkannte ich, daß Serenos sie zweimal vergewaltigte. Einmal für ihren Vater. Einmal für ihren Mann. Ich wünschte mir, ich könnte meinen

Kopf vorwärtsbewegen und mir vom Messer des Soldaten die Kehle durchschneiden lassen. Aber ich konnte es nicht, ich konnte es einfach nicht, mein Körper bewegte sich nicht, und nach einer Weile war alles vorüber.«

Die Geschichte war vorüber, der Haifischrachen hörte auf, sich zu kräuseln, der boshafte Mund verwandelte sich in eine Wunde, und ich fühlte, wie die Kraft in mich zurückströmte – als hätte ein in tiefster Seele gepeinigter Priester mir die Absolution dafür erteilt, daß ich an ihm gezweifelt hatte. Ich stand auf. Prendicks Hände fielen von mir ab.

»Was war mit den Gendarmen?« fragte ich.

»Nein. Er ließ nicht zu, daß sie sie berührten. Sie wollten es, aber er ließ sie nicht. Sie hatten Angst vor ihm.«

»Jeder hat Angst vor ihm.«

Prendick schluchzte.

»Ich gehe hinauf zu meiner Frau«, sagte ich.

Und als die Buntglasfenster sich im transparenten Licht des heraufziehenden Morgens zu färben begannen, stieg ich die Wendeltreppe hinauf zu dem Zimmer, in dem Marina lag.

3

Du sprichst von Ernte, wenn das Korn noch grün:
Das Ende ist die Krone jedes Werks, ist's wohlgetan;
Die Sichel kommt erst, wenn das Korn ist reif.

THOMAS KYD

So seltsam es dem wissenschaftlich nicht gebildeten Leser auch erscheinen mag, ist es doch nicht zu leugnen, daß unabhängig davon, welches Maß an Glaubwürdigkeit dieser . . . Geschichte zugestanden wird, die künstliche Verfertigung von Ungeheuern . . . im Bereich der Möglichkeiten der Vivisektion liegt.

H. G. WELLS

Ich erwog Rache, selbst wenn diese die Verneinung vieler Dinge, an die ich glaubte, vielleicht sogar meinen Tod bedeuten würde. Ich sprach mit Prendick über die Rache, aber seine Arbeit im Operationsraum hielt ihn jetzt anscheinend Tag und Nacht in Atem, und wenn er abends zum Obstgarten zurückkehrte, war er zu müde, um den albernen Plänen zu lauschen, die ich während seiner Abwesenheit zusammengebraut hatte. Seine mysteriöse Arbeit – die Arbeit, über die er nicht sprechen wollte – laugte ihn aus, und sie ging jetzt mit noch größerer Dringlichkeit voran, als sie es vor Marinas Vergewaltigung getan hatte. Aber wenn er zu Hause war, plagte ich ihn mit meinem Geschwätz.

Einmal befahl er mir nicht ohne Schärfe, ich solle den Mund halten. »Wenn wir dabei versagen«, meinte er, »dann habe ich große Angst vor dem, was unserer Familie geschehen wird, Marina und Melantha. Daran hast du noch nicht gedacht, wie?« Trotz allem bohrte der Gedanke weiter in mir. Erst als Marina sich allmählich erholte und bemerkte, womit sich meine Gedanken beschäftigten, erstarb die Idee, und Marina war an ihrem Tod nicht unbeteiligt.

»Markrufer«, sagte sie, »denke daran, wie du dein Leben geführt hast. Du bist ein durch und durch guter Mensch – einer der wenigen, die in Windfall Last leben.«

»Das ist eine ausgesprochen sentimentale Beurteilung.«

»Nichtsdestoweniger eine faire. Und jetzt willst du etwas tun, das deiner bisherigen Lebensweise völlig widerspricht.«

»Ich will, was recht ist.«

»Es ist aber nicht recht, ein Leben zu nehmen, wenn nicht zuvor ein anderes genommen wurde. Ich lebe noch, Markrufer. Ich bin bei dir, jetzt, in diesem Augenblick.«

Und so tat ich gar nichts. Ich hatte meine Lektion in der Moral der Ära nach Holocaust B gelernt (eine Moral, der Serenos nicht gehorchte), und ich küßte Marina, pflegte sie in den langen Tagen der Genesung, gelangte zu einem seltsamen inneren Frieden und schrieb so zwei Abschnitte eines langen Gedichtes, dem ich den Titel *Archipele* gab. Daß ich nichts gegen Serenos unternahm, war, wie Marina mich überzeugte, in Wirklichkeit eine aktive Bestätigung des Ethos, das uns zu dem machte, was wir waren. Drei Wochen vergingen.

Wir entdeckten, daß Marina schwanger war.

Meine eigene Unfruchtbarkeit verhöhnte mich, der brennende Verdruß des Samenlosen. Aber zuviel Philosophie beherrschte mich, und ich kämpfte Verdruß und beginnende Wut nieder, brachte mir selbst, in kleinen Dosen, Mäßigung bei. Ich sah, daß Marina das Kind wollte. Ich sagte ihr nicht, daß ich es niemals würde lieben können. Wie hätte ich es ihr sagen sollen? Wir hatten beschlossen, als intelligente Menschen zu leben, wir hatten entschieden, nicht nach Rache zu streben, hatten statt dessen Sicherheit und Liebe gewählt. Mein innerer Friede schwand dahin, aber ich würde heucheln, wenn Marinas Glück davon abhing, daß sie mich für glücklich hielt. Und so war es leider. So war es immer gewesen. Aber ein Diplomat lernt schon früh in seiner Karriere, sich zu verstellen, und zum ersten Mal seit unserer Hochzeit verstellte ich mich vor Marina. Aber – Gott! wie verhöhnte mich meine eigene Sterilität, wie nagte in mir mein krebsartiger Verdruß!

Ich spielte meine Rolle gut. Das einzige, woraus Marina auf meine wirklichen Gefühle hätte schließen können, war die Tatsache, daß ich die Arbeit an den *Archipelen* nicht wieder aufnahm. Ich schrieb diesen Mangel an Disziplin meiner Aufregung zu: Es gab zuviel anderes zu tun. Die Mutter in ihr war erwacht, der Blick der Ehefrau zugleich weniger scharf, und so glaubte Marina mir.

Während der restlichen sechs Monate ihrer Schwangerschaft hielt ich die Täuschung aufrecht. Beinahe überzeugte ich mich sogar selbst, daß alles in Ordnung war, daß wir glücklich waren. Aber nachts lag ich wach in meinem Bett und wußte die Wahrheit. Bevor es für sie unbequem wurde, wandte ich mich in den frühen Morgenstunden oft zu Marina, küßte sie halb wach und drang mit unartikulierter Verzweiflung in sie ein. Sie reagierte, so gut sie es vermochte. Sie glaubte, mein Liebesverlangen entspringe dem psychologischen Aphrodisiakum eines neuen Bildes ihrer selbst – der Vorstellung von ihr als einer fruchtbaren, ein Kind in ihrem Leibe tragenden Frau. Tatsächlich entstammte mein Liebesverlangen dem intensiven Bedürfnis, zu glauben, das Kind, mit dem sie schwanger ging, sei von meinem eigenen Fleisch und Blut. Ich fühlte keine Liebe in diesen Morgenstunden, nur das Krankhafte dieses Bedürfnisses und den mechanischen Impuls, die Alpträume fortzuficken, die mich in jedem Augenblick meines Wachseins verfolgten. Aber solange wir beide wach waren, hielt ich die Täuschung aufrecht. Ich bin sicher, daß sie nie etwas ahnte. Und die Möglichkeit, daß das Kind deformiert sein könnte, hatte sie entweder vergessen, oder sie zwang sich, nicht daran zu denken.

Die Wehen setzten zu früh ein. Es war eine Stunde vor Mitternacht.

Wir hatten eigentlich gedacht, daß ihr Vater sie entbinden sollte, aber Prendick arbeitete in Windfall Last, beschäftigt wie stets in der Verfolgung seiner Pflichten. Furchtmut Serenos beherrschte ihn, aber Serenos beherrschte uns alle. Selbst noch aus der Abgeschiedenheit seiner eigenen Schlafgemächer zog der Navarch an den Drähten unseres Lebens; manchmal konnte er selbst nicht ahnen, in welch verderblicher Weise.

Marinas Wehen kamen rasch hintereinander und dauerten lange, und sie verursachten ihr intensive Schmerzen im Kreuz. Wir hatten keine Vorkehrungen für den Fall getroffen, daß das Kind so früh käme, und ich wußte nicht, was ich tun sollte. Die Schmerzen, die meine Frau erlitt, ängstigten mich. Ich machte es ihr auf unserem zerwühlten Bett so bequem wie möglich, und dann erklärte ich, ich werde zum Haupthaus hinübergehen und ihre Mutter holen. Sie verstand mich, sie sagte, es werde alles gutgehen, sie zuckte unwillkürlich zusammen, erbarmungswürdig, als eine neuerliche Wehe einsetzte. Ich ließ sie allein und eilte zum Haupthaus.

Als Melantha und ich zurückkehrten, schrie Marina. Den guten Arm hatte sie hinter ihren Kopf gestreckt, und sie umklammerte eine Speiche im Kopfende des Bettes. Ihre Seeschwinge krümmte sich in Schulterhöhe, preßte sich unbeholfen gegen das graue Laken. Das Leinen unter ihren Hüften war naß, und die Knie waren hochgereckt und gespreizt. Melantha richtete Marinas deformierten Arm, strich das Haar zurück, das naß an ihrer Stirn klebte, und half ihr, die Wäsche abzulegen, die das Fruchtwasser durchtränkt hatte.

»Ich glaube, es geht zu schnell«, sagte Marinas Mutter. Sie war eine große Frau mit schmalen Lippen, und ihre Augen hatten die Farbe ausgebleichter Muscheln. »Viel zu schnell.«

»Was kann ich tun?«

»Hol frisches Leinen, Markrufer.«

»Sollte ich nicht versuchen, Yves zu erreichen? Können wir ihn nicht irgendwie herholen?«

»Ich wüßte nicht, wie. Bring nur frische Wäsche, Mark. Wenn du jetzt versuchst, Yves zu erreichen, läßt du mich mit der Entbindung allein. Es geht alles so schnell.« Ihr schmaler Mund war Marinas Mund. Sie sagte: »Du solltest jetzt bei ihr sein – und nicht unterwegs nach Windfall Last.«

Marina schrie auf, warf den Kopf herum und starrte mit glasigen Augen zur Decke. Etwas stimmte nicht. Dies war nicht bloß eine schlichte Frühgeburt. Ich verließ das Zimmer und ging über eine rundum geschlossene Brücke hinüber in den Wirtschaftsbereich des Hauses. Durch ein Fenster aus klarem Glas sah ich den Schatten, den Pythonhaut im Mondlicht über den Rasen warf, verschlungen und gewunden wie der Tod selbst. Ich fand saubere, duftende Leinenwäsche und kehrte zum Schlafzimmer zurück.

Melantha hatte Marina ein wenig nach vorn gelagert, so daß sie zwischen den Beinen ihrer Tochter kauern und das Kind in Empfang nehmen konnte, wenn es kam. Marina lag auf der durchtränkten Bettwäsche, für die ich Ersatz geholt hatte. Ich stand da wie ein Kellner auf einer Dinnerparty des Navarchen, die Laken über den Arm gelegt.

»Leg das weg. Wir haben keine Zeit. Halt ihre Arme fest.«

Ich gehorchte. Ich roch Blut und Salz. Als ich mich über Marina beugte, begriff ich, daß sie mich nicht sah; ihre Blicke gingen in einen Limbo irgendwo jenseits meines Kopfes, und ihr Gesicht war purpurrot von den Krämpfen der Geburt. »Es wird alles gut werden«, sagte ich, und ich wußte, daß es nicht so war. Etwas stimmte nicht. Dies war mehr als eine Frühgeburt.

Über den glitzernden Hügel ihres Bauches hinweg sprach Marinas Mutter zu ihr, forderte sie auf, sich zu konzentrieren, zu pressen, als wolle sie ihre Gedärme bewegen. Und ich hielt Marinas Schultern, küßte das Salz von ihrer zerfurchten Stirn und sagte immer wieder: »Es wird alles gut werden, es wird alles gut werden.«

Das erste Ding glitt fünf Minuten nach meiner Rückkehr ins Schlafzimmer aus ihrem Schoß, so rasch folgten jetzt die Wehen aufeinander. Es war ein plumpes, schwerfällig sich windendes Ding mit einem Flaum von bernsteinfarbenem Haar am ganzen Körper, und wo seine Hände hätten sein müssen, saßen winzige Flossen. Ich schaute Melantha an. Ihr schmaler Mund war zusammengepreßt. Sie erwiderte meinen Blick nicht. Sie legte das Neugeborene, das noch an der Nabelschnur hing, neben Marina auf das Bett und befahl mir, es in saubere Leintücher zu wickeln. Das Ding war lebendig. Und sehr klein. Es weinte nicht. Vielleicht zwanzig Minuten waren vergangen, seit ich Mrs. Prendick aus dem Haupthause geholt hatte – aber Marinas Wehen hörten nicht auf. Sie öffnete die Augen nicht, und so hatte sie das Produkt ihrer Agonie noch nicht gesehen.

»Da ist noch ein Kind, Liebling«, sagte Melantha. »Ich möchte, daß du das gleiche tust wie vorhin. Du mußt pressen, wenn die Wehen kommen.«

»Nein«, sagte Marina. »Oh, bitte, nicht noch eins, nicht, nicht.«

»Was zum Teufel ist denn das? Was ist los? Was ist?« Der Geruch von Blut und Salz verwandelte den Raum in ein alptraumhaftes Schlachthaus. Ich hatte nicht die geringste Möglichkeit, die Ereignisse zu kontrollieren oder zu beeinflussen. Mrs. Prendick ignorierte mich.

»O Gott«, sagte sie nach einer Weile, mehr zu sich selbst flüsternd. »Dieser hier zeigt mir sein Hinterteil.«

»Was heißt das?« wollte ich wissen.

»Eine Steißlagenentbindung«, sagte sie, und jetzt zeigten sich Risse in ihrer scheinbaren Unbesiegbarkeit. Ihre Stimme brach. Sie hob die blutbeschmierten Hände. »Ich weiß es nicht, ich weiß es einfach nicht.«

Und sie wußte es auch nicht. Marinas Qualen dauerten schon mehr als eine Stunde, dann zwei, und noch immer zeigte sich kein Fortschritt. Melantha hatte keine Instrumente, und wenn sie welche gehabt hätte, wäre sie nicht fähig gewesen, sie zu benutzen.

Als das zweite Ding endlich zur Welt kam, hatten wir beide unseren Vorrat an Hysterie erschöpft. Marina war tot, die winzige Kreatur aus ihrem Leib war tot, und Melantha, ihre große Gestalt in sich selbst verdreht, kauerte zusammengesunken am Boden, wo sie versucht hatte, Hebamme zu spielen. Sie schlief nicht, sie war nicht wach. Ich bedeckte Marina mit einem Laken. Dann hob ich Melantha auf, trug sie in eine andere Ebene und legte sie dort auf einen langen, brokatgezierten Diwan. Ein Duft von fernen Azaleen wehte durch die Nacht.

Mit diesem Duft in der Nase wanderte ich zurück durch das dunkle Labyrinth von Pythonhaut. Ich fand das Totenbett meiner Frau, als hätte mich jemand hypnotisiert. Es war umgeben von der uralten Stille einer archäologischen Ausgrabung. Die Leichname waren bemerkenswert gut erhalten, und eine kleine, mumifizierte Gestalt imitierte mit flachen Atemzügen das Leben. Ich nahm das Wesen auf und bedeckte Mund und Nase mit der flachen Hand. Es wehrte sich kaum. Dann nahm ich den anderen kleinen Leichnam von seiner Ruhestatt und verließ die uralte Stille, in der Marina schlummerte. Sie war zu weit von mir entfernt, als daß sie meine Trauer hätte wecken können.

Nicht trauernd, nur schlafwandelnd, trug ich die animalischen Dinge aus ihrem Leib hinunter auf den Rasen. Ich wanderte durch den verschlungenen Schatten von Pythonhaut.

In Marinas Garten grub ich mit bloßen Händen flache Mulden und legte die Dinge, die in ihr gewachsen waren, hinein. Eine ganze Weile grub ich weiter; mit gebrochenen Fingernägeln riß ich den Boden auf. Endlich hielt ich inne und hockte mich auf den Boden – und beinahe begriff ich plötzlich, wie wenig freien Willen ein freier Mann hat.

Denn frei war ich nun.

Und als das Morgenlicht baumdurchflochten am Horizont heraufzog, beschloß ich, daß Furchtmut Serenos den Tag seiner eigenen Geburt bedauern werde. Ich beschloß es mit der Rücksichtslosigkeit eines unbestechlichen Naturphänomens, mit der Skrupellosigkeit von Sonne und Meeresflut. Serenos würde brennen in einer Kerze aus Gas, er würde ertrinken in den Wassern eines bösartigen Mondes. Frei beschloß ich diese Dinge, und ich wußte, daß der Navarch meiner Rache nicht entgehen würde.

Am Tage von Marinas Verbrennung gingen Prendick und ich zusammen zum Kai hinunter, um ihre Asche über dem Wasser zu verstreuen. Wir kamen geradewegs aus dem offiziellen Krematorium der Navarchie, einer Reihe von Terrakottagebäuden, nicht weit von Prendicks Hospital am Meer. Wir waren allein. Marinas Mutter war im Haupthaus im Obstgarten zurückgeblieben, erschöpft, schweigsam, krank.

Behutsam trug ich eine Amphore vor mir her, einen Krug mit engem Schlund. Sie enthielt die endgültigen, rußfeinen Überreste eines menschlichen Wesens, und es kostete mich geistige und körperliche Mühe, sie nicht an die Lippen zu heben und die Asche meiner Frau zu trinken. Die Amphore war kühl, anders als die Asche.

Nebeneinander schritten Yves und ich die Steinstufen zum Pflaster des Kais hinunter. Kein Schiff lag an der Stelle, die wir ausgewählt hatten, vor Anker, und keine gespenstigen, rumpflosen Köpfe zierten die Eisendorne auf der Hafenmauer. Der Himmel hatte die Farbe von Milch.

Ich begann mit dem Ritual. Ich ließ die Asche in meine Hand fließen, wartete, bis der Wind von mir wegwehte, und verstreute sie mit der sanften Brise über das Wasser. Schweigend folgte

Prendick meinem Beispiel. Während wir Marinas Asche über der Bucht verwehen ließen, erkannte ich, daß dies, metaphorisch gesehen, die Asche von Holocaust C war, der Fallout eines Miniatur-Harmaggedon. Wie denkender Staub schwebte sie über dem regenbogenbunten Wasser.

Gott drohte nicht mehr mit Verdammnis; er war fertig mit uns. Und auch die Parfekten bekümmerten sich nicht ernsthaft um unsere lächerlichen Mordtaten. Staub auf dem Wasser war Marina, Asche auf dem Meer.

»Yves?«

Er sah mich an – aber sein Blick war eigentlich keine Reaktion, und kraftlos ließen seine Hände, was sie hielten, im Winde verwehen. In sieben Monaten war er schwerfällig und dumpf-verdrossen geworden. Wie oft war er gezwungen gewesen, sich zu ändern.

»Yves, wir werden nicht tatenlos über Marinas Tod hinweggehen.«

»Was?« Er starrte mich an. »Was werden wir tun?«

»Wir töten Serenos. Oder wir verkrüppeln ihn. Wir zahlen es ihm in gleicher Münze heim. Er soll wenigstens einen Teil der Qual fühlen, die er anderen verursacht.«

»Was sollte das für einen Erfolg haben?« sagte der Arzt. »Und wie soll es gehen?«

»Du hast einen Kopf, du hast ein Herz, und du hattest einmal eine Tochter. Wie immer du dich entscheiden oder nicht entscheiden magst, ich werde jedenfalls etwas unternehmen. Irgend etwas, um meine Seele von dieser Last zu befreien.« Ich schwieg einen Moment lang. »Als Leibarzt des Navarchen hast du Zutritt zu ihm.«

Prendick starrte mich noch immer an. »Was meinst du damit? Worauf willst du hinaus.«

»Darauf, daß du einmal darüber nachdenken solltest, wie dein Zutritt zu Serenos uns am besten nützen kann. Eine ganz einfache Sache, Yves. Ganz einfach.«

Er starrte mich lange an. Dann drehte er sich zum Wasser und warf eine letzte, magere Handvoll Asche hinaus. Unsere Unterredung war vorüber, aber Prendick hatte angefangen zu denken. Ich sah in seinen Kopf; ich sah, wie seine Gefühle in kleine Teiche des Verstehens flossen; ich sah, wie sein Verstand sich in eine ausgebleichte Hirnkoralle verwandelte und dann in ein vieldeutiges, lebendes Ding – eingekapselt und doch frei. Bald wehte der Wind über die leere Öffnung der Amphore, und die tiefen Baßtöne des Nichts stiegen aus ihr hervor.

Wir verließen den Kai.

Drei Tage später lud Prendick mich ein, ihn einen ganzen Nachmittag in seinen Operationsräumen zu besuchen. Nie zuvor hatte er mir oder sonst einem seiner engen Verwandten eine solche Einladung zuteil werden lassen. Ich wußte, daß die Bedeutung dieser Einladung darin lag, daß sie so rasch auf unser kurzes Gespräch am Kai gefolgt war.

Für gewöhnlich verbrachte Prendick jeden Vormittag zwei Stunden im Palast der Navarchie, ob Serenos ihn nun brauchte oder nicht. Dann fuhr er mit der Kutsche durch kopfsteingepflasterte Straßen, vorbei an rosenroten Terrakotta-Häusern, zum Meer hinunter, zu dem einzigen großen Gebäude, das die Parfekten an den salzverkrusteten Kais errichtet hatten. Die Operationsräume befanden sich in diesem Gebäude, welches jeder nur Hospitaler-Haus nannte.

Hospitaler-Haus erhob sich, ein Monument aus Aluminium und Glas mit polarisierten Fenstern, die die Sonne abhielten, fünfzehn Stockwerke hoch über die Bucht des Lieblichen Kohlensacks; es stand auf einer gewaltigen Plattform, die auf dem Wasser der Bucht zu schwimmen schien. In den Tiefen dieser mächtigen, zylindrischen Säule, auf deren Oberfläche die Parfekten vor langer Zeit dieses Symbol der Gnade errichtet hatten, fand man die unterirdischen, widerhallenden, antiseptischen Räume der Chirurgie – wenn man das Glück hatte, eine Einladung zu erhalten. Einmal im Innern des zentralen Raumes, fand sich der Besucher vor einem Fenster von zyklopischen Ausmaßen, das in die offene See hinausblickte. Ein Fenster zu einer Unterwasserwelt. Wenn die Wasser der Karibik reglos unter dem sich brechenden Himmel lagen, hätte man fast schwören können, daß die flirrende Kuppel der Versunkenen Bibliothek weiter draußen in der Bucht sichtbar war.

Ein Mann in einem Kittel geleitete mich in die Zentralkammer der Säule und verschwand.

Allein stand ich in kupfern leuchtender Weite, und unter den Gerüchen, die die Luft hier lärmend durchzogen, schien der von Alkohol und der von etwas eigentümlich Zooartigem vorzuherrschen. Als ich in die Höhe blickte, sah ich eine Art Laufsteg an der Wand des Zylinders, und dort oben stand Prendick, die Hände auf das Geländer gelegt, und sah zu mir herunter. Er sagte nichts.

Ich schlängelte mich zwischen den medizinischen Geräten auf der Hauptebene hindurch, bis ich beinahe direkt unter ihm stand. Sein Gesicht vibrierte im Wahnsinn dessen, der mit dem Meer und mit der Seeanemone spricht, dessen, der die Halluzinogene von Schiffsuntergang und Tod verzehrt. In der Tat, er sah aus wie ein Dichter – genau so, wie Markrufer Rains hätte aussehen müssen, so kurz nach seiner »persönlichen Tragödie«. Aber er sagte kein Wort. Schließlich, und um irgendeine Reaktion zu provozieren, spuckte ich in die Hände und vollführte einen parodistischen Steptanz auf dem spiegelglatten Boden.

»Hör auf damit«, sagte Prendick, »und komm herauf. Die Treppe ist dort drüben.«

Ich fand die Treppe und stieg zu ihm hinauf. Türen mit Schiebefenstern aus Metall säumten den Laufsteg – zehn oder zwölf solcher Türen insgesamt. Sie waren ausnahmslos verschlossen und abgedichtet, aber dennoch übertönte der Zoogeruch hier oben den des Alkohols; ich wußte, daß die eindeutig tierische Quelle dieses Geruches sich hinter den verschlossenen Türen befand. Aber der Gedanke beunruhigte mich nicht. Nach außen war ich locker und fröhlich. Prendick war endlich zu sich gekommen, und bald würden wir einen Plan haben.

»Was ist das hier?« fragte ich. »Ein Zellenblock für Hunde, die die Prols noch nicht gegessen haben?«

»Laß uns keine Zeit verschwenden, Markrufer. Ich zeige dir, was es ist.«

Er wählte eine der Türen und schob das Schiebefenster beiseite, als wäre er ein mittelalterlicher Kerkermeister in den Verliesen seines Herrn, was er in gewisser Weise tatsächlich war. Der kupferne Schieber glitt reibungslos zur Seite. Ölig wie von einem toten Fisch wallte der Gestank mir entgegen. Kaum war das Fenster offen, hatte er die feinen Häute meines Mundes und meiner Nase wie ranziges Fett überzogen. Ich wich vor dem Fenster zurück.

»Mein Gott, Yves!«

»Schau hin, verflucht, schau hin und sieh es dir an!«

Meine Stimmung verwandelte sich, Fröhlichkeit wurde zu banger Erwartung. Prüfend sah ich Prendick ins Gesicht, und dann zwang ich mich, in die schimmernde Zelle zu starren. Die Zelle war sauber. Die Wände schimmerten, und der Boden war von makellosem Grau – der Gestank mußte also von der haarigen Kreatur ausgehen, die in der hinteren rechten Ecke der Zelle hockte. Ein geradezu absurd breites, gedrungenes Tier.

Es schmiegte sich in den Winkel, den die beiden Wände bildeten, und dort schien es zu schlafen, die Pfoten züchtig über den Leib drapiert. Ein Mantel aus weißem Pelz, vielleicht ein wenig räudig und schütter, gab dem Tier das Aussehen eines Weltmannes, der in schwierigen Zeiten heruntergekommen war. Sein Rumpf war eigentlich recht lang, aber das Tier hatte kurze, deformierte Hinterbeine, die auswärts gerichtet waren, so daß sein Geschlechtsorgan entblößt in einer dünnen Matte von weißem Schamhaar lag. Aufgeschwollen und von einem Netz feiner Adern überzogen, stand dieses Organ in keinem erkennbaren Zusammenhang zu der Körperstruktur des Wesens, dem es gehörte. Aber trotz des Fischgestanks, der mich einen Augenblick zuvor beinahe überwältigt hatte, hielt ich das Tier für alles andere als einen Fleischfresser.

Ich wandte mich von dem Fenster ab. »Es sieht ein bißchen aus wie ein Seeotter.« *Der denkwürdige Duft von hartem Fleisch, vertraut und ozeanisch, am Weihnachtstag.* »Abgesehen von der Größe seiner Gliedmaßen und seines Kopfes. Und dann die primatenhaften Genitalien. Du hast ziemlich böse an ihm herumgeschnitten, Yves, soviel ich sehen kann.«

»Du kannst nicht sehr viel sehen. Schau noch einmal hin.«

»Bitte«, sagte ich, nun ein wenig überdrüssig. »Wozu?«

»Sieh es dir noch einmal an, Markrufer. Diesmal werde ich ihn aufwecken, damit du ein genaueres Urteil fällen kannst – obgleich ich froh bin, daß du findest, er sehe aus wie ein Seeotter, denn das ist es, was ich angestrebt habe.« Er schob den kupfernen Schieber hin und her, so daß er metallisch gegen den Rahmen stieß. »Jetzt schau noch einmal hinein!« forderte er.

Überdrüssig, unsicher und verängstigt von dem, was er mir zeigte, gehorchte ich. Das Tier hatte sich nicht bewegt, aber jetzt waren seine Augen offen, und sie funkelten angstvoll. Zweifellos erinnerte es sich an Prendicks Skalpell, an die abendlichen Ewigkeiten, da das Anästhetikum seine Wirkung verloren hatte.

Mit fiel auf, wie anomal seine Haltung in der Ecke war – die schlaff herabhängenden Pfoten und die eng zusammenstehenden, unsicheren Augen. Was lag in den Zügen dieser Kreatur, das uns so verwirrte und verspottete? Da es den Kopf gesenkt hielt, konnten nur seine Augen, die unter einer haarigen, mißgestalteten

Stirn hervorlugten, für die Beschämung verantwortlich sein, die ich empfand, weil ich es beobachtete: Es waren die Augen eines menschlichen Wesens, eingesperrt, aber intelligent. Das Geschöpf schien nicht imstande zu sein, das Kinn von der Brust zu heben, aber seine angsterfüllten Augen streiften flackernd über unsere neugierigen Gesichter, und unter jedem der beiden aufwärts verdrehten Augäpfel zeigte sich ein feiner Halbmond von beredtem Weiß.

Wieder wandte ich mich Prendick zu. Von Grauen erfaßt, zuckte ich ratlos die Achseln.

»Dieser Otter war einmal ein Mann, Mark. Und der Mann, der er einst war, war dein Freund von der Insel Marigold. Ich habe seinen Namen vergessen. Verstehst du, was ich dir sage?«

»Huerta?« sagte ich ungläubig.

»Richtig. Huerta. Den Namen hatte ich vergessen. Es ist so lange her, daß Serenos mich diesen hier hat machen lassen.«

»Diesen machen?« wiederholte ich. Ich starrte Prendick an. Der Wahnsinn, der in seinem gequälten Gesicht vibrierte, hatte sich jetzt in einen Ausdruck professioneller Distanziertheit verwandelt; er hatte keine Vorstellung von der furchtbaren Diskrepanz zwischen den Worten »diesen hier machen« und der übelkeiterregenden Tatsache des Konvertierens eines Menschen in ein Tier. In seinem Gesicht spiegelte sich hysterische Ruhe, und seine verquollenen Augen funkelten von selbstgefälliger Realitätsferne. Prendick, das erkannte ich jetzt, war zum Archetypus des »wahnsinnigen Wissenschaftlers« geworden – mit dem wesentlichen Merkmal allerdings, daß sein Wahnsinn mit den allgegenwärtigen Destillationen des bösartigen Navarchen in ihn eingesickert war. Auch mich hatte dieser Wahnsinn schon berührt. Wie konnte ich einen Irren zur Rechenschaft ziehen für die Monstrositäten, die er in seinem Irrsinn begangen hatte? Wie sollte ich Marinas Vater dafür verdammen, daß er sich dem Bösen unterworfen hatte, das auch mich seit einer Weile vorantrieb? Ich wandte mich wieder dem Zellenfenster zu. Den Gestank ignorierend, schrie ich dem unvollkommenen Geschöpf an der Zellenwand zu: »Huerta! Huerta, ich bin's, Markrufer! Ich werde Sie herausholen, ich werde versuchen, Ihnen zu helfen!«

Huerta bewegte sich nicht, aber seine Augen – seine Augen fixierten mich vorwurfsvoll.

»Ich hab's dezerebriert«, sagte Prendick. »Es versteht dich nicht.«

»Warum? Warum hast du ihm das angetan?«

»Weil Serenos es wollte. Er sagte, ich könne entweder Wesen wie dieses – und Exemplare der Prol-Armen – in einen Zustand versetzen, der ihrer Natur besser entspräche, oder ich könne meine Familie zum Tode verurteilen, indem ich mich weigere. Verstehst du, Markrufer? Ich darf es dir eigentlich nicht erzählen.«

»Ich verstehe«, sagte ich, trat an das Geländer und schaute durch den Operationssaal zu dem riesigen Fenster. Die See drängte gegen das Glas wie eine Frau, die ihren Liebhaber umarmt: kristallin und rätselhaft.

»Um die Jahrhundertwende befahl Serenos mir, mit Kadavern zu experimentieren; es war eine einfache Arbeit, die nicht erforderte, daß ich übermäßig lange nicht nach Hause kam. Aber vor ungefähr zwei Jahren, vielleicht ist es auch schon länger her, verlangte er, daß ich aus lebendigen Menschen Dinge für ihn ›erschuf‹ – Dinge, die deutlich weniger sein würden als menschlich. Als Modelle sollte ich Tiere benutzen, lebende und auch ausgestorbene.« Prendick deutete auf eine Tür, die ein paar Schritte weit entfernt war. »Dort drin ist eine Art Protomensch, ein Geschöpf aus den frühen Tagen der Menschheit, Äonen vor den beiden Holocausts; die Bücher nennen es gelegentlich *Homo habilis*. Ich glaube, ich habe es ganz gut gemacht – zumindest, soweit es die äußere Anatomie betrifft.«

Prendick stellte sich neben mich ans Geländer. »Natürlich war diese Arbeit schwieriger als die mit den Kadavern. Der Navarch setzte mir Fristen. Ich mußte den Obstgarten für größere Zeiträume verlassen. Nach Marinas Vergewaltigung gab er mir den alten Mann, der dein Freund war, den Alten, der das Rohmaterial für den Seeotter abgab, den du soeben gesehen hast. Serenos sagte, er wolle diesmal einen Seeotter. Und er legte Wert auf einen weißen. Aber der alte Mann war so alt, daß er fast gestorben wäre, als ich an ihm arbeitete ...« Ich faltete die Hände auf dem Geländer und legte meinen Kopf darauf.

Tröstend legte Prendick mir den Arm um die Schultern. Er flüsterte mir ins Ohr, so daß ich seinen Atem spürte. »Du darfst dich nicht erregen, Mark. Es war nichts Persönliches, was ich mit deinem Freund getan habe.« Er klopfte mir auf die Schulter. »Außerdem habe ich einen Plan.«

Ich schaute dem Vater meiner toten Frau in die lautlos singenden Augen.

»Weißt du«, sagte er, »ich kann das gleiche auch mit Furchtmut Serenos tun. Ich kann *das gleiche* mit dem Navarchen tun.«

Vor langer Zeit, in einem sehr alten Buch, hatte ich von einem Mann gelesen, der versucht hatte, Tiere durch Vivisektion in Menschen zu verwandeln. Was Marinas Vater hier tat, verkörperte die entgegengesetzte Vorstellung, und wenngleich es auch abstoßender war, als unverständige Tiere zu »humanisieren«, so war es doch auch einfacher. Der tückisch-rationale Dr. Moreau war schließlich gescheitert, weil es ihm nicht gelang, seinen tierischen Objekten eine dauerhafte menschliche Intelligenz zu verleihen: Die nebulöse Beschaffenheit der menschlichen »Seele« verblaßte mit der Zeit unausweichlich. Aber soweit es Prendick gelungen war, den Willen des Navarchen auszuführen, war es ihm genau deshalb gelungen, weil es leichter ist zu zerstören, als zu erschaffen, leichter niederzureißen, als zu erbauen.

Huerta (wenn es einem denn gelang, seine Augen zu vergessen) war ein Tier, und zwar in jeder Hinsicht. Mit jedem Schnitt, den Prendicks Skalpell ihm zugefügt hatte, war das menschliche Wesen in ihm dahingeschwunden, mit jeder geschickten Zerstörung von Hirngewebe, mit jeder grausamen Veränderung an seinen Händen und Füßen. Mein Zorn wuchs. Mein Herz pochte *Ra-che, Ra-che.* Ich wußte, daß ich Serenos tatsächlich das gleiche antun wollte, daß ich ihn vollends auf das Tier reduzieren wollte, das er eigentlich schon war.

Das Bewußtsein, daß Prendick die Welt aus der Perspektive eines Wahnsinnigen betrachtete, befähigte mich, mit ihm zu arbeiten. Wir waren beide wahnsinnig. Ich sog Energie aus seinem Irrsinn, so stetig, als wäre ich ein psychischer Vampir. Prendicks Plan besaß nicht mehr Brillanz als die Empfehlung eines Bakterizids gegen Halsschmerzen, aber dennoch strebten wir mit aller Irrsinnsenergie, die wir aufbringen konnten, danach, ihn in die Tat umzusetzen, und es war eben diese Besessenheit, die den Plan gelingen ließ.

Zwei Monate nach Marinas Tod im Kindbett stellten wir unsere plumpe Strategie auf die Probe. Auf den Tag genau zwei Monate. Der erste der sturzflutähnlichen Regenfälle des Oktobers überspülte die Straßen vor dem Palast der Navarchie, überspülte die fleckigen Terrakotta-Behausungen und ließ die tobende See mit der Gewalt einer Oktober-Sintflut gegen die Kaimauern gischten. Auf einen solchen Morgen hatten wir gewartet, Prendick und ich.

Wir verließen den Obstgarten mit Prendicks batteriegetriebenem Autowagen, und etwa eine Stunde, bevor der Morgen mit dünnem, winterlichem Licht graute, hatten wir den Palast erreicht. Nicht einen einzigen Menschen hatten wir über unsere Absichten informiert, und weil Serenos zweifellos argwöhnisch geworden wäre, wenn er mich gesehen hätte, blieb ich im heißen, atemdunstigen Cockpit von Prendicks Autowagen sitzen, während er die wie lackiert glänzenden Treppenstufen zum Hauptverwaltungsgebäude hinauflief. Ich sah mich um, bereit, mich zu verstecken, falls der Poncho eines Gendarms auftauchen sollte. Da aber kein einziger Gendarm erschien, um Prendicks Auto zu kontrollieren, und da es besser war, wenn unser Fahrzeug nicht gleich zu Beginn unseres Unternehmens derart dreist und auffällig vor dem Gebäude parkte, wagte ich es, mich einen Augenblick lang bemerkbar zu machen, und fuhr den Wagen weg. Ich fuhr ihn in den Schutz hoher Mauern, zwischen den Palast und die Ostwand der »hoheitlichen« Stallungen. Wegen des heftigen Regens hielt mich niemand auf.

Bittere, reinigende Regengüsse von unglaublicher Wildheit verschworen sich mit uns gegen den Navarchen. Es war passend. Hatte nicht auch einer meiner Vorfahren seinen schmutzbesudelten Körper in solchen Gießbächen gewaschen und ihren Namen zu seinem gemacht – *Rains*?

Ich brauchte nur zu warten. Prendick wußte, wo er mich finden würde. Ich kroch auf den Rücksitz des Wagens – eigentlich den Gepäckraum – und verbarg mich unter einer schweren Plane. Wenig später war ich schweißgebadet und lauschte dem Tosen der Welt.

Beizeiten würde Prendick in den Regen hinaustreten, und bei ihm würde Serenos sein; er und die unvermeidlichen Büchsenträger des Navarchen – unter ihnen auch Molinier, sein bevorzugter Wächter. Der Vorwand, mit dem wir den Navarchen zu diesem Regenspaziergang verleiten wollten, war Prendicks Ankündigung eines wahren Wunders der Vivisektion im Hospitaler-Haus. Seit mehreren Wochen schon setzte Serenos meinen wahnsinnigen Freund wegen der Arbeit an Huerta unter Druck, aber Yves hatte ihn mit plumpen Ausreden hingehalten, damit wir uns den Beginn der Regenzeit würden zunutze machen können.

Und jetzt hatte sie begonnen. Zu keiner anderen Zeit hätte der Navarch in Betracht gezogen, in einem anderen Gefährt als seiner schmucken offenen Kutsche, gezogen von vier identischen Percherons, vom Palast zu einem anderen Teil von Windfall Last zu fahren. Aber wie viele, denen ein Menschenleben wenig gilt, ließ er Tiere nicht gern leiden; deshalb erwarteten wir, daß Serenos seine prächtig gestriegelten Rösser nicht diesem rauhen Oktoberwetter würde aussetzen wollen. Und unsere Erwartung wurde erfüllt.

Ich hörte Schritte auf den Steinplatten. Die Autotür öffnete sich, verstärkte das Rauschen des Regens und ließ einen feuchten Windstoß hereinwehen, der eine Ecke meiner Plane anhob. Dann schlug die Tür zu, und sogleich herrschte im Gepäckraum wieder stickende Schwüle. Ich lag zusammengekrümmt unter der Plane und wartete darauf, daß Prendick etwas sagte.

Endlich tat er den Mund auf. »Er fährt mit uns, Markrufer – das heißt, mit mir, denkt er. Ich fahre jetzt zum Eingang, um ihn abzuholen.«

Ich antwortete nicht. Der Wagen glitt sanft surrend durch den Regen.

»Hast du gehört?« fragte Prendick. »Und es kann sein, daß seine Leibgendarmen in einem zweiten Fahrzeug folgen. Vielleicht werden sie sogar reiten; ihre Pferde sind schließlich nicht wie seine verpäppelten Percherons. Hörst du mich?«

»Ja«, sagte ich. »Ich habe mich gerade gefragt, wie Serenos wohl riecht, wenn er naß ist. Hast du darüber je nachgedacht?«

»Nein. Weshalb sollte ich über so etwas nachdenken?«

Ich antwortete nicht, und die Reifen des Wagens rollten platschend durch die Sturzbäche aus den Regenrinnen des Palastes. Das sanfte Surren der Batterien war jetzt gar nicht mehr zu hören.

Wir blieben stehen.

Ich hörte Stimmen und Schritte. Die Beifahrertür wurde aufgerissen und mit einem heftigen *wump!* wieder zugeschlagen. Der Wagen schaukelte ein wenig. Trotz der Leinenplane, die mich verbarg, spürte ich, wie ein Körper sich in der Enge des Autos zurechtsetzte, und es war ein nicht eben schmächtiger Körper.

Dann noch einmal das verstärkte Prasseln des Regens, und Prendick, der durch das offene Fenster jemandem zurief: »Zum

Teufel, nein, ich werde Sie nicht mitnehmen! Sie sind doch schon von Kopf bis Fuß naß, und Ihre Capes und Reithosen triefen! Außerdem ist dieses Ding kein Armeetransporter, es ist kein . . .«

Eine Stimme brüllte eine unverständliche Antwort.

Dann hörte ich die Stimme des Navarchen (zum ersten Mal, seit er zu mir gesagt hatte: *Ich werde nie wieder etwas von Ihnen verlangen, Markrufer).* Jetzt lehnte er sich über Prendick hinweg und brüllte den ohne Zweifel erbarmungswürdigen Gendarm draußen im Regen an, mit einer Stimme, die verärgert und achtunggebietend klang: »Dann folgt ihr uns eben, Molinier, du und die anderen! Nehmt euch ein anderes verdammtes Fahrzeug und folgt dicht hinter uns. Wir können Dr. Prendick zutrauen, daß er mich sicher nach Hospitaler-Haus bringt.«

Molinier oder sonst jemand antwortete etwas Unverständliches. Das Fenster glitt wieder hoch, aber einen Moment lang mußte ich an Molinier denken. Er war ein gutaussehender Mann, Ende vierzig, mit verkümmerten Kiemenspalten – funktionsunfähig natürlich – gleich hinter den Kieferknochen oben an seinem Hals. In der letzten Periode meines Staatsdienstes in Windfall Last hatte ich ihn recht gut gekannt. Für einen Mörder war er ein ziemlich liebenswürdiger Bursche. Wir hatten einmal zusammengearbeitet, ohne jede Spur von Mißgunst oder Eifersucht.

Wieder sirrten die Räder durch Wasser, und dann summte der Motor wie ein Schwarm von Sommermoskitos. Der Regen prasselte in barbarischen Trommelwirbeln auf die Fiberglaskarosserie des Wagens, und immer wieder änderte sich Intensität und Rhythmus dieser Wirbel. Ich wartete. Ich litt unter der drückenden Schwüle meines engen Verstecks.

Aber als Prendick sagte: »Ihre Torwächter waren heute nicht sehr gewissenhaft, Navarch«, schlug ich die Plane zurück und bohrte den Lauf einer Pistole in die kleine Mulde an der Basis von Furchtmut Serenos' Schädel. Die Pistole hatte einmal Marina gehört.

»Wenn Sie sich bewegen«, sagte ich, »werde ich nicht einen Augenblick zögern, mit dieser häßlichen kleinen Maschine hier eine Probe von Ihren grauen Zellen zu nehmen.«

Einen Moment lang herrschte Stille. Dann: »Das kann nur Markrufer Rains sein, Dr. Prendick. Welch ein unangenehmer Tag, den er sich da für seine Spazierfahrt ausgesucht hat.«

»Maul halten«, sagte ich und drückte die Mündung noch tiefer in die Mulde unter seinem Hinterkopf. Ich genoß das Ganze: die rauhe Sprache, den Pistolengriff in meiner Hand, diese Verschwörung aus dunklem Regen und hellem Wahnsinn. Und mehr noch – Serenos hielt sein Maul

Prendick ließ den Wagen mit hoher Geschwindigkeit durch die gepflasterten Straßen jagen, er scheuderte hin und her, und so hatten wir Hospitaler-Haus bald erreicht. Mehrere mastlose Boote dümpelten an ihren Leinen am Kai. Ein paar Fischer standen in kleinen Gruppen auf verschiedenen Decks; sie deuteten hierhin und dorthin und machten Gebärden mit Händen und Köpfen, als wären sie Halbgötter, die die See beruhigen wollten. Aber abgesehen von einer Schar Kinder, die wir unterhalb des Palastes der Navarchie gesehen hatten, war sonst niemand auf der Straße.

Am Rande der großen Plattform, auf der das Hospital zu schwimmen schien, hielten wir an.

Kaum war Prendick ausgestiegen und um den Wagen herum zur Seite des Navarchen gegangen, stieß dieser die Tür auf, schlug Prendick zu Boden und stürzte seinen geschmeidigen, muskulösen Körper hinaus in den Regen. Ich wand mich vom Rücksitz des Wagens, um ihm zu folgen, und schürfte mir dabei die Oberschenkel auf.

Der Regen peitschte vom Himmel herunter in mein Gesicht. Ich schoß dem Navarchen in die Wade. Ich schoß noch einmal, traf sein Gesäß. Seine königlichen Gewänder umflatterten ihn wie die Flügel eines Manta, er taumelte und fiel auf den Bauch. Der Regen spießte ihn an den Asphalt wie zahllose flüssige Nadeln.

Im nächsten Augenblick war Prendick wieder auf die Beine gekommen, und zusammen hoben wir Serenos auf, hielten ihn aufrecht zwischen uns und wankten auf den nächstgelegenen Eingang des Gebäudes zu. Wir gingen hinein.

Prendick wühlte seine Schlüssel hervor und öffnete den Aufzug, der uns in die unterseeische Operationsanlage bringen würde. Wir fuhren hinunter. Ich stützte den blutenden Serenos, und in der engen Kammer des Aufzugs merkte ich, daß der Mann tasächlich roch wie ein nasser Hund.

Ich wurde wütend. Weshalb brachten wir Serenos in den abgeschlossenen Vivisektionsbereich, zu dem nur Prendick Zutritt hatte? Wir konnten die Angelegenheit rasch erledigen, wenn wir wollten: Ich konnte dem Bastard aus nächster Nähe eine Kugel in den Kopf jagen und damit acht Jahre sinnlosen Leidens beschließen. Aber dann waren wir unten. Wir hatten die Operationsebene erreicht. Es dauerte nicht lange, bis Molinier und die anderen Gendarmen eintrafen. Auf dem Hausmonitor beobachteten wir, wie sie die Klinik betraten. Prendick fuhr nach oben und erzählte ihnen eine bemerkenswerte Geschichte, die er schon vor zwei Wochen speziell für diese kritische Konfrontation erfunden hatte: Der Navarch habe einen plötzlichen, akuten Anfall von Stigmatisierung an den Handflächen und an seiner Seite erlitten; es sei dies eine unberechenbare Krankheit, die seit Menschengedenken in geheimnisvoller Weise immer wieder Personen in hohen Positionen befallen habe. Wegen dieser Stigmatisierung, so erzählte Prendick weiter, habe er den Navarchen in einem Privatzimmer in einer der unteren Ebenen des Hospitals untergebracht, wo Serenos im Augenblick bequem ausruhe.

Mit geübter Aufmerksamkeit hatte Molinier die Blutspuren draußen auf dem nassen Pflaster und auch in der Eingangshalle der Klinik entdeckt. Er war nicht bereit, es bei Prendicks Worten bewenden zu lassen. Also kam Prendick wieder zu mir herunter, um dafür zu sorgen, daß Molinier die Bestätigung bekam, die er haben wollte. Aber erst, als ich den Navarchen mit vorgehaltener Pistole zwang, über die Sprechanlage der Klinik die Art seiner Erkrankung, das Ausmaß seines Blutverlustes und die Tatsache, daß er drei oder vier Tage hierbleiben werde, bestätigt hatte – erst da akzeptierten die Gendarmen die Lügengeschichte, die wir ihnen vorgesetzt hatten. Molinier und die anderen fuhren ab.

Wir betäubten den Navarchen. Bewußtlos lag er auf dem Bauch auf einem der stählernen Operationstische, und wir saßen auf Schemeln und besprachen uns wie zwei Medizinstudenten über seiner reglosen Gestalt. Wir hatten ihn entkleidet, und der feine Pelz, der den Körper des Mannes bedeckte, faszinierte uns. Alterslos und bis zu jenem Augenblick unbesiegt, besaß Furchtmut Serenos die animalische Vitalität eines Jaguars. Die Kugelwunden in Wade und Gesäß taten meinem Herzen weh; sie waren karminrote Beleidigungen einer ansonsten makellosen Physis. Aber als ich ihn nackt sah, haßte ich Furchtmut Serenos noch mehr, als ich ihn nach Marinas Vergewaltigung gehaßt hatte, oder nach ihrer Schwangerschaft, oder nach dem unnatürlichen Geburtskampf. Bestialische Kreaturen schlummerten in dem Samen, der den Lenden des Navarchen entsprang.

»Nun, was wollen wir mit ihm anfangen?« fragte Prendick. »In was für ein Ding wollen wir ihn verwandeln, wenn ich die Kugel entfernt habe?«

Ich wandte mich dem riesigen Fenster der Halle zu und schaute in das überraschend ruhige Wasser hinaus. Schwache Wellenströmungen streiften über das Glas, eine Regung unbekannter Kräfte und ungeschriebener Gedichte.

»Nun, Mark, was soll ich tun?« Prendick kam in mein Blickfeld; seine wahnsinnigen Augen ruhten auf mir, undurchsichtig in dumpfer Erwartung.

»Ich will, daß du Serenos in einen Hai verwandelst«, sagte ich. »Ich will, daß du ihm die Gestalt und die Haarlosigkeit und die stumpfe, stupide Nase eines Haies gibst. Das ist es, was du tun sollst.«

Die wahnsinnigen Augen starrten mich an, sie glitzerten. Und ohne das geringste Flackern der Empörung fügten sich diese Augen in die Irrationalität meines Vorschlags.

Und so begannen wir.

Niemand wußte wirklich, was aus dem Navarchen geworden war, obgleich Molinier forderte, daß Dr. Prendick ihm einen handfesten Beweis dafür liefere, daß Serenos noch am Leben war. Dieses Ultimatum erreicht uns am zweiten Tag der Gefangenschaft des Navarchen, und Prendick, dessen einzige Strategie die Intuition seines Wahnsinns war, antwortete einfach, daß er einen solchen Beweis nicht erbringen könne, da der Navarch in einem nächtlichen Paroxysmus spiritueller Ekstase die Augen zum Himmel gerichtet habe und sodann verschieden sei! Aus irgendeinem Grunde verzierte Prendick seinen unwahrscheinlichen »offiziellen Bericht« mit der Bemerkung, die Ekstase des Navarchen sei über ihn gekommen, kurz nachdem er ein neues Wunder der Vivisektion zu Gesicht bekommen habe: den Ottermann.

Obgleich kein Wort über Serenos' »Tod« an die allgemeine Öffentlichkeit drang, wurde Prendicks Bericht an jedes gegenwärtige und ehemalige Mitglied des Rates der Navarchie versandt, und auch ich erhielt eine Kopie davon. Alle glaubten, was darin stand. In dem bizarren Bericht über das Sterben unseres Führers steckte etwas Dramatisches, dem sich niemand entziehen konnte. Hatten die vielfältigen Sünden des Furchtmut Serenos ihn vielleicht letztlich zu Boden geworfen und ihm, bildlich gesprochen, die Kehle zerfetzt? Wenn es so war, dann war es eine gerechte Strafe. Ich mußte lachen – über die erfindungsreiche Phantasie meines Mitverschwörers und über die scheinheiligen Reaktionen der Ratsherren.

Weil mich an dem Morgen, da der Navarch zur Klinik gefahren war, niemand gesehen hatte, war ich über jeden Verdacht erhaben. Und so gesellte ich mich am vierten Tag von Serenos' Gefangenschaft (dem dritten nach der Verkündung seines Todes) zu meinen ehemaligen Kollegen im Palast der Navarchie. Sie begegneten mir mit Ehrerbietung und Respekt. Als einziger Mensch in der Geschichte von Wächters Schlinge war ich zweimal in Azteca Nueva bei den rätselhaften Parfekten gewesen, und so hatte ich eine ebenso rätselhafte Position ganz für mich allein. Acht Jahre Ruhestand hatten bei diesen Männern die Illusion meiner Ehrwürdigkeit noch verstärkt. Und schließlich sicherte mir ihr unausgesprochenes Wissen vom Tode meiner Frau als Resultat der Grausamkeit des Navarchen den Status eines lebenden Märtyrers.

Verzweifelt der Führung bedürfend, wandten sie sich an mich. Sogar Molinier, der ernstliche Zweifel an der Richtigkeit von Prendicks Report zum Ausdruck gebracht hatte, akzeptierte meine Versicherung, daß alles sich so zugetragen habe. Schließlich kannte ich den Arzt doch. Er hatte mehr als die meisten von uns unter dem Navarchen leiden müssen (stumme, verständnisinnige Blicke gingen zwischen den Ratsherren hin und her, als ich dies sagte), aber niemand hatte sich so gründlich wie mein Schwiegervater der unparteiischen Ausübung seiner Pflichten gewidmet. Der dunkle, scharfäugige, kiemennarbige Molinier vernahm meine Worte und glaubte mir.

Ohne dieses Amt anzustreben, war ich zum Navarchen des Interregnums geworden. Dieses Ergebnis hatte ich nicht erwartet, ich war nicht vorausschauend genug gewesen, um die Bedeutung meines eigenen Rufes zu erkennen. Wie hätte ich sie auch erkennen sollen? Mein Ruf und ich hatten nichts miteinander gemein als jene beiden erstaunlich komplexen Wörter: Markrufer Rains.

Gleichwohl nahm ich die Rolle des Lotsen, fast ohne nachzudenken, an.

Obgleich Molinier mich in dieser Stellung unterstützte und mehr als zwei Drittel der Gendarmerie für mich auf die Beine brachte, entschied sich ein kleiner Teil der offiziellen Polizeistreitmacht dafür, einen alternden Bürokraten zu unterstützen, dem es niemals ganz gelungen war, die Führung der Truppen öffentlich übertragen zu bekommen. Sogar unter der Regierung von Serenos hatte dieser Mann – Duvalier – in aller Offenheit Politik und Methoden seines direkten Vorgesetzten Molinier kritisiert (vielleicht mit einiger Berechtigung, wenn man bedenkt, wie wir vergleichsweise mühelos den Navarchen hatten in unsere Gewalt bringen können); aber Duvalier war nicht aus seinem Amt entfernt worden, hauptsächlich deshalb, weil er das delikate Geschäft des Leibwächters besser verstand als jeder andere und weil er mit einigen der älteren Ratsherren eng befreundet war. Am zweiten Tage meiner »Herrschaft« war es offenkundig geworden, daß die Gruppe, die diesen Mann unterstützte, nicht freiwillig Ruhe geben würde. Molinier trat an mich heran und bat mich um die Erlaubnis, sich dieser wenigen Verwerflichen annehmen zu dürfen. Ich hörte auf ihn. Noch war ich mir der Macht nicht bewußt, die auch in meinem einfachsten Worte ruhte, und so hieß ich Molinier tun, was zu tun sei.

Am nächsten Tage entdeckte ich, daß zwanzig frisch abgeschlagene Köpfe die Stangen an der Hafenmauer zierten. Die Gesichter waren zu Masken aus hartem, schwarzem Blut erstarrt, und Möwen stießen auf sie herab, dreist wie die Strahlen der Sonne.

Einmal mehr hatte ich indirekt einer Greueltat den Weg bereitet. Wie oft noch würde ich verantwortlich sein für den Tod anderer Menschen?

Obgleich diese Frage mir ernstliche Pein bereitete und mich in langen Mitternachtsstunden quälte, gelang es mir, ihre Peinlichkeit zu sublimieren, und ich versuchte, in der neugefundenen Sicherheit meiner Position zu schwelgen. Ich war Navarch geworden. Ich hoffte, daß ich nicht auch Furchtmut Serenos geworden war.

Ein Gerücht verbreitete sich, demzufolge die Möwen in der Umgebung des Hafens wahnsinnig geworden waren und daß sie sich im Fluge paarten, während sie in kreischenden Wellen auf die gepfählten Schädel der geschlachteten Gendarmen niederstießen. Halb glaubte ich an dieses Gerücht, und ich rechnete damit, daß die Köpfe gefressen sein würden, wenn ich mich das nächstemal zum Kai hinunterwagte. Die Gelüste der Tiere, sexuelle und sonstige, spukten durch meine Gedanken.

Möwen, die sich im Fluge paarten?

4

Möge niemand sterben, ehe er geliebt hat!
SAINT-JOHN PERSE

Doch die rumpflosen Köpfe der rebellischen Gendarmen grüßten mich, als ich schließlich die Zeit fand, Prendick im Hospitaler-Haus zu besuchen. Die wollüstigen Möwen hatten weder sie noch sich selbst völlig verzehrt.

Bebend suchte ich Marinas Vater, und ich fand ihn unten in der Operationsabteilung. In den letzten Tagen hatte er die ersten Schritte unternommen, um die Metamorphose unseres betäubten ehemaligen Führers einzuleiten. Ich wollte seinem Wahnsinn Einhalt gebieten, doch ich konnte es nicht. Ich redete mir ein, daß der Prozeß schon zu weit fortgeschritten sei, als daß er noch sinnvoll umgekehrt werden könne. Wenn wir jetzt aufhörten, sagte ich mir, würde Serenos ein Ding sein, eine groteske Parodie seines früheren Ich. Da wir ihn nicht wiederherstellen konnten, war es am besten, weiterzumachen. Zudem war mir klar, daß Prendick vermutlich unter keinen Umständen gestatten würde, ihn bei den ersten, behutsamen Modifikationen in der Anatomie unseres Patienten zu unterbrechen. Zu groß war sein unschuldiger Enthusiasmus bei der Animalisierung des Navarchen, als daß er sich durch meine nüchternen moralischen Bedenken davon würde abbringen lassen. Er hatte schon zu hart gearbeitet. Deshalb gewann die Trägheit in mir die Oberhand – die Trägheit und mein eigenes, hartnäckiges Verlangen, Furchtmut Serenos leiden zu sehen. Mit Genuß sah ich Prendicks bösartige Kunstfertigkeit.

»Markrufer«, sagte er, als ich die Halle betrat. »Bist du gekommen, um zu sehen, wie unser Experiment fortschreitet?«

Ich ignorierte seine Frage. Ich hatte anderes im Sinn. »Wir müssen dem Rat einen Leichnam zeigen, Yves. Molinier verlangt einen Leichnam. Bevor wir der Bevölkerung von Windfall Last verkünden können, daß Serenos tot ist, muß es einen Beweis dafür geben, daß er tatsächlich tot ist. Alle wollen ein Begräbnis.«

»Gib ihnen einen versiegelten Sarg und eine Verbrennungszeremonie«, erwiderte Prendick knapp. »Sag ihnen, das müsse genügen.«

»Und wenn Molinier den Leichnam untersuchen will?«

»*Ich* habe den Leichnam untersucht! Ich bin der Arzt des Navarchen, und niemand hat das Recht, meine Kompetenz oder meine Loyalität in Frage zu stellen.« Er sah mich vorwurfsvoll an, als hätte ich soeben genau dies getan. »Es genügt, Markrufer, wenn du ihnen sagst, daß niemand den Leichnam des Navarchen zu sehen bekommt, wenn er erst für die Verbrennung vorbereitet ist. Dies gebietet die Tradition. Du bist der neue Navarch. Wer sollte dir nicht glauben?«

»Welche Tradition meinst du, Yves?«

»Keine. Aber du kannst es doch sagen. Niemand erinnert sich, wie der vorherige Navarch gestorben ist; infolgedessen wird auch niemand anzweifeln, was du über die Bestattungsprozedur sagst. Die Geschichte von Windfall Last«, fuhr Prendick gedankenverloren fort, »ist nicht so gut dokumentiert wie die Geschichte vieler Prä-Holocaust-Zivilisationen. Wie merkwürdig.«

»Ja. Sehr merkwürdig.«

»Komm mit mir und sieh dir an, was für Fortschritte unser Hai macht. Es geht langsam voran, sehr langsam – aber du wirst stolz auf mich sein.« Und in seinen Augen: das Bild von verschlungenem Seetang und die winzigen Tentakel einer Obsession, die wir beide teilten.

Ich folgte ihm zu dem Laufsteg über der Hauptebene der Abteilung, dorthin, wo ich Emmanuel Huerta in seiner neuen Inkarnation zu Gesicht bekommen hatte. Ich verbannte diesen Gedanken in einen fernen Winkel meines Geistes, aber der Geruch von Fisch und Fell rief ihn mir immer wieder, kurz und unverhofft, mit schmerzhafter Lebendigkeit ins Gedächtnis zurück, während ich mit Prendick redete. Noch immer überzog der Gestank den Laufsteg. Doch ich vermied es, mich von diesen Momenten beherrschen zu lassen.

Wir schauten hinunter auf einen großen, runden Tank, der an dem Tag, da wir Serenos gefangengenommen hatten, noch nicht im Operationssaal gestanden hatte. Eine dünne, milchigweiße Lösung strudelte in dem Tank – eine Lösung, die anscheinend durch eine Konstruktion aus schwanenhalsigen Glasröhren in eine angrenzende Reinigungseinheit und von dort zurück in den barbarisch schäumenden Tank strömte, in endlosem Kreislauf, wie bleiches Blut. So böse sah diese Apparatur aus, daß mir der lächerliche Gedanke kam, Prendick habe sie nur wegen dieses Anblicks geschaffen.

Furchtmut Serenos lag lang ausgestreckt in diesem milchigen

Wirbelstrom, und eine metallene Stütze, die sein Kinn hochdrückte, hielt seinen Kopf über Wasser. Und sein Gesicht war nackt. So hätte ich den Navarchen nicht erkannt, wenn ich nicht schon gewußt hätte, was mich erwartete: urzeitliche Nacktheit, die Haarlosigkeit von Reptilien, Fleisch von der Farbe verbrannten Gummis.

Ich betrachtete den offenen Tank, die milchige Lösung, die Serenos Körper umspülte, und fragte: »Weiß er, was passiert? Oder hast du ihn . . . dezerebriert?«

»Nein. Das werde ich nicht tun. Wir haben doch beschlossen, es nicht zu tun, oder?«

»Also *weiß* er, was passiert?«

»Nein. Sieh ihn dir an, Markrufer. Er steht unter einer schweren Dosis von leicht modifiziertem Pentobarbitalnatrium. Dieses Medikament erfüllt einen zweifachen Zweck. Erstens betäubt es ihn gegen den Einweichungsprozeß, den der Wirbelstrom bewirkt und der, wie ich mir denken könnte, eher furchterregend als schmerzhaft ist. Zweitens ruft es in seinem Stoffwechsel die ersten Anzeichen eines Zustandes hervor, welcher sich dem der poikilothermischen Lebewesen annähert: Kaltbütigkeit. Wenn wir ihn aus dem Tank nehmen, wird eine partielle Durchtrennung der Spinalnerven dafür sorgen, daß er im Zustand eines Kaltblüters verbleibt – wie alle guten Mantas und Haie.«

»Und wozu dient der Wirbelstrom?«

Prendick starrte nicht auf den Tank, sondern in die sanft wogenden Wasser der Bucht. »Auch er erfüllt zwei Funktionen. Die Lösung im Tank besteht zu einem Teil aus einem Depilations-Agens, das die Körperbehaarung des Navarchen entfernt, indem es die Follikel selbst deaktiviert. Die Gesichtsbehaarung habe ich durch Rasur und Elektrolyse vernichtet. Aber besonders interessant ist, daß die Lösung ein Agens enthält, welches sein Knochengerüst aufweicht und dann den Ossifikationsprozeß überhaupt umkehrt, so daß seine Knochen sich in biegsame Knorpel verwandeln, die Knorpelstruktur des Mutterleibes. In diesem Augenblick werden Kalzium und Phosphor aus seinen Knochen gesogen, Markrufer. Wenn sein ganzes Skelett zu Knorpel geworden ist und wenn der poikilothermische Zustand sich gefestigt hat, dann kann ich anfangen, das Skalpell zu benutzen.« Prendick blickte mich mit einem Ausdruck von unschuldiger Erschöpfung an. »Wenn ich ihn aus dem Tank genommen habe, werde ich noch zwei oder drei Monate an ihm arbeiten müssen. Vielleicht kann ich dir dieses Raubtier, das wir zusammen gezeugt haben, als Weihnachtsgeschenk in die Hände legen. Ein Hai wird dann geboren sein.«

»Vielleicht«, sagte ich.

Und ich überließ Yves Prendick seiner Arbeit und kehrte mit meiner Leibwache zum Palast der Navarchie zurück. Fast zwei Wochen lang betrat ich die Klinik nicht wieder; Yves hingegen kam beinahe jeden Morgen zum Palast, um mich zu sehen. Statt meine Zeit in der unterseeischen Chirurgie zu verbringen, nutzte ich sie, um die Hebel der Macht fester in meinen Griff zu bringen und um ein Volk zu umwerben, das sich an keinen Navarchen außer Furchtmut Serenos erinnern konnte. Einen wesentlichen Teil dieser Balz vollführte ich während der öffentlichen Verbrennungszeremonie, die ich von Anfang bis Ende leitete.

Ich hielt eine leidenschaftliche Rede über das Recht der Menschen, ihr Leben innerhalb der gesetzlichen Grenzen selbst zu bestimmen, und ich las der dichtgedrängten Menschenmenge, prachtvoll schillernd in ihren scharlachroten und gelben Trauergewändern, eine kurze Passage aus meiner unvollendeten Dichtung *Archipele* vor.

Während der Feierlichkeiten blieb der Sarg geschlossen, selbst während der kurzen Zurschaustellung im äußeren Hof des Krematoriums. Als er verbrannt worden war, verzehrt von unvorstellbaren Temperaturen, blieb königliche Asche zurück – aber es war nicht Serenos' Asche, sondern der verkohlte Staub eines mißgestalteten Seeotters, dessen Name einst Emmanuel Huerta gewesen war.

Ich hatte Prendick befohlen, Huerta auf eine möglichst schmerzlose Weise zu töten, und so hatte Yves dem alten Fischer am Morgen vor der Requiemsfeier eine tödlich Dosis Anodyn injiziert. Später hatten wir dann seinen Leichnam im Sarge des Navarchen für das Staatsbegräbnis präpariert. Niemand zweifelte an unserer Geschichte, niemand weinte um einen letzten Blick auf den Leichnam des verstorbenen Herrschers.

In den Wochen, die auf die Bestattung folgten, verlief alles reibungslos. Das Volk akzeptierte mich, der Rat folgte allen meinen Empfehlungen, Molinier und seine Gendarmen folgten mir auf dem Fuße wie getreue Hunde, eifrig und ohne mir einen Grund zur Beanstandung zu geben.

Nach Pythonhaut kehrte ich nicht wieder zurück. Ich verließ die Stadt nicht mehr. Prendick fuhr jeden Abend heim zum Obstgarten, um mit Melantha unter den Bäumen spazierenzugehen, um ihr Gesellschaft zu leisten und um ihre Befürchtungen angesichts seiner langen Aufenthalte im Hospitaler-Haus zu beschwichtigen. Aber ich ging nicht wieder nach Pythonhaut zurück. Zu viele Erinnerungen an eine andere Zeit drangen auf mich ein, wenn ich über die Schwelle trat, ein Duft wie von uraltem Parfüm und sich stets verjüngender See. Wieder erlebte ich das machtvolle Wechselspiel zweier Herzen, und immer wieder schmerzte mich dieses Erlebnis.

Trotzdem sah ich Prendick häufig. Ich besuchte ihn in seinem unterseeischen Operationssaal, wo er immer noch daran arbeitete, Serenos die ichthyoide Gestalt eines Haifisches zu geben. Er schnitt. Er verpflanzte Hautpartien. Er entfernte die Genitalien des früheren Navarchen und verwandelte die Gabelung der Beine in die glatte, biegsame Torpedoform eines Fisches. Er bearbeitete Serenos' aufgeweichte Schädelknochen und formte sie zu einem halslosen Kopf; er verflachte die kräftige menschliche Nase; er entfernte die brutalen Augen aus den vorwärtsgerichteten Höhlen und pflanzte sie seitlich in den stromlinienförmigen Haifischschädel.

Wo einst ein Mann existiert hatte, sorgte Marinas Vater nun dafür, daß ein skalpellgeborenes Mitglied der Ordnung *Selachii* seinen Platz einnahm. Ich begann zu glauben, ein Mann namens Furchtmut Serenos habe in Windfall Last nie gelebt, denn die Kreatur auf Prendicks Operationstisch besaß keinerlei Ähnlichkeit mit irgendeinem Menschen, den ich gekannt hatte. Ein Hauch von Blau marmorierte das feuchte graue Fleisch, und das Gesicht grinste das fahle, vernähte Grinsen eines musealen Schauerstücks. Wir machten gute Fortschritte. Aber obwohl der November schon zur Hälfte verstrichen war, blieb noch manche Feinheit der Vivisektion und des Verpflanzens zu vollenden.

Und als der November zur Hälfte verstrichen war, hatte ich begonnen, mir Feinde zu machen.

Molinier verstand nicht, weshalb ich meinen Leibwächtern nicht gestattete, mit mir zusammen in die chirurgische Abteilung hinunterzufahren. Ich hielt ihm entgegen, daß die verzwickten Experimente meines Freundes eine lautlose, klinische Umgebung erforderten.

Warum begab sich dann aber der Navarch so häufig in den Operationsbereich? War sein Interesse an der Vivisektion ein so ausgeprägtes?

Prendick, so entgegnete ich, sei mit einer Arbeit befaßt, welche die Bevölkerung von Windfall Last eines Tages von ihrer biologischen Erblast befreien könnte. Eines Tages würden die Parfekten vielleicht bereit sein, uns wieder in die Welt hinausgehen zu lassen, die wir zweimal verworfen hatten, und wenn sie es täten, würde es um der Arbeit meines Freundes willen geschehen. Und ich besuchte ihn so häufig, weil meine Gegenwart ihm zu einer ruhigen Hand verhelfe, weil meine Ermunterung ihm deutlich mache, daß wir seinen Fertigkeiten vertrauten. Mehrmals erzählte ich Molinier diese Lügengeschichten, und er hielt seine Skepsis im Zaun und blieb mein Freund.

Mein Feind wurde er erst, als ich einen schweren taktischen Fehler beging, indem ich versuchte, eine Politik auf der Basis moralischer Überzeugungen zu formulieren. Der Poet regierte, wo der Bürokrat hätte herrschen müssen.

Ich entschied, daß die Größe der Gendamerie (auch noch nach Moliniers Oktobersäuberung) in einem Mißverhältnis zu ihren Aufgaben stehe – daß allzu viele ihrer Mitglieder gerissene, selbstsüchtige Männer seien, die ihre Position als *carte blanche* zum Beleidigen, Einschüchtern, Prügeln und Töten benutzten. Ich befahl Molinier, solche Männer zu identifizieren und sie aus der Polizeimacht zu entfernen.

Von diesem Augenblick an war Molinier mein Feind.

Formal befolgte er meine Anweisung – aber die Männer, die er entließ, gingen hinunter zum Kai und zerstörten die Schiffe, die Netze und die Ladung der privaten Fischflotte eines Ratsherren. Keiner der verbliebenen Gendarmen wollte eine Verhaftung vornehmen, keiner der Marodeure fand seine gerechte Strafe.

Während Prendicks Skalpell saubere Schnitte im Fleisch des früheren Navarchen vornahm, riß mein Idealismus grobe Löcher in meine eigene, des gegenwärtigen Navarchen, Glaubwürdigkeit. Aber jetzt besaß ich Macht. Ich blieb hartnäckig. Ich weigerte mich, die alten Männer zu umschmeicheln und den feurigen Jungen nach dem Maul zu reden, die mich mit einer Habsucht ganz eigener Art umgaben und mir unmoralische Ratschläge erteilten. Weil Prendick und ich getan hatten, was wir getan hatten, gehörte die Position des Navarchen mir.

Möge ich sie mit Würde benutzen, betete ich. Denn ich hatte die Absicht, sie zu benutzen.

Und eines Nachts, als ich unter dem Baldachin in meinem Bett lag, kam der Geist von Emmanuel Huerta zu mir, in der Gestalt eines weißen Otters, und er sang zu mir in meinen Träumen. Am nächsten Tag gab ich die notwendigen Anordnungen, um die Verbannung der Fischer auf der Insel Marigold aufzuheben, genau wie Furchtmut Serenos es mir einst lügenhaft aufgetragen hatte. Ich verkündete, daß jeder, der dies wünsche, nach Wächters Schlinge zurückkehren dürfe. Die Tage der Zwangsverbannung seien vorüber.

Ich sandte ein Boot nach Barbos, das die glückliche Nachricht überbringen sollte, aber nur wenige der Fischer schenkten ihr Glauben. Sie hatten nicht vergessen, daß Huerta nie zu ihnen zurückgekehrt war.

Das Schiff, das ich ausgeschickt hatte, kehrte schließlich zurück – es glitt über das Wasser des Lieblichen Kohlensacks, seine Segel hingen liederlich schlaff wie schmutziges Linnen, und der Bug erhob sich stumpf und stupide über den speichelartigen Schaum, den er durchschnitt. Ich wartete am Kai. Aber niemand aus der Kolonie der Verbannten kam von Bord, und der Schiffsmeister erzählte mir beharrlich, daß die Aufhebung des Bannes den Leuten in Barbos nichts bedeutet habe, so sehr mangele es ihnen an Einsicht und Dankbarkeit.

Ein paar Nächte später berichtete mir ein Matrose des Schiffes, dem ich eine Geheimaudienz gewährte, daß sehr wohl drei Fischer aus der Kolonie an Bord gekommen seien, aber daß man sie ermordet und ins Meer geworfen habe, kaum eine Stunde weit von Marigold entfernt. Ich glaubte, was dieser Seemann sagte, doch ich konnte nichts tun.

Die schweren Regenfälle nahmen kein Ende; sie ertränkten uns mit ihrer Heftigkeit und ihrem unablässigen Rauschen. Eine biblische Sintflut für die letzten Menschen der Welt, eine Sintflut aus mächtigen Regenstürmen, die über die Erde zogen.

Und während der Regen fiel, arbeitete Prendick immer weiter an Serenos. Er amputierte die Arme, glättete die Schultern des zähen, symmetrischen Körpers, formte Brustflossen aus der Haut der amputierten Arme – Haut, die er gleichfalls mit einer chemischen Brühe behandelt hatte. Wenn ich jetzt Prendick besuchte, trieb der Geruch, der im Operationssaal herrschte, mich hinauf

auf den Laufsteg über der Hauptebene, und so beobachtete ich alles aus der Ferne, buchstäblich und metaphorisch erhaben.

In der Ausübung meiner Macht als Navarch jedoch war ich bestrebt, über das Böse, das in Windfall Last existierte, erhaben zu bleiben. Ich führte mein rabiates Reformprogramm weiter. Fremde und Aliens schienen mich zu umgeben; sie starrten mich an, als ich befahl, die eisernen Spieße, die auf den Hafenmauern emporragten, herauszubrechen und zu verschrotten, auf daß sie niemals wieder die Köpfe entleibter Menschen auf ihren Spitzen würden tragen können. Und selbst dabei stieß ich auf den Widerwillen hirnloser Männer.

Eine Zwangsarbeiterkolonne von Prol-Armen entfernte die Stangen von der Mauer, aber die Gendarmen, die ich beauftragt hatte, die Arbeiten zu überwachen, schlossen untereinander Wetten ab und stifteten die einzelnen Arbeitstrupps zu blutigen kleinen Schlachten an; die Prol-Armen benutzten die herausgebrochenen Spieße, um einander zu verstümmeln und sich die Bäuche aufzuschlitzen, während ihre Aufseher zu Pferde über ihnen auf der Straße standen und sie anfeuerten. Nur einem plötzlich sich erhebenden Sturm und einem sturzflutartigen Regenguß war es zu verdanken, daß dieses gedankenlos provozierte Gemetzel sich nicht in einen kleinen Aufstand verwandelte. Bevor der Regen herniederprasselte, hatten die Gendarmen mehrere der Arbeiter erschießen müssen, weil sie sich vom Kai abgewandt und gedroht hatten, mit ihren primitiven Waffen die Stadt unsicher zu machen. Am selben Nachmittag jagten zwei Pferde, die ihre Reiter abgeworfen hatten, mit aufgeschlitzten Bäuchen durch den Regen auf den Palast zu; schleimtriefende Eingeweide glitzerten purpurn grell auf dem Kopfsteinpflaster. Und wie zuvor in Prendicks Operationssaal beobachtete ich alles aus der Ferne.

Wieder hatte ich versagt. Acht Jahre der Isolation vom Treiben der Menschen hatten mich nicht auf die Frustration der mißachteten Autorität vorbereitet. Wie hatte meine Marina aus einem solchen Milieu widersprüchlicher Impulse zu mir finden können? Was war dies für ein Tier, das hier auf Wächters Schlinge hauste? Ja, was war es für ein rätselhaftes Tier, das in meiner eigenen Brust tobte und Bitteres und Süßes gleichermaßen verschlang?

Anfang Dezember geschah etwas Unerwartetes.

Scheinbar aus dem Nichts erschien eine hochgewachsene, silberäugige Parfektin am Tor zum Palast der Navarchie und erklärte dem diensthabenden Gendarm, sie wolle den neuen Herrscher unserer Insel sehen. Als Zugeständnis an unsere Empfindsamkeit trug sie ein weißes Leinengewand mit griechischem Spitzenbesatz an Ärmeln und Saum. Die Wachen zogen sich sofort zurück und holten einen Ratsherrn, der die Parfektin in meine Gemächer im oberen Stock geleitete.

Als die Parfektin eintrat, saß ich unter dem offenen Oberlicht, betrachtete die Fische in meinem Aquarium und versuchte mich zu entscheiden, ob ich versuchen sollte zu schlafen. Die Abenddämmerung lastete auf mir; ich hatte Kopfschmerzen. Aber die Zwielichtgestalt der Parfektin ließ mich zusammenschrecken, ich stand auf und merkte beschämt, daß ich weinte. Ich wußte nicht, warum. Ich konnte mich nicht erinnern, diese fremdartige Schwester bei einem meiner beiden Aufenthalte in Azteca Nueva kennengelernt zu haben, aber ich umarmte sie wie eine Freundin.

Wir redeten miteinander, während das Licht verblaßte. Sie ignorierte die salzigen Tränen auf den geneigten Flächen meiner Wangen und ging im Raum umher, während sie redete, und dabei bewegte sie ihre Hände in anmutigen Gebärden. Ihre Stimme behandelte unsere menschlichen Worte – das pragmatische Franglais – mit einer Präzision, die fehlender Vertrautheit entsprang. Meine eigene Stimme versagte, sie wankte bei dem Versuch, ihr Herz zu erreichen – aber in Wirklichkeit sagte keiner von uns sehr viel. Die Botschaft dieser Besucherin aus Azteca Nueva bestand nicht so sehr aus Worten als vielmehr aus einem in vollkommener Weise mitgeteiltem *Ton.*

Enttäuschung.

Die Parfekten waren enttäuscht. Jahrhundertelang hatten sie auf uns gewartet, eine unausweichliche Entscheidung hinausgezögert. Es genügte nicht, daß wir uns nur bemühten. Ihre Stimme glättete diesen letzten Gedanken, strich ihn beiseite und spielte mit einem anderen Ton – wenngleich der Ton der Enttäuschung auch weiterhin sanft kräuselnd unter der Oberfläche schwang. Noch einmal würde die unausweichliche Entscheidung aufgeschoben werden, diesmal zu dem Zweck, daß man einen letzten Vertreter der Menschheit in Azteca Nueva empfangen könne. Serenos hatte sie hingehalten. Nun gut. Der Beginn der neuen Dekade (es war noch mehr als ein Jahr bis dahin) würde früh genug sein, und es sei ihr Wunsch, noch einmal Markrufer Rains als Gesandten bei sich zu haben.

Markrufer Rains, der nicht mehr bei einer Frau schlief und den Meeresdurft ihres Leibes teilte; ihn, der das vergiftete Zepter eines auf mysteriöse Weise gefallenen Prinzen trug; ihn, der schon früher im Schatten des Popocatepetl unsicher unter den Parfekten des blumenübersäten Festlandes umhergegangen war.

Niemand könne an meiner Statt kommen; sie hätten sich auf mich geeinigt. Windfall Last werde in meiner Abwesenheit einen Herrscher finden, der für diese Situation besser geeignet sei, und bei meiner Rückkehr werde dieser neue Herrscher seinen Platz für mich räumen. Und dann werde man die Entscheidung nicht länger hinauszögern; sie werde auf uns herabkommen, geboren aus Enttäuschung oder aus Verzeihung. Und die Welt würde danach eine andere sein.

»Haltet uns nicht für gefühllos, Markrufer«, sagte die Parfektin, bevor sie mich verließ. »Mag sein, daß wir nur allzu tief fühlen.«

Als sie gegangen war, das Zwielicht mit dem wehenden Saum ihres griechischen Gewandes mit sich nehmend, blieb etwas von ihrer Gegenwart im Zimmer zurück. Dieser körperlose Balsam hing auch in der darauffolgenden Finsternis noch in der Luft, wie der Duft von fremdländischen Nadelbäumen. Die Vorstellung, wieder in Azteca Nueva zu leben, erschien mir nicht ganz und gar unangenehm.

Erst am nächsten Morgen, als das Sonnenlicht in Kaskaden hereinströmte wie Harfenmusik, wurde mir klar, daß eine weitere Reise zu den Parfekten meinen ganz privaten Untergang, in der Tat den Selbstmord bedeuten würde. An diesem Morgen empfing ich niemanden, und ich besuchte auch das Hospitaler-Haus nicht. Noch beinahe dreizehn Monate blieben mir bis zum Beginn des neuen Jahrzehnts, und vielleicht würde es mir in dieser Zeitspanne gelingen, mir eine Alternative einfallen zu lassen, die für die Parfekten akzeptabel wäre. Aber ich würde nicht gehen. Ich nicht. Gleichwohl dauerte es noch fast eine Woche, bis der schwerelose Hauch, den die Gegenwart der Botin hinterlassen hatte, aus meinen Räumen verschwand ...

Am neunten Tag dieses Monats ging ich wieder zu Prendick und stellte fest, daß seine Arbeit fast vollendet war. Er hatte Serenos den halbmondförmigen, unter dem Schädel schräg eingeschnittenen Rachen eines Haifisches gegeben. Und er hatte ihn mit einem Panzer aus künstlich gezüchteten Schuppenplatten ausgestattet und den Raubtierrachen mit Zähnen bewehrt.

Während ich vom Laufsteg entlang der Kupferkerker aus zuschaute, machte Prendick sich an die eine Aufgabe, die er absichtlich zurückgestellt hatte, bis alle anderen Phasen der Metamorphose hinter ihm lägen. Noch einmal kam der Tank ins Spiel, diesmal aber ohne Paraphernalien wie Rezirkulation und Reinigung. Marinas Vater war selbst in den Tank eingetaucht, und jetzt murmelte brennendes Salzwasser darin; er arbeitete am Kopf des Geschöpfes, der in einer Tragevorrichtung über der Wasseroberfläche hing.

Fast drei Stunden lang sah ich zu. Während dieser ganzen Zeit wechselten Prendick und ich kein einziges Wort; seit einiger Zeit hatten wir einander immer weniger zu sagen, als hätte das Chirurgenskalpell unsere Zungen durchtrennt. Wir kommunizierten über andere Kanäle, in dem Wissen, daß nur wir beide – und sonst niemand auf der Welt – von Furchtmut Serenos' letzter Erniedrigung wußten. Natürlich war Prendick wahnsinnig, und ich ... Aber es war zu spät, mir noch Sorgen zu machen.

Es war der letzte Schritt, der nun getan wurde: Das lamellenartige Kiemensystem des Haifisches mußte erschaffen werden, die flatternden, blutig blauen Branchien, durch die Serenos atmen würde. Prendick hatte diesen Augenblick hinausgeschoben, um nicht im Wasser arbeiten zu müssen, ehe es unbedingt erforderlich war. Aber jetzt war der Moment gekommen; und so ließ er hin und wieder seinen aufgehängten Patienten in den Tank hinabsinken und zog ihn dann wieder herauf, er schnitt und cauterisierte, durchtrennte und verband. Gelegentlich mußte er durch den grausamen Rachen des Monstrums arbeiten.

Am Ende der dritten Stunde ließ Prendick Serenos' nutzlose Lunge kollabieren, verabreichte ihm ein Stimulans und ließ ihn von der Tragevorrichtung ins Wasser sinken – und dort begann das neue Atemsystem zu funktionieren. Prendick stieg aus dem Tank und grinste zu mir herauf, und sein Gesicht wirkte kadaverhafter und Leib und Gliedmaßen matter und siecher als je zuvor. Er sah krank aus.

Aber ich grinste wie er, und voller Bewunderung sah ich den noch immer von Drogen benommenen Pseudohai, wie er in lethargischer Plumpheit Schwanz und Körper bewegte. Wir hatten erreicht, was wir uns vorgenommen hatten. Wenn unser Exemplar auch kein vollkommener Repräsentant der Ordnung *Selachii* war, so kam es diesem Ideal doch recht nahe und gereichte uns gleichwohl zur Ehre.

Dennoch – wir wußten, daß wir Serenos unmöglich in der Bucht würden aussetzen können, ehe er sich von der Kiemenoperation erholt und die nötige Kraft gesammelt hatte, um in einen Wettstreit mit den Seetieren treten zu können, die ihn als ihre Beute betrachten würden. »Gib ihm Zeit bis Weihnachten, Markrufer«, sagte Prendick, und dies waren die ersten Worte, die einer von uns beiden gesprochen hatte, seit ich am frühen Morgen hergekommen war. Ich zweifelte nicht daran, daß Serenos selbst im Körper eines niederen Tieres seinen Mann stehen würde. Als Mensch hatte er eine zähe Begabung zum Überleben besessen, und obgleich sein Gehirn jetzt in einzelne Lappen zerteilt und so abgeflacht worden war, daß es in den engen Hirnkasten eines Haies paßte, war Prendick überzeugt, daß Serenos seine frühere Intelligenz zumindest zum Teil noch besaß. Aber bis er für das offene Meer bereit wäre, würden noch mindestens zwei Wochen vergehen. Eine Ewigkeit.

In Windfall Last erhielt ich Kunde von einer Verschwörung gegen mein Leben. Informanten kamen nachts an meine Tore und wußten phantastische Geschichten über Verrat und Rebellion zu erzählen. Alle bliesen mir ins Ohr, und alle erwarteten eine Belohnung.

Eine Woche vor Weihnachten kam ein Mann zu mir und brachte mir Briefe, die die Unterschriften Moliniers und eines jungen Leutnants der Gendarmerie trugen. Der Inhalt dieser Briefe ergab, ohne daß ich auf einen Irrtum hätte hoffen können, daß diese beiden Männer mich töten wollten. Am folgenden Tag befahl ich Molinier, mir die Berichte über die Aktivitäten der Gendarmerie in den letzten zwei Monaten zu senden. Als sie eintrafen, verglich ich die Unterschriften auf den Berichten mit der Handschrift und den Unterschriften der Verschwörerbriefe, die angeblich von Molinier stammten. Ich entdeckte keinen augenfälligen Unterschied. Ich bezahlte den Informanten, der selbst ein Angehöriger der Polizeistreitmacht war, und trug ihm auf, wenigstens fünf weitere Gendarmen zu finden, die dem Navarchen ebenso loyal gegenüberstanden wie er selbst. Dies gelang ihm mit weniger Schwierigkeiten, als ich erwartet hatte.

Vor dem Morgengrauen entsandte ich die sechs Männer zu Moliniers Quartier im unteren Hof; sie holten ihn aus dem Bett und brachten ihn in einen leerstehenden Teil der Stallungen, wo ich ihn erwartete. Bei mir waren zwei der älteren Ratsherren. Wir zeigten Molinier die Dokumente, und ich konfrontierte ihn mit der verräterischen Ähnlichkeit der Unterschriften, und dabei durchforschte ich sein leidenschaftsloses Gesicht nach jenen unfreiwilligen *tics* und Zuckungen, die einen Menschen ganz von allein verraten. Aber er sagte einfach: »Nie im Leben hätte ich meinen Namen unter ein in so krasser Weise aufrührerisches Schriftstück gesetzt, Navarch«, und in seinem funkelnden Blick lag keine Reue.

Mein Herz war in einem Zwiespalt. Ich glaubte ihm nicht. Ich sagte: »Sie werden so rasch und so schmerzlos sterben, wie ein Mensch nur sterben kann, Molinier, denn bis heute haben Sie mich nie belogen – nicht einmal, wenn Sie mit der Ausführung meiner Befehle nicht einverstanden waren.«

Er sah mir kalt ins Gesicht. Mit krankem Herzen hob ich die Hand und ging.

Der Informant und seine fünf Kumpane brachten Molinier zu der efeubewachsenen Mauer zwischen den Stallgebäuden. Dort erschossen sie ihn. Die Gewehrschüsse hallten über das Pflaster wie Polypen, die in ihren Schalen explodierten. Mit jedem Knall starb ein Meerestraum.

Der Widerhall der Schüsse dröhnte vom Palast bis hinunter zum Hafen. Weil die Truppe mich vielleicht abgesetzt hätte, wenn sie einig genug gewesen wäre, setzte ich an Moliniers Stelle keinen neuen Führer ein. Infolgedessen konnte ich mein Schlafgemach und die Konferenzräume nicht mehr verlassen, weil ich befürchten mußte, ein schlimmerer Fanatiker als Molinier würde mich auf offener Straße ermorden. Im Palast begegneten die jüngeren Ratsherren mir mit knapper Höflichkeit, und sie tuschelten miteinander.

Aber Prendick, der nun frei von unseren selbst auferlegten Pflichten war, blieb nachmittags in meiner Nähe und »beobachtete meine Gesundheit«. Während jeder andere Bürokrat in der Regierung sich mit dem Spinnen von Intrigen beschäftigte, informierte er mich ständig über die Fortschritte, die unser Patient machte. Es schien ihm überhaupt nicht bewußt zu sein, wie prekär meine Position in der Navarchie geworden war. Er dachte nur noch an Serenos, unseren prachtvollen Pseudohai.

»Er frißt nicht«, sagte Prendick eines Nachmittags in den Räumen der Verwaltung zu mir. »Ich fürchte, er verliert an Kraft, statt zuzunehmen.«

»Warum frißt er nicht?«

»Um uns unsere Rache zu verderben, Markrufer. Irgendein Teil seines Bewußtseins trachtet danach, alle unsere Bemühungen zu vereiteln. Er *will* seinen Tod herbeiführen. Aber ich bekämpfe seinen Willen. Ich setze ihn unter Drogen und ernähre ihn intravenös.«

»Dann wird er also schließlich doch kräftiger werden?«

»Das weiß ich nicht. Er ist ein unnatürliches Geschöpf. Weißt du, was ich einen einfachen Fischer einmal über ihn habe sagen hören?«

»Nein. Was?«

»Serenos und der Adam der Genesis seien ein und dieselbe Person. Der Fischer behauptete, Adam sei nie wirklich gestorben, sondern wandere seither durch die Welt und verfluche seinen Fall und seine eigene Schwäche vor Gott nach seiner Vertreibung aus dem Garten Eden. Weil niemand sich daran erinnern kann, wann Serenos geboren wurde, glaubte der alte Fischer diese Geschichte. Er hielt Serenos für Adam.«

»Eine Legende«, antwortete ich. »Die Legende vom sündhaften Adam. Sie ist sehr alt, Yves, aber nicht sehr respektabel.«

»Nun, wenn sie stimmt«, meinte Yves, »dann haben wir sie jetzt endgültig beendet.«

»Ja, das denke ich auch. Oder der sündige Adam ist selbst dabei, sich ein Ende zu bereiten. Für alle Zeit. Indem er unsere Pläne zunichte macht. Ein überaus sündiger Adam ist dieser Serenos.«

»Ich will ihn nicht verlieren, Mark, nicht nach all der Arbeit, die ich getan habe. Wenn er stirbt, werde ich einen neuen machen müssen – einen mit besseren Details und weniger Fehlern als dieser. Meine Hände wissen jetzt, was sie zu tun haben.«

Darauf antwortete ich nicht mehr. Marinas Vater hatte wieder ein wenig Farbe gewonnen, nachdem er mehrere Nächte hintereinander ununterbrochen und tief geschlafen hatte, aber noch immer betrachtete er die Dinge aus einer alptraumhaften, verdrehten Perspektive. Hatte er die Liebe zur Erinnerung an seine Tochter auf ein anderes seiner Kinder übertragen? Eingeschlossen im Palast der Regierung, die ich scheinbar führte, konnte ich nicht verstehen, wie man eine Zuneigung zu Haien entwickeln konnte, selbst wenn sie von Menschenhand geschaffen worden waren. Stolz auf eine Leistung, vielleicht, aber doch nicht hingebungsvolle Zuneigung. Spontane Ehrfurcht, vielleicht, aber doch niemals Liebe.

Das Weihnachtsfest kam, und die alten, überlieferten Festlichkeiten fanden statt, und stillschweigend akzeptierte jedermann einen allgemeinen Waffenstillstand.

Männer und Frauen tanzten in den Straßen. Die Schiffe im Hafen hißten handbestickte Flaggen, die golden und scharlachrot blitzten. Die Offiziere der Gendarmerie trugen ihre blauen Ausgehuniformen und organisierten eine Parade von Pferden und Menschen, die vom Palast bis hinunter zum Hafen zog, eine Parade, bei der Trommeln, Flöten und Mandolinen aus Teakholz (die letzteren gespielt von den einzigen Orientalen, die auf Wächters Schlinge lebten) eine fröhliche und zugleich feierliche Begleitung zum Hufgetrappel der Pferde boten. Möwen segelten kreischend und kreisend im Aufwind über den weihnachtlichen Festlichkeiten, diakritischen Zeichen gleich, die auf einem blaßblauen Pergament plötzlich zum Leben erwacht waren.

Morgens um neun trat ich hinaus auf den Balkon und verkündete den Gendarmen und den Dienstboten, die sich unten im Hof aufhielten, sie könnten gehen und sich unter das festliche Treiben mischen. Es war ein allgemeiner, ein echter Waffenstillstand.

Ich hüllte mich in einen Kapuzenmantel und verließ zusammen mit Prendick den Palast. Wir gingen an den terrassenförmig angelegten, rosa überhauchten Häusern zur Klinik hinunter. Der Duft von Rum durchwehte die Morgenbrise, und Kinder tollten über das Kopfsteinpflaster und sprangen johlend zwischen den Häusern umher. Die meisten von ihnen kümmerten sich nicht um die Verkrüppelungen, mit denen sie auf die Welt gekommen waren – es sei denn, ihre Beine oder Füße waren betroffen; in diesem Fall saßen sie auf Treppen und Fenstersimsen, wo ihre Eltern sie hingesetzt hatten, und johlten dort ebenso beharrlich wie die anderen. Die Kinder, die körperlich unversehrt geblieben waren, schienen die grimmigsten Gesichter zu haben; sie spielten mit der ruhigen Entschlossenheit von Soldaten.

Prendick und ich wechselten kein Wort mit Kindern oder Erwachsenen. Im Hospital machten wir uns sogleich an die Arbeit.

Der Tag war gekommen, da wir Serenos in das Wasser der Bucht entlassen wollten. Seit fünf Tagen schon hatte Prendick seinem Geschöpf keinerlei Stimulantien oder Sedativa mehr verabreicht. Er meinte, ein weiteres Hinausschieben dieses letzten Tests werde lediglich unsere Nervosität verlängern. »Jetzt ist es eine Frage von Siegen oder Sinken, nicht wahr?« sagte ich, doch Prendick war entweder zu beschäftigt oder zu taktvoll, um darauf zu antworten. Ohnehin – an diesem langen Weihnachtstag hatten wir keinen weiteren Anlaß zu Späßen, mochten sie noch so matt oder gezwungen ausfallen.

Das Experiment schlug fehl. Wir schoben den Tank mit Seewasser, in dem Serenos schwamm, in eine Druckkammer, die gelegentlich von Tauchern benutzt wurde. Wir verschlossen die schwere Innenluke und füllten die Kammer vollständig mit Wasser, so daß unser Pseudohai mühelos seinen Tank verlassen konnte, frei von allen künstlichen Beschränkungen mit Ausnahme der eisengrauen Wände der Druckkammer selbst. Dann öffneten wir die Außenluke und warteten darauf, daß der frühere Navarch in maßvoller Majestät in die stillen kathedralenhaft feierlichen Tiefen des Lieblichen Kohlensacks hinausschwämme. Wir spürten, wie unser Herzschlag in den Schnecken unserer Ohren widerhallte. Wir warteten darauf, daß unser zusammengeschusterter Ichthyoide sich schwebend aus dem Schatten der Druckkammer löste und in die grenzenlose, sonnenwarme See hinausglitte. Wir warteten vor der kalten Glasscheibe. Wir warteten auf das Auftauchen dieses Dings, das wir haßten und liebten, und unsere Hände waren feucht von kaltem Schweiß.

Endlich sank die Mißgeburt des Pseudohaies seitwärts durch das Wasser auf uns zu. Die Kreatur bewegte Schwanz und Flossen ohne sichtbare Begeisterung oder Zielstrebigkeit. Dann kehrte sie ihre glatte, graublau marmorierte Flanke der Scheibe zu, hinter der wir standen, und glitt an der transparenten Wand herunter, bis sie sich in Höhe unserer Augen befand. Dort schwebte sie dann, und eines der beiden reglosen Schweinsäuglein starrte ohne Hoffnung oder Liebe zu uns in die Sicherheit der Operationszentrale. Hinter dem Geschöpf erstreckten sich die Meere der Welt, aber nur die mechanischen Bewegungen der ungeschlachten Brustflosse ließen erkennen, daß Serenos noch lebte.

Dann hörte auch diese Bewegung auf, und Serenos starb.

Geschaffen ohne eine Schwimmblase, wie alle Haie notwendigerweise ohne eine Schwimmblase erschaffen sind, drehte sich der Pseudohai auf die Seite, ein Krampf durchlief seinen Rumpf vom Kopf bis zum Schwanz, und er trieb davon, hinunter zum Grund des Lieblichen Kohlensacks, und versank in traumartig trägen Spiralen vor unseren Augen. Als Serenos verschwunden war, schauten Prendick und ich einander schweigend an, und dann wandten wir uns vom Fenster ab. Drei Monate unseres Lebens hatten wir auf dieses Unternehmen verwendet, einen nicht unbeträchtlichen Teil der Zeit, die einem Menschen zugebilligt ist. Prendick sank auf einen Stuhl und weinte.

Ich dachte: *Dies also ist das Ende unserer Rache für den Tod von Tochter und Frau? Welche Art von Tieren sind wir?*

Dies ist das Jahr Unseres Verlorenen Herrn 5309. Zumindest glauben wir das. Aus dem Meer sind wir gekommen, und ins Meer werden wir zurückkehren. Wenig bleibt mir noch zu erzählen in diesem Bericht über unser Exil in der Terrakottastadt Windfall Last.

Am Tage nach unserem Fehlschlag mit Serenos legte ich das Amt des Navarchen nieder und kam so dem unvermeidlichen Attentat zuvor. Nicht Feigheit trieb mich zu dieser Handlung. Zu viele andere Faktoren beeinflußten mich.

Der erste war die Einsicht, daß kein Gesandter, wer immer es auch sein würde, das letzte Urteil der Parfekten über die Menschheit verändern würde. Unter keinen Umständen würde ich noch einmal nach Azteca Nueva fahren; unter keinen Umständen würde ich mich als rituellen Sündenbock einer Spezies opfern, die im Augenblick ihrer prähistorischen Anfänge bereits zum Untergang verurteilt gewesen war, vor allem dann nicht, wenn mein eigenes Opfer – ebenso wie das eines anderen lange vor meiner Zeit – nichts bedeuten würde, sondern lediglich ein Zeichen für die Vergeudung eines weiteren Geistes wäre, der sich nach dem Unerreichbaren sehnte. Aus diesem und aus anderen Gründen trat ich zurück. Wie sollte ich nach meiner Beteiligung an Serenos' Verstümmelung und Ermordung den Parfekten noch unter die Augen treten?

Statt dessen habe ich mich für etwas anderes entschieden, für etwas, das den Grundsätzen meines ästhetischen und moralischen Empfindens eher entspricht.

Morgen früh werde ich mich im untereseeischen Operationssaal unter Prendicks Skalpell begeben. Er hat meinem Plan bereits zugestimmt, und seine wahnsinnige Hingabe an den rationalen Hintergrund wird ihn sicher durch die beklemmenden frühen Phasen meiner Metamorphose geleiten. Später, wenn meine Ähnlichkeit mit einem Hai erst größer geworden ist, wird er überhaupt vergessen, daß im Innern des spitzen Schädels das Wesen und der Verstand seines Schwiegersohnes hausen. Bei mir wird er nicht fehlgehen, wie wir bei Serenos fehlgegangen sind – zu viel hat Prendick aus diesem Fehlschlag gelernt, und seine Hände haben allzu viele Fertigkeiten erlernt.

Und in drei Monaten werde ich mit geschmeidiger Gier in das Wasser des Atlantiks hinausgleiten, und ich werde kein Mensch mehr sein.

Ich bin davon überzeugt, daß wir die Mißgeburten des Universums sind. Eigentlich hat es uns niemals geben sollen. In unseren Naturen herrscht ein gestörtes Gleichgewicht von Sternenstaub und Schlacke, zuviel vom einen, zuwenig vom anderen – von keinem aber genug, daß es uns die Perfektion des Extremen verliehe.

Mein ganzes Leben war ein einziger Kampf, das zu erreichen, was wir nach dem uralten Ratschluß des Universums nicht erreichen sollen. Ich habe mit den Illusionen des evolutionären Fehlers gelebt, dessen Produkt ich bin. Aber das hat ein Ende. Morgen früh werde ich mich in die gleichgültigen Winde des Kosmos drehen und meinen Kurs ändern. Und wenn mir die Vollkommenheit in den Meeren des Westens verwehrt ist, dann werde ich sie erlangen, indem ich mich der aufgehenden Sonne entgegenwende. Gott! schon jetzt brennt das Salz in meinem Blut, und die Macht der urzeitlichen Lust der Haie wogt mir durch Herz und Lenden!

Ich werde gegen den Strom schwimmen.

Ich werde den Kanal suchen, der unter der *Galeone der Hesperiden* seinen Weg nimmt, und werde mich zwischen den Blumen auf das Ufer werfen. Dort werde ich sterben, wissend, daß die weißen Otter meinen Tod mitansehen und sich hastig in die See flüchten werden – erfüllt von staunender Ehrfurcht vor so viel schrankenloser Macht.

Und mein Tod wird ehrlicher sein als jedes Gebet eines frommen Menschen.

AMONG THE HOMINIDS AT OLDUVAI

I.
Their mothers drop them in the dust of unnamed basins.
Their sires rove like jackals on the periphery of extinction.
How I came to be among them is anybody's guess.

II.
Their sun is a gazelle's heart held throbbingly aloft.
They are learning how to pick apart its ventricles.
Scavengers, they speak to me only of their appetites.

III.
Heedless, I ask them of Pangaea and its postmitotic progeny.
Laurasia and Gondwanaland are orphans to their understanding.
The incontinence of Africa sculpts them to its needs.

IV.
Language begins to sprout in the left brains of the females.
The males poach dextrous insights from the dead savannahs.
Birth remains a labor insusceptible to practical division.

V.
The tools they make resemble plectra for uninvented lutes.
My pocketknife is a triumph no less complex than television.
What percussive music rings above the barren of this watercourse.

VI.
My awe goes ghosting at their austere commensal feasts.
Together they break crayfish and suck the slip of birds' eggs.
Their most lovely artifact is a fragile group compassion.

VII.
What they make of me is what the millennia have made.
My sophistication seems a fossil from the future's coldest stratum.
Am I the last anachronism of what they move toward?

FOR THE LADY OF A PHYSICIST

Although Bekenstein's hypothesis that black holes have a finite entropy requires for its consistency that black holes should radiate thermally, at first it seems a complete miracle that the detailed quantum-mechanical calculations of particle creation should give rise to emission with a thermal spectrum. The explanation is that the emitted particles tunnel out of the black hole from a region of which an external observer has no knowledge other than its mass, angular momentum, and electric charge. This means that all combinations of configurations of emitted particles that have the same energy, angular momentum, and electric charge are equally probable. Indeed, it is possible that the black hole could emit a television set or the works of Proust in ten leather-bound volumes . . .

—S. W. HAWKING, »The Quantum Mechanics of Black Holes«, *Scientific American* (January 1977), p. 40.

If I with her bould only join
In rapturous dance, loin to loin,
Deep space itself would soon discern
Galactic rhythm in our burn.
Our bodies stars, our debts all void,
Then would we waltz and, thus employed,
Inflate with megacosmic thrust
Through night and death and sifting dust.
Godlike lovers, we would hang
Beyond the cosmos whose Big Bang,
All the mad millennia past,
Was but a popgun to our slow blast.
And as we reeled with raw élan,
Pulsing plasma in vast pavane,
We would shame the Pleiades,
Relume the Magellanic Seas,
Deliver all our Milky Way,
Ionic flux too fierce to stay,
In supernova, and so rehearse
Our own expanding universe.

But my small body is no star,
Albeit something similar:
A blind pool vacuuming into it
All the lambency it's not fit
To redirect and render rife.
The woman I would take to wife
Sees only blackness in my eyes,
Rapacious ebon, hungry skies,
An O-gape gravid with desire
To aggrandize itself in fire;
And so her light sweeps down the hole
That is the maelstrom of my soul.
  Therefore, I have become for her
A dark entropic murderer,
Whose chiefest virtue is his pull.
Then, while my strength is at its full,
Let me draw her to my embrace,
Collapse her will and show my face.
With her my Beatrician guide,
We'd tunnel with the thermal tide
Into the arms of Betelgeuse –
With Quasar sets and Marcel Proust
Emergent with us, glory-bound,
Detritus of God's Lost & Found.
Thus, though we cannot create light
From love, yet we will vanquish night.